アマリとグレイトゲーム

上

B.B.オールストン　訳＝橋本恵

AMARI and THE GREAT GAME

アマリとグレイトゲーム
〈上〉

もくじ

おもな登場人物

ピーターズ家

アマリ・ピーターズ(13)

黒人の少女。生まれつきの強大な魔術師《まじゅつし》。兄のクイントンを心から慕《した》っている。超常《ちょうじょう》現象局《げんしょうきょく》の去年のサマーキャンプで超常捜査部《ちょうじょうそうさぶ》のジュニア捜査官《そうさかん》に合格する

クイントン・ピーターズ(23)

アマリの兄。超常捜査部《ちょうじょうそうさぶ》の特別捜査官《そうさかん》。魔術師《まじゅつし》モローに呪《のろ》いをかけられ、昏睡中《こんすいちゅう》

超常現象局《ちょうじょうげんしょうきょく》および超常界《ちょうじょうかい》

ヴァン・ヘルシング

超常捜査部《ちょうじょうそうさぶ》の部長。超常界《ちょうじょうかい》の名家ヴァン・ヘルシング家の当主

ディラン・ヴァン・ヘルシング

ヴァン・ヘルシング部長の息子。アマリと同じ生まれつきの強大な魔術師《まじゅつし》。去年アマリとの決闘《けっとう》に敗れ、暗黒の魔窟《まくつ》に幽閉中《ゆうへいちゅう》

ララ・ヴァン・ヘルシング

ヴァン・ヘルシング部長の娘《むすめ》。ディランとは双子《ふたご》。アマリの去年の宿敵《しゅくてき》

マリア・ヴァン・ヘルシング

アマリの兄とペアを組んでいた特別捜査官《そうさかん》。魔術師《まじゅつし》で魔術師連盟《まじゅつしれんめい》のメンバー。アマリの姉のような存在《そんざい》

マグナス、フィオーナ
超常捜査部《ちょうじょうそうさぶ》の特別捜査官《そうさかん》で、アマリの指導教官。アマリの数少ない味方

エルシー・ロドリゲス
魔術科学部《まじゅつかがくぶ》のジュニア研究員。天才発明家でドラゴン人間。アマリの大親友

エレイン・ハーロウ
隠蔽工作部《いんぺいこうさくぶ》の新部長。半人半獣《はんじんはんじゅう》のファウヌス。新首相ベインの代弁者

マーリン
超常議会《ちょうじょうぎかい》のトップの首相。史上最強のエルフ

ベイン
マーリンの代わりに臨時《りんじ》の首相となったレイス（呪《のろ》いのせいで肉体から魂《たましい》をはがされた超常体《ちょうじょうたい》）

魔術師連盟《まじゅつしれんめい》

コズモ
魔術師連盟《まじゅつしれんめい》のまとめ役

プリヤ・カプール
インドのボリウッド女優《じょゆう》。魔術師《まじゅつし》で、魔術師連盟《まじゅつしれんめい》のメンバー

献辞

やろうと思えばなんでもできることを教えてくれた母のソンガへ

AMARI and The GREAT GAME

BY B.B.ALSTON

1 運勢占《うらな》い

いま、あたしは、デザイナーブティックや高級ショップやアートギャラリーが立ちならぶ歩道をひた走っている。

数ブロック先にある都心の巨大《きょだい》なキャンパスは、私立《しりつ》のホイットマン・アカデミー。全面ガラス張りの本館は朝日をあびてきらめき、本館前の噴水《ふんすい》の周囲には子どもを送ってきた車が列をなしている。その子たちは、八時十五分の始業ベルが鳴る前に教室にたどりつくだろう。あたしがめざすべき場所も、ホイットマン・アカデミーの教室のはず。

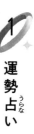

けれどあたしは、小さな建物の前で足をとめていた。ふたつの大きな建物のすきまにおしこまれたオンボロの建物で、色あせた看板《かんばん》には『ミニマート・マルコ』と書いてある。息を整えてから、携帯電話《けいたいでんわ》をとりだし、また留守電を聞いた。エルシーからの留守電だ――『登校前にマルコに来て。緊急《きんきゅう》よ！』

この一年間、ホイットマン・アカデミーのクラスメートとして、エルシーについて学んだことをひとつあげるとしたら、かなり大げさということだ。あたしが〝緊急《きんきゅう》〟と言ったらとんでもないことが起きているけれど、エルシーの〝緊急《きんきゅう》〟は、最新の科学プロジェクトに必要なロボットの部品がまだとどかないだけ、なんてこともある。

それでも親友としては、かけつけるしかない。たとえそのために、皆勤賞《かいきんしょう》をとれなくても。本当は先週の金曜日に皆勤《かいきん》達成のはずだったのに、一月の大雪による臨時《りんじ》休校のせいで、今日にずれこんでしまったのだ。

さっそく店内に入った。外観がいかがわしいとしたら、店内はさらにあやしげだ。まず、壁《かべ》のペンキのはげた場所がかろうじてわかるていどに暗い。しかもドリンクや菓子《かし》を売っているコンビニなのに、商品はすべて賞味期限切れ。炭酸飲料のドリンクバーは、まともに動くのを見た覚えがない。さらにいつ来ても、くさった卵《たまご》のにおいがかすかにする。

鼻にしわをよせながら、キャンディ売り場を通りすぎた。前方にいる男性が、棚《たな》にならぶポテトチップスをつまらなそうに無表情でながめている。どれでも同じですよ、と言ってあげたくなった。その男性を通りすぎ、レジカウンターへと向かう。

カウンターの奥《おく》には、『筋肉《きんにく》はうらぎらない』と書かれたTシャツを着た、スキンヘッドで筋肉隆々《きんにくりゅうりゅう》のボディービルダーのような男がひとり立っていた。近づくあたしを、目を細めて見つめている。

あたしも目を細めて見つめかえすと、とつぜん男の頭と首にふさふさの真っ赤な毛がにょきにょきと生え、あごから二本のカーブした牙《きば》が飛びだしてきた。けれどまばたきをすると、あっという間に人間の姿《すがた》にもどった。あたしは人間界にいる超常体《ちょうじょうたい》——想像の産物としか思えない、超常現象《ちょうじょうげんしょう》のような生き物——の真の姿《すがた》を映《うつ》しだす特殊《とくしゅ》な目薬〈真実の光景〉をさしてきたので、男の真の姿《すがた》が見えた。なのにわずか数秒で、男の変装《へんそう》の魔術《まじゅつ》が効力をとりもどし、人間の姿《すがた》にもどれるなんて——。この変装《へんそう》の魔術《まじゅつ》は、一流デザイナーのビビ・ラブームによるシティ・カムフラージュ・カジュアル・コレクションにちがいない。

あたしは咳《せき》ばらいして、ていねいにたずねた。

「トイレを借りてもいいですか？」

男は太い腕《うで》を組み、あたしを上から下までざっと見てから、うなるような声で答えた。

「さあて、どうしたもんかな」

あたしはニッと笑い、あきれたように天をあおいだ。

「んもう、タイニーったら、じらさないでよ。学校に遅刻《ちこく》しそうなんだから」

その男タイニーは、じわじわと笑みをうかべながら大声で笑った。

「おはようとか、元気とか、そういうあいさつはぬきで、トイレの鍵《かぎ》を出せってか」

「一生のお願い。いいでしょ、ね？」

「しかたねえなあ。お仲間の人間のたのみは、断れねえよ」

あたしは身を乗りだし、ひそひそ声で言った。

「あのね、いちおう言っとくけど、人間はふつう、相手をいちいち人間とは呼《よ》ばないの」

タイニーはポリポリと頭をかいた。困惑《こんわく》した目が一瞬《いっしゅん》黄色にまばゆく光り、元にもどる。

「なんでだ？　おまえさんは、人間だろ？」

「それはそうなんだけど、人間界には人間しかいないことになってるから、わざわざ人間とは言わないの」

「人間界に溶《と》けこむには、いろいろ覚えなきゃならねえんだな」

タイニーが肩《かた》を落とすので、あたしははげますように、腕《うで》を軽くなでてあげた。

「だいじょうぶ。そのうちコツをつかめるわよ」

タイニーはうなずき、カウンターの下に手をのばした。あたしが片手《かたて》をさしだすと、手のひらにトイレの鍵《かぎ》を落としてくれる。その瞬間《しゅんかん》、チップスの棚《たな》の裏《うら》からさっきの男性が飛びだしてきて、タイニーに文句を言った。

「数分前にトイレを貸してくれって言ったら、故障中《こしょうちゅう》だって言いましたよね」

「ああ、あんたには故障中《こしょうちゅう》だ。でも、この子は使ってかまわない。文句あるか？」

タイニーに仏頂面《ぶっちょうづら》でそう言われ、男性は言いかえそうとしたが、タイニーの人間ばなれしたうなり声を聞いて気を変えたらしい。タイニーがひそひそ声で注意してきた。

「アマリ、気をつけろ。あいつは、たぶんウォッチャーだ」

あたしは、くちびるをかんで考えた。ウォッチャーというのは〝この世には、かくされた裏《うら》の世界がある〟と確信している人たちだ。〝神話や伝説に登場する超常体《ちょうじょうたい》は実際に存《そん》在《ざい》し、人間界でひそかに暮らしているのだが、その事実をかくす巨大《きょだい》な陰謀《いんぼう》が世界規模《きぼ》で進行している〟と考え、ウェブサイトやチャットルームを開設し、自分たちの考えが正しいことを世間に証明しようと、いたるところで証拠《しょうこ》さがしにはげんでいる。この男性がこんなオンボロの店をうろついていたのも、そのためだろう。

　ウォッチャーは世間では陰謀論者《いんぼうろんしゃ》と見なされ、まったく相手にされないが、さすがにあたしは無視《むし》できない。超常体《ちょうじょうたい》に関する考えが正しいせいもあるけれど、あたしは超常現象局《ちょうじょうげんしょうきょく》という、ウォッチャーが必死にさがす証拠《しょうこ》をかくす組織の一員だからだ。

　肩《かた》ごしにふりかえったら、思ったとおり、ウォッチャーらしき男性はあたしを見つめていた。しかも携帯電話《けいたいでんわ》をとりだし、なんとあたしとタイニーを撮影《さつえい》しはじめた。

「タイニー、あいつの気をそらしてくれない？」

　小声でたのむと、タイニーはにやりとした。

「おう、アマリ、まかせとけ」

　そしてカウンターの裏《うら》から出てくると、両腕《りょううで》を大きく広げて叫《さけ》んだ。

「そこのあなた、おめでとうございます！　当選です！」

「えっ、で、でも、なにも応募《おうぼ》してないけど……」

　タイニーに太い腕《うで》で肩《かた》をだかれ、カウンターへと強引に連行されながら、男性は顔をしかめ、きょろきょろとあたしをさがしている。

あたしは売り場の裏《うら》にかくれ、店の奥《おく》のトイレへと向かっていた。トイレのドアに貼《は》られた『故障中《こしょうちゅう》』という注意書きを無視《むし》して、鍵穴《かぎあな》に鍵《かぎ》を差しこみ、だれも見ていないことを確かめようと、もう一度ふりかえる。

例のウォッチャーの男性はまゆをひそめ、タイニーを見上げているところだった。

「はあ？　当選品が……モップ用のバケツ？」

「そりゃもう、品質はおり紙つきですよ。何回も使ったのに、ただの一度も水《みず》もれしない」などと、タイニーはしれっと答えている。

あたしは、にやにやしながらドアノブを回した。

ドアの奥《おく》にあるのが、本物のマルコの店『マルコ・デザート』だ。ここは、まさに別世界。店に入れるのは、アトランタ市内にいる超常体《ちょうじょうたい》および超常現象局《ちょうじょうげんしょうきょく》の関係者のみ。ここなら変装《へんそう》も妖術《ようじゅつ》もいらないうえに、魔法《まほう》をかけた最高のデザートを食べられる。

店内に入った瞬間《しゅんかん》、甘《あま》い香りにつつまれて、すぐに気分が良くなった。

女性の頭と鳥の体を持つ二体のハルピュイアの翼《つばさ》の下をくぐりぬけた。シェフの帽子《ぼうし》をかぶった背《せ》の高いイエティのマルコがカウンターの向こうからあいさつがわりにほえるので、「ハーイ、マルコ！」と声をかけて手をふった。けれどマルコに気をとられ、いたずら好きの妖精《ようせい》ボガートにつまずいた。ボガートはあたしをバカにするようなしぐさをし、「無礼な人間どもめが」とかなんとかつぶやくと、よろめきながら去っていった。

テーブルにエルシーがいるのが見えたので、走っていった。超常現象局《ちょうじょうげんしょうきょく》の局員で、いつも目がとろんとしている同級生の霊媒師《れいばいし》、ジュリア・ファーサイトもすわっている。ふたりの向かいの席にすべりこみながら、エルシーにたずねた。

「始業前に会わなきゃならないくらい重大なことって、なに？」

「重大なんて、わたし、一言も言ってないけど」と、エルシーがまゆをひそめる。

「だって、緊急《きんきゅう》って言ってたじゃない」

「ああ、それは、言葉のあやよ。どうしても見せたいものがあるの」

エルシーがちゃめっ気たっぷりにニコッと笑い、ジュリアがクスクスと笑う。

「あのさあ、エルシー、皆勤賞《かいきんしょう》を棒《ぼう》にふってまで来たんだよ。うちのママがそういう賞にどんだけこだわってるか、知ってるでしょ。賞状のスペースをあけて待ってるんだから」

「ふふっ、アマリ、心配しないで。ベアがお父さんのスペアの瞬間移動装置《しゅんかんいどうそうち》を持ってくるから、学校に瞬間移動《しゅんかんいどう》できるわよ。ジョージア水族館に向かうバスにさえ間にあえば、エイムズ先生は遅刻《ちこく》したって気づかないわ」

「えっ、学校への瞬間移動《しゅんかんいどう》って許可されてるの？　あたし、一年間ずっと、市営バスで通学してたのに」

「えっとね、許可っていうのは言いすぎかも」とエルシーが言い、

「わたしの知るかぎり、許可はされてないと思うなあ」と、ジュリアが歌うような声でつ

けくわえる。

「ちょっとエルシー、あたし、明日から始まる局のサマーキャンプがメッチャ楽しみなんだけど。その前に局から追いだされるようなことは、やめとかない？」

エルシーはあたしの抗議《こうぎ》を受け流し、またニコッと笑って携帯電話《けいたいでんわ》を操作《そうさ》して、画面をあたしのほうへ向けた。画面には、あたしの名前をアザーネットで検索《けんさく》した結果一覧《いちらん》が表示されていた。アザーネットというのは、超常界専用《ちょうじょうかいせんよう》の保護されたインターネットのことだ。

「ねえアマリ、こんなトップ記事が出るような子を、局が本気で追いだすと思う？　好意的な記事ばっかりよ」

そうそう、とばかりにジュリアも口をはさんだ。

「『より良きノームと庭』誌《し》まで、アマリを話題にしたんだから。局の所有地の中にノームの村があるんだけど、ノームに花以外の話をさせるなんてありえない。アマリが話題になるのは一大快挙よ。セレブも同然だわ」

エルシーもうなずく。

「うんうん、わかる。いまだって、アマリは注目の的よ」

言われなくても、わかってる。『マルコ・デザート』にいる超常体《ちょうじょうたい》たちは、あたしが席についてからずっと、こっちを指したり、じろじろと見たりしているし、あたしを撮影《さつえい》した超常体《ちょうじょうたい》まで数体いる。たぶん超常界《ちょうじょうかい》の代表的なＳＮＳにあげる気だ。

ひとまずエルシーの携帯電話《けいたいでんわ》を受けとって、最初の記事のリンクをタップしてみた。


『アマリ・ピーターズは良い魔術師《まじゅつし》？　今年の夏、注目のティーンエイジャーが超常現象《ちょうじょうげんしょう》局《きょく》にもどってくる

魔術師《まじゅつし》は、ふたつのことで知られている。異常《いじょう》に高いレベルの魔力《まりょく》と、最強の悪党《あくとう》としての長い歴史だ。だがアマリ・ピーターズ（十三）は、魔術師《まじゅつし》が悪党《あくとう》とはかぎらないことを証明するつもりらしい。実際アマリは超常界《ちょうじょうかい》を一回救い、その過程で大勢のファンを獲《かく》得《とく》した。それでも批評家《ひひょうか》は、アマリには別の動機があるのではと、いまだに懸念《けねん》をすてきれない。いまやワンダーガールとなったアマリは、超常界《ちょうじょうかい》の救世主として、ほかにどんなことを成しとげるのか？　超常界《ちょうじょうかい》はかたずをのんで見まもっている！』


悪党《あくとう》、という言葉を見て、あたしは顔をしかめた。魔術師《まじゅつし》と聞いて超常界《ちょうじょうかい》がまっさきに連想するのは、大悪党《だいあくとう》のナイトブラザーズ、セルゲイ・ウラジーミルとラウル・モローだ。ナイトブラザーズは約七百年前、超常界《ちょうじょうかい》に対して戦争をしかけたうえ、生き残ったモローはその後もえんえんとおぞましい犯罪をかさねてきたから、無理もない。

けれどそのモローは、去年の夏、弟子のディラン・ヴァン・ヘルシングにうらぎられ、魔力《まりょく》をうばわれて消滅《しょうめつ》した。

去年の夏、あたしが友だちだと信じていたディランは、師匠《ししょう》のモローのために最強の呪《じゅ》文書《もんしょ》、黒本をぬすんだ。だが土壇場《どたんば》で黒本の魔術《まじゅつ》でモローを消滅《しょうめつ》させ、黒本をわがものとし、あたしを新たなパートナーにしようとした。けれどあたしが拒《こば》んだせいで、あたしとディランの魔術《まじゅつ》が衝突《しょうとつ》し、なんとかあたしがぎりぎりで勝った。

この決闘《けっとう》は機密《きみつ》情報だったのに、どこから話がもれたのか、超常界《ちょうじょうかい》のメディアがさわぎだしたため、超常現象局《ちょうじょうげんしょうきょく》はやむなく監視《かんし》カメラに残っていた決闘《けっとう》の映像《えいぞう》を公開した。こうして超常界《ちょうじょうかい》は、魔術師《まじゅつし》であっても悪党《あくとう》にならない道を選べることを映像《えいぞう》で知った。映像《えいぞう》はまたたくまにアザーネットで拡散《かくさん》し、腕《うで》をつきあげて稲妻《いなずま》を呼《よ》ぶ鎧姿《よろいすがた》のあたしの動画も広まった。

あたしはエルシーに携帯電話《けいたいでんわ》をかえして言った。

「動画が広まったくらいで、セレブになんかならないって」

エルシーが、片方《かたほう》のまゆをつりあげて反論《はんろん》する。

「アマリ、最近、フォロワー数を確認《かくにん》した？」

あたしは自分の携帯電話《けいたいでんわ》のインスタグラムを開き、二十三人というフォロワー数を指さした。そのうちのふたりは、目の前にいるエルシーとジュリアだ。

「ほらね？　たいしたことないじゃん」

けれどエルシーはあきれかえった顔をし、自分の携帯電話《けいたいでんわ》をテーブルの上におき、画面にあたしのＳＮＳのプロフィールを表示した。さっきのインスタグラムは人間界のものだけど、今度は超常界《ちょうじょうかい》の代表的なＳＮＳだ。

「んもう、アマリったら。どうよ、これ」

『@アマリ・ピーターズ☑一七三万人』

ジュリアが、また歌うような声で言う。

「うわあ、そんなにフォロワーがいるなんて知らなかった。認証《にんしょう》までされてるわ」

そのとき、あたしの肩《かた》ごしに不機嫌《ふきげん》そうな声がふってきた。

「『魔術師《まじゅつし》はすべて排除《はいじょ》せよ』のＳＮＳのフォロワーは、その倍の人数だぜ」

ゲッ！　声の主はベアだ。ベアというのはあだ名。うちの中学校のいじめっ子で、一番図体がデカく、態度もかなりデカいので、そう呼《よ》ばれるようになった。しかもベアはうちの中学校のスープクラブの四人目のメンバーで、ただひとり、上級生の二年生だ。

スープクラブというのは、超常体《ちょうじょうたい》を意味するスーパーナチュラルの「スーパー」をもじって「スープ」とした、超常現象局《ちょうじょうげんしょうきょく》の局員専用《せんよう》のクラブだ。各地の中学校や高校に存在《そんざい》していて、生徒手帳にクラブ名がのっていることもある。もちろんスープなんて飲まないけれど、ありがたいことに、超常現象局《ちょうじょうげんしょうきょく》に関係のない生徒はだれも入りたがらない。

ベアに向かってジュリアが指を一本立て、横にふりながら注意した。

「ちょっと、ベア、意地悪しないで」

ベアはあたしからできるだけ距離《きょり》をとるようにして、となりの席にドスンとすわった。

超常界《ちょうじょうかい》はこの一年で魔術師《まじゅつし》を受けいれるようにはなってきたが、目の前にいるベアのように、あたしがナイトブラザーズと同じ魔術師《まじゅつし》というだけで、あたしの行動など関係なく忌《い》みきらう人も一定数いる。

ベアが、おもしろくなさそうな声で言った。

「これで、クラブの全員集合だ。朝っぱらから、なんの用だよ？」

エルシーはベアをちらっと見てから、背筋《せすじ》をのばして言った。

「わたしはこの一年、ホイットマン・アカデミーのスープクラブの部長として、おおいに楽しませてもらった。そこでサマーキャンプの前に集まってもらったの。プレゼントを用意したわ」

「うわあ、うれしい！」

ジュリアがそう言って手をたたき、ベアでさえ少し機嫌《きげん》が良くなった。けれどあたしは、エルシーのあの目の意味を知っている。あれは、なにかをたくらんでいるときの目だ。そこで質問した。

「エルシー、いったい、なにをしたの？」

エルシーがマルコに向かって手をふると、四枚《まい》の皿がふわふわと、あたしたちのテーブルまで飛んできた。エルシーがあたしの質問に答える。

「ふふっ、じつは、おみくじ入りクッキーを注文したの。本物の運勢占《うらな》いよ」

あたしは、四枚《まい》の皿がそれぞれの前に静かに着地するのを、ぼうぜんとながめた。

「ちょっとエルシー、これって、ただの運勢占《うらな》いじゃないよね。ものすごーく、お金がかかったんじゃないの？」

エルシーがうなずく。

「まあね。だって、作るのにものすごーく手間がかかるんだもの。予言があたったときのお茶の葉を生地にまぜなきゃいけないし、クッキーを作る部屋に占《うらな》いの小道具をひとつおかなきゃいけないし、星が特定の位置にならんでいないといけないし、クッキーを焼く炉《ろ》はこの一年で少なくとも三つの占《うらな》いに使われたものでないといけないし……わたしが覚えている条件だけでも、こんなにあるわ。おかげで科学フェアの賞金をほとんど使っちゃったけど、みんなにはそれだけの価値《かち》があると思って」

ジュリアがニコッとし、さっそく自分のクッキーをふたつにわって一枚《まい》の細長い紙をとりだし、皿の上においた。白紙だが、ジュリアが目をつぶり、しばらくしてから片方《かたほう》のクッキーを口に入れると、紙の上に赤い文字があらわれた。すかさずエルシーがたずねる。

「ジュリア、なんて書いてある？」

ジュリアは紙を持ちあげ、見せてくれた――『隣《となり》の芝生《しばふ》が青いとはかぎらない』

ジュリアが説明する。

「今年の夏はちがう部署《ぶしょ》に挑戦《ちょうせん》したほうがいいかって、クッキーにたずねたの。やっぱり、このまま死者部にいたほうがいいみたい。霊媒師《れいばいし》のわたしには、ぴったりの部署《ぶしょ》なのね」

去年の夏、ジュリアが舞台《ぶたい》に上がり、水晶球《すいしょうだま》にふれたときのことはよく覚えている。幽《ゆう》霊《れい》と話せる超常力《ちょうじょうりょく》を授かったと知って、ジュリアは仰天《ぎょうてん》してたっけ。

ジュリアにかぎらず、水晶球《すいしょうだま》が授ける超常力《ちょうじょうりょく》は不思議だった。水晶球《すいしょうだま》にふれることで自分の才能のどれが超常力《ちょうじょうりょく》にレベルアップするか、見当もつかない。もともと発明の才に恵《めぐ》まれたエルシーが天才レベルの発明家になるみたいな、だれでも予測できる超常力《ちょうじょうりょく》もあれば、想像すらしなかった超常力《ちょうじょうりょく》を授かることもある。

たとえばあたしは、去年、水晶球《すいしょうだま》にふれたことで、休眠中《きゅうみんちゅう》だった魔力《まりょく》が目覚めた。人間の場合、魔力《まりょく》は超常現象局《ちょうじょうげんしょうきょく》に来て、水晶球《すいしょうだま》にふれてから授かるものと定められている。しかも水晶球《すいしょうだま》から授かるのは、人間の才能が超常化《ちょうじょうか》するのに必要な、わずか十パーセントの魔力《まりょく》のみ。なのにあたしは、局に来る前からなぜか魔力《まりょく》を持っていたので――しかも百パーセントの驚異的《きょういてき》な魔力《まりょく》だ――魔術師《まじゅつし》だと判定された。

魔術師《まじゅつし》は魔力《まりょく》を使って、一見不可能に見えることができるとされている。あたしが魔術《まじゅつ》師《し》と判明したせいで、超常現象局《ちょうじょうげんしょうきょく》の上層部《じょうそうぶ》はまさに大さわぎになり、あたしの記憶《きおく》を消せとか、あたしを実験室で研究させろとか言いだす者まであらわれた。けれどありがたいことに、去年のあたしは、局に自分の居場所を見つけるチャンスをあたえられたのだった。

次はベアがクッキーをわる番だ。紙に文字があらわれると、ベアはまゆをひそめた――

『真の敵《てき》は、ときとして鏡の中にいる』

ベアは腕《うで》を組み、そっぽを向いた。クッキーにたずねた内容を明かす気はないらしい。

次はエルシーの番だ。あたしは、エルシーがクッキーになにを聞くか、見当がついていた。エルシーはドラゴン人間だけど、まだ一度も変身していない。火をふいたことはあるけれど、それが精いっぱいだ。本から得た知識とドラゴン専門家《せんもんか》の養母の話から、エルシーにはひとつだけわかっていることがある。初めての変身には勇猛果敢《ゆうもうかかん》な行動を見せなければならない、ということだ。ドラゴン人間はこの世にエルシーしかいないので、どうしてもドラゴンになりたいエルシーにとって、変身できるかどうかは最大の課題だった。

エルシーは目をとじ、クッキーを口に入れ、息をとめた。同時に、紙に文字があらわれた――『多大なる努力は、いずれ報われる』

エルシーがキャアと大声をあげたので、店内の客たちがギクッとした。

「エルシー、それって、もしかして……」と声をかけたら、エルシーは顔を輝《かがや》かせた。

「うん、アマリ、きっとそうよ。わたし、この夏、ドラゴンに変身するんだわ。ようやく、そのときがくるのね……。まあ、クッキー占《うらな》いは七十パーセントくらいしか当たらないけど、だんぜん気持ちが軽くなったわ」

「エルシー、すごいじゃん！　良かったね」

次はあたしの番だ。あたしは自分のクッキーをわった。あたしの質問は、ただひとつ。

去年の夏、あたしが超常現象局《ちょうじょうげんしょうきょく》のサマーキャンプに参加したのは、行方不明のお兄ちゃんの身に起きたことをつきとめるためだった。お兄ちゃんは数年間、超常捜査部《ちょうじょうそうさぶ》の捜査官《そうさかん》として勤務《きんむ》し、その最中に行方不明になっていた。で、お兄ちゃんはなんとか探《さが》しだせたけど、魔術師《まじゅつし》モローに恐《おそ》ろしい呪《のろ》いをかけられたせいで、いまだに意識がもどらない。お兄ちゃんはきっと良くなると、最初のうちは信じていられた。すぐにでも家にもどってきて、元の生活をとりもどせると思っていられた。けれどそんなことはなく、あたしは心がおれそうになっている。

この二か月、お兄ちゃんはオーストラリアのシドニーにいる解呪師《かいじゅし》たちの実験的な治療《ちりょう》を受けたけど、その解呪師《かいじゅし》たちもお兄ちゃんの呪《のろ》いを解けなかった。

質問するか、かなり迷った。もし答えがノーだったら？　そんなの、たえられない。おじけづく前に、えいやっと質問を口にした。

「お兄ちゃんは、いつか目が覚めますか？」

けれどクッキーを食べる前に、エルシーに手首をつかまれた。

「ごめん、アマリ、注意点がふたつある。クッキーに質問するときは、声に出して言っちゃだめ。それと、占《うらな》えるのは自分のことだけ」

「そうなんだ……」

あたしは、しょぼんとした。ほかに質問なんてある？　クッキーを口の中に入れて少し考え、まあいいかと肩《かた》をすくめて決めた——知っておくべき重要なことはありますか？

テーブルにいた三人が息をのむ音がする。あたしは、自分の占《うらな》いの紙の文字を見た——

『目に見えない危険《きけん》に気をつけよ』

2 時間停止現象

あたしとエルシーはホイットマン・アカデミーに着いてすぐ、駐車場《ちゅうしゃじょう》にいた生徒たちの中にまぎれこんだ。駐車場《ちゅうしゃじょう》に生徒が集まっているのは、恒例《こうれい》の学年末遠足に参加するためだ。ホイットマン・アカデミーは「毎日が学びの日」がモットーで、学年の最終日はエイムズ先生とジョージア水族館に行くか、ローレル先生が朗読《ろうどく》するシェークスピア劇《げき》の五日目に参加するか、どちらかを選ぶことになる。この選択《せんたく》は悩《なや》ましかった。なにせローレル先生の朗読《ろうどく》は、悲劇《ひげき》の『ロミオとジュリエット』が喜劇《きげき》に思えるくらい、恐《おそ》ろしくドラマチックなのだ。

水族館行きのバスを待っている間、エルシーがあたしをひじでつついてきた。

「アマリ、さっきの占《うらな》いのことで、まだ悩《なや》んでるの？」

「えっ、そんなにバレバレ？」

「うん。だって、オーラが真っ黄色だもの」

そうだ、ドラゴン人間のエルシーには、人間のオーラが見えるんだっけ。人間の感情はオーラと呼《よ》ばれる色を発していて、エルシーにはそれが見える。親友になって一年たつけど、いまだに時々《ときどき》忘《わす》れてしまう。

「だって、みんなの占《うらな》いはアドバイスだけど、あたしの占《うらな》いは警告《けいこく》なんだもの」

頭上で雨雲がピカッと光る。あたしは空を見上げ、一瞬《いっしゅん》、ディランとの決闘《けっとう》を思いだした。あのときはあたしの魔力《まりょく》が数十体の幻想《げんそう》アマリを生みだし、稲妻《いなずま》を呼《よ》びおこしてディランに勝った。けれど、なぜ本物の稲妻《いなずま》を呼《よ》べたのか、いまだにわからない。

「ねえ、アマリ、危険《きけん》っていうのは、毎年ジュニア捜査官《そうさかん》が体験することを指してるんじゃない？　だって局の中で超常捜査部《ちょうじょうそうさぶ》が一番危険《きけん》なのは常識だし、アマリはこれから悪い連中と戦うわけだし」

「そっか。でもさあ、なんで〝目に見えない危険《きけん》〟なわけ？」

エルシーがしかめっ面をする。その表情からすると、はげましの言葉をしぼりだそうとしているらしい。でも思いつかなかったのか、肩《かた》をすくめて言った。

「ま、どんな危険《きけん》か知らないけど、危険《きけん》がせまったときはかならず、まわりにほかの捜査《そうさ》官《かん》が大勢いるはずよ。だから心配しないで。ね？」

「うーん、でも……」

ピーッとエイムズ先生が笛を鳴らした。生徒はいっせいに耳をふさいだが、生物担当《たんとう》のエイムズ先生はすずしい顔をしている。

「みんな、九時だ。さあ、バスに乗って！」

ベアがあたしたちをおしのけ、前に出ながら言う。

「おい、どきやがれ。二年生さまのお通りだ」

あたしとエルシーもバスへと向かった。バスの入り口ではエイムズ先生が出席をとっていて、あたしに声をかけてきた。

「おや、ミズ・ピーターズ、うかない顔をしてどうしたのかね？　今日は楽しい遠足だぞ」

あたしは、のどをごくりとさせて答えた。

「ですよね。ただ、ちょっと……」

そのとき――ドッカーン！　すさまじい雷鳴《らいめい》がとどろき、あたしは飛びあがった。とつぜん、どしゃぶりの雨になる。

あたしとエルシーはバスのステップをかけあがり、奥《おく》のほうの席についた。窓《まど》ごしに、生徒たちがあわててバスのほうへ走ってくるのが見える。エルシーが、顔をくもらせて言った。

「アマリの運勢占《うらな》いがあたっているとは言わないけど、この嵐《あらし》、なんか不吉《ふきつ》だわ」

あたしはくちびるをかみながら、豪雨《ごうう》ごしに黒い雨雲を見つめた。たしかにいまの空は見るからに恐《おそ》ろしげで、不吉《ふきつ》な感じがする。何年も前にお兄ちゃんといっしょに見たホラー映画《えいが》で、チェーンソーを持った二本の手がぬっとあらわれる直前の嵐《あらし》のシーンみたいだ。

考えすぎかもしれないけれど。

＊

びくびくしながら二十分ほど過ごしたとき、ようやく不吉《ふきつ》な運勢を忘《わす》れられそうなことが起きた。エルシーがあくびをしたのだ。なぜエルシーのあくびが、と思うかもしれないけれど、あたしがとなりで物音ひとつ立てず、背筋《せすじ》をのばしてすわっているのにはわけがある。丸二か月待ちつづけた、エルシーとの賭《か》けに勝つチャンスが、ようやく到来《とうらい》したからだ。

エルシーとは、あたしがエルシーの寝顔《ねがお》写真を撮《と》れるかどうかで賭《か》けをしている。

この二十分間、エルシーは何度かうつらうつらしていた。このまま大あくびをし、まぶたがゆっくり閉《と》じていけば――。でも油断は禁物。そういうときにかぎって、なにかが起こる。バスがガクンとゆれたり、だれかの携帯電話《けいたいでんわ》が鳴ったり、前の席の子たちがまたどなりあいを始めたりするかもしれない。あんなにはでにわめかれたら、おちおち寝《ね》てもいられない。

いま、エルシーは目を完全にとじている。数秒後にバスがゆれ、エルシーがいびきをかきながら頭をあたしの肩《かた》へ乗せてきたので、ほくそえんだ。よーし、今日は完璧《かんぺき》！　エルシーに撮《と》られたあたしの寝顔《ねがお》写真より良いものが撮《と》れそうだ。

あたしの寝顔《ねがお》写真は、二か月前、スポーツ大会の激励会《げきれいかい》の最中、ついうとうとし——ほんの一秒、こっくりしただけなのに——口をあけたまま寝《ね》ているところをエルシーに撮《と》られたものだ。二か月前のあの日、エルシーは「アマリにわたしの寝顔《ねがお》を撮《と》れるわけがない」と言いきった。賭《か》けてもいいと言うので、あたしはその賭《か》けに乗ったうえ、〝勝ったほうは、相手の寝顔《ねがお》を自分のＳＮＳに投稿《とうこう》する〟という条件をつけくわえた。ちょうど、だれかの寝顔《ねがお》写真を投稿《とうこう》する〈#寝《ね》てるの見ちゃったチャレンジ〉がＳＮＳで始まるタイミングだったのだ。

ポケットから携帯電話《けいたいでんわ》をそっととりだし、あたしとエルシーの完璧《かんぺき》な自撮《じど》り写真のためにカメラをかまえた。エルシーが大いびきをかくのを待って、あたしは最高の変顔をし、撮影《さつえい》しようとしたそのとき——。

「おおっ、すばらしい！」

エイムズ先生がいきなり飛びあがり、すっとんきょうな声をあげた。こんなに有頂天《うちょうてん》な大人は見たことがない。まるでジョージア州の宝《たから》くじにでもあたったみたいに、満面に笑みをうかべている。

バスが大きく曲がったせいで、エイムズ先生はつまずき、座席《ざせき》の背《せ》もたれにつかまった。エルシーがパッと目をあけ、携帯電話《けいたいでんわ》に気づいた瞬間《しゅんかん》、にやりとした。

「アマリ、写真、撮《と》れた？」

あたしはうめき声をあげた。

「あーあ、もうちょっとだったのに。エルシーの大好きな生物の先生にじゃまされちゃった」

エイムズ先生はきょろきょろしながら通路をこっちに向かってきて、あたしたちを見つけたとたん、しゃがんで自分の携帯電話《けいたいでんわ》をエルシーに見せた。

「ミズ・ロドリゲス、朗報《ろうほう》だぞ！　合格だ。たったいま、校長からメールが転送されてきた」

エルシーはきょとんとしてから、目を大きく見ひらいた。

「ええっ、オクスフォード大学に、ですか？」

「そうだとも！　きみは入学試験で高得点をたたきだし、最優秀《さいゆうしゅう》学生のための特別プログラムに選抜《せんばつ》されたんだ。世界中の最高峰《さいこうほう》の生徒たちと学べるぞ！」

エルシーは、ぼうぜんとしていた。

「あの、わたし、本当に科学と数学を学べるんですか？　イギリスのオクスフォード大学で？」

エイムズ先生は、うんうん、と頭がもげそうな勢いでうなずいている。

「七年生でオクスフォード大学とは！　きみは私《わたし》の自慢《じまん》の生徒だよ。すばらしい偉業《いぎょう》だ！」

エルシーがあたしのほうを向きながら、キャーと歓声《かんせい》をあげる。あたしは最高の笑顔を見せようとした。まちがいなく、その努力はした。エルシーは、あたしがいままで出会った中で、断トツで聡明《そうめい》な子だ。おめでとうと言ってあげたい。

けれど大親友がいなくなってしまうと思うと、気持ちがしずんでいくのも事実だった。あたしにとってホイットマン・アカデミーでの一年間が最高の時間となったのは、まちがいなく、エルシーがいてくれたおかげだ。

あたしの気持ちを察してか、先生のほうを向いたとき、エルシーの笑みはかげっていた。先生は鼻をすすってメガネを外し、目をこすっていた。エルシーが恐縮《きょうしゅく》して質問する。

「あのう、エイムズ先生、泣いてるんですか?」

「きみを教えられて、じつに光栄だよ。私《わたし》の教え子のなかで、きみはピカ一だ」

エイムズ先生はそう言うと、あたしを見てつづけた。

「ミズ・ピーターズ、きみの友だちは、将来《しょうらい》かならず偉業《いぎょう》を成しとげる。そう思わないかね?」

「はい、ぜったいそうです」あたしはうなずいた。

エイムズ先生は立ちあがると、もう一度エルシーににこやかに笑いかけてから、自分の席へもどっていった。

あたしは、ほほえんでいようとした。でも、うまく笑えた自信はない。エルシーがいなくなったら、あたしたちはどうなるの？　まだ友だちでいられる？

エルシーはそわそわと手を動かし、しばらくたってからようやく、あたしのほうを見た。

「アマリ、本当はどう思ってる？」

あたしはそくざに答えた。

「良かったと思ってる。大学を十代で卒業した天才キッズとして、きっとニュースになるよ。で、卒業したら、めずらしい病気を治療《ちりょう》したり、世界の飢餓《きが》問題を解決したりするんだよ」

エルシーは、あたしをじっと見つめた。

「アマリ、正直に言って。青のオーラは幸福とは正反対の色だから。しかも、アマリのいまのオーラは濃《こ》い青よ」

あたしは、まあね、という感じで肩《かた》をすくめて言った。

「前もって言ってくれれば良かったのに。願書を出したのも知らなかった」

たしかにエルシーは、学校の勉強が簡単《かんたん》すぎると不満をもらしていた。飛び級をしようかな、とも言っていた。でも十三歳《さい》でいきなり大学をめざす子なんて、そうはいない。

「うん、だよね。でもね、アマリ、本気じゃなかった。入学試験を受けたのは、エイムズ先生に何度も何度もすすめられたから。まさか受かるなんて、夢にも思っていなかった。オクスフォード大学の特別プログラムに選ばれた子のなかには、八歳《さい》か九歳《さい》で入学した子もいるのよ。わたしだってかなり優秀《ゆうしゅう》なほうだとは思うけど……」

「はあ、かなり優秀《ゆうしゅう》？　頭脳明晰《ずのうめいせき》な天才ちゃんじゃん。わかってるくせに」

エルシーはほおをほんのり赤くし、ニッと笑って言った。

「うん、まあ、そうかな」

あたしは声をあげて笑いかけ、急にあることに気づいた。

「ちょっと待った。イギリスにひっこすとしたら、来年はロンドンの超常現象局《ちょうじょうげんしょうきょく》でサマーキャンプを受けるってこと？」

エルシーは否定《ひてい》しかけたが、いったん口をとじてから答えた。

「えっと、そこまで気が回らなくて……」

とつぜん、バスが激《はげ》しくゆれた。窓《まど》がカタカタと鳴り、あたしは席から体がうきあがった。危険《きけん》を感じた生徒たちが、いっせいに悲鳴をあげる。窓《まど》の外を見ようとしたが、窓《まど》がくもっていてよく見えない。

そのとき、すべての音が消えた。窓《まど》の鳴るカタカタという音も、生徒たちの声もしない。

「エルシー、なに？　なにが起きてるの？」

あたしはそう言いながらエルシーのほうを見て、絶句した。

エルシーは座席《ざせき》から数センチ体がういたまま、完全に止まっていた。顔に困惑《こんわく》の表情が刻《きざ》まれたまま、まばたきすらしていない。焦《こ》げ茶色の長いポニーテールも、頭上にういたまま止まっている。実物のエルシーではなく、写真の中のエルシーみたいだ。だれかが一時停止ボタンでもおしたみたいに、エルシーは完全に停止していた。

なにがなんだかわからないけど、動けるようになるかも、と思ってつついてみた。けれどショッピングモールのマネキンみたいに、エルシーは完全に止まったままだ。

ウソ！　不気味だよ！　助けを求めてバスの中を見まわしながら立ちあがった。

けれどエルシーだけでなく、あたし以外の全員が止まっていた。前の席の子たちも、腕《うで》と足をからませたまま止まっている。通路をはさんだ席の女子は目を見ひらき、落としかけた携帯電話《けいたいでんわ》へ手をのばした状態で、携帯電話《けいたいでんわ》とともにういていた。

くもったガラスを腕《うで》でぬぐって外を見たとたん、心臓《しんぞう》がドクンとはねた。なんと、雨粒《あまつぶ》まで止まっている！　まるで時間が完全に止まったみたいだ。あたし以外は、だけど。

目に見えない危険《きけん》に気をつけよ。

ひょっとして、あの運勢占《うらな》いが指していたのは、このこと？

3 緊急措置《きんきゅうそち》

バスの中を必死に見まわし、エイムズ先生に目をとめた。先生はバスの先頭で、運転手のとなりにしゃがんでいる。

勇気をふるい、エルシーの横をすりぬけ、通路に出た。なにがなんだかわからないけど、先生は影響《えいきょう》を受けてないかも――。けれど近づくにつれて、期待は消えていった。なにせバスの中の子は、全員、動きが完全に止まっているのだ。ようやく先生にたどりついたら、先生だけでなくバスの運転手も、動きが止まっていた。

ごくりとつばを飲みこんだ。いったいなぜ、こんなことが？

次の瞬間《しゅんかん》、ふいに停止状態が終わり、いきなり音と動きがもどってきた。一瞬《いっしゅん》で元にもどったので、あたしはぎょっとして飛びあがった。

エイムズ先生はあたしが真後ろにいるのに気づき、びっくりしていた。

「おや、ミズ・ピーターズじゃないか。なにか用かね？」

あたしはまだ胸《むね》をドキドキさせたまま、どぎまぎしながらたずねた。

「あっ、えっと、あの……いま、なにが起きたか、覚えてます？　たったいまなんですけど」

　エイムズ先生はわけがわからないという顔で、ひたいにしわをよせていた。

「はて、それは、どういう意味かな？」

　あたしは無言で先生を見つめかえすことしかできなかった。完全に動きが止まっていたことを覚えていないなんて、ありえる？　エイムズ先生は、心配そうな顔をした。

「ミズ・ピーターズ、だいじょうぶかね？　なにか相談したいことでも？」けれど、すぐに合点のいった表情をうかべた。「ああ、なるほど……。ミズ・ロドリゲスがいなくなってしまうので、心細いのかな？」

「いえ、あの、なんでもありません」

　あたしはすばやく首を横にふってそう言うと、なにごともなかったようにジョークを飛ばして笑いあっているほかの子たちをながめながら、自分の席へと引きかえした。たとえ自分の身に起きたことを覚えていなくても、バスが激《はげ》しくゆれたことくらい、覚えていそうなものなのに。あまりにも奇妙《きみょう》だ。

　席にもどったら、エルシーが楽しそうに自分の携帯電話《けいたいでんわ》をいじっていたので、あたしは心底ほっとして、エルシーに抱《だ》きついた。

「ああ、良かった！」

「えっ、アマリ、なに？　わたし、進学するかどうか、まだ決めてないわよ」

あたしは、エルシーの目を見つめた。

「ええっ、エルシーも？　なんにも覚えてないの？」

「なんのこと？　オクスフォード大学のこと？」

「ううん、そのあとのこと。ふたりで話をしていたら、急にすべての動きが止まったんだよ。あたし以外は、だけど」

エルシーが、けげんそうに片方《かたほう》のまゆをつりあげる。

「すべての動きが……止まった？」

「うん、エルシー。本当だよ」

そのとき、ポケットの中で携帯電話《けいたいでんわ》がものすごい音で鳴りはじめた。エルシーの携帯電話《けいたいでんわ》もけたたましく鳴ったので、あたしたちは顔を見あわせた。理由はひとつしか考えられない。携帯電話《けいたいでんわ》をとりだしたら、画面全体に文字が光っていた――『非常警報《けいほう》！　緊急事《きんきゅう》態！』

おどろいて口をあんぐりとあけたエルシーに、あたしは言った。

「ね、言ったとおりでしょ」

エルシーの携帯電話《けいたいでんわ》にメッセージが表示された――〈送信者：ベア　バスの最後尾《さいこうび》のおれの席に来い〉

当然ながらベアはエルシーにしかメッセージを送っていない。それでもあたしはエルシーといっしょに、エイムズ先生がこっちを見ていないのを確かめてから、こそこそと最後尾《さいこうび》に移動した。ベアはあたしまで来たのでむっとしたが、あたしもすわれるように窓際《まどぎわ》へ移動すると、あたしを無視《むし》してエルシーに問いかけた。

「非常警報《けいほう》の内容を確かめたか？」

エルシーはあたしといっしょに首を横にふって答えた。

「メッセージをもらってすぐに来たから、確かめてない」

ベアは自分の携帯電話《けいたいでんわ》をあたしたちに見えるように持って、通知をタップした。あたしは通知を読むため、エルシーといっしょに身を乗りだした。

『**非常警報**《けいほう》　魔術科学部《まじゅつかがくぶ》は、本日、ジョージア州のほぼ全域《ぜんいき》で、大規模《だいきぼ》な時間停止現象が発生したことを確認《かくにん》した。その影響《えいきょう》で時計の時刻《じこく》がずれた件に関し、隠蔽工作部《いんぺいこうさくぶ》がすみやかに工作中。この前代未聞の規模《きぼ》で広まった危険《きけん》な魔術《まじゅつ》については、目下調査中』

エルシーがぼそっとつぶやいた。

「えっ、魔術《まじゅつ》なの？」

「このバスでも時間停止現象が起こったんだよ。でも――」

そう言いかけたら、ベアにさえぎられた。

「おい、アマリ、待てよ。おれは、時間が停止した覚えなんてねえぞ」

「みんな、時間が停止して、動きが止まってたの。動けたのは、あたしだけ。もう、本当に、不気味だった」

あたしがそう説明すると、エルシーは上の空でうなずいて言った。

「そうね。時間というのは、たとえ止まったとしても、感じられるものじゃない。わたしがわからないのは、なぜ局が魔術《まじゅつ》のせいにしたのかってこと。前代未聞の規模《きぼ》の時間停止なんて、魔術《まじゅつ》で引きおこせるはずがないのに」

「そんなもん、決まってんだろ。自分だけは動けたって、いま、アマリが認《みと》めたし。どこかの魔術師《まじゅつし》のしわざに決まってる」

ベアが勝手に決めつけたので、あたしはあきれかえって言いかえした。

「ベアなら、そう言うと思った」

エルシーがあたしとベアを交互《こうご》にながめ、青ざめた顔で説明した。

「時間停止手投げ弾《だん》なら、ひとりの人物の周囲の時間を一分くらいなら止められる。でもね、たったそれだけでも、すさまじい量の魔力《まりょく》が必要なの。しかも時間停止手投げ弾《だん》は、一回使ったら、魔力《まりょく》を再充電《さいじゅうでん》するのに何か月もかかる。これほど大規模《だいきぼ》な時間停止現象となると、よほど強力な魔力《まりょく》の持ち主としか考えられない。まるで……」

エルシーが言いかけた言葉を飲みこんで、あたしをまっすぐ見る。ベアが冷たく笑い、太い腕《うで》を組んで、つづきを言った。

「生まれつきの魔術師《まじゅつし》みたいにか？　考えてみろよ。時間停止現象を引きおこした張本人は、当然、自分だけは魔術《まじゅつ》にかからないようにするだろ。魔術師《まじゅつし》だけは動けるように」

あたしはベアをにらみつけた。くやしいけれど、ベアの言うことは筋《すじ》が通っている。恐怖《きょうふ》にじわじわと胃《い》をしめつけられた。この現象が魔術師《まじゅつし》のしわざだなんて、まさか。エルシーが目をふせて言う。

「憶測《おくそく》で物を言うのは、良くないわ」

けれどベアの耳には入らなかったらしい。しかめっ面で携帯電話《けいたいでんわ》を見つめ、何度か画面をタップしながら、つぶやいている。

「つづきがあるはず。更新《こうしん》しねえと……」

するととつぜん、超常捜査部《ちょうじょうそうさぶ》のヴァン・ヘルシング部長の映像《えいぞう》が流れてきた。あたしたちにも聞こえるように、ベアが音量を調整する。

ヴァン・ヘルシング部長「……これまで見たことのないレベルの魔術《まじゅつ》です」

記者「部長、現時点で言えることは？」

ヴァン・ヘルシング部長「今回の一件はたまたま起きた害のないハプニングではなく、我々《われわれ》を標的にした攻撃《こうげき》です。とうてい容認《ようにん》も無視《むし》もできません」

記者「なにが原因か、だれが犯人か、現時点でのお考えは？」

ヴァン・ヘルシング部長「こんな大規模《だいきぼ》で危険《きけん》な魔術《まじゅつ》は、昔から魔術師《まじゅつし》たちのしわざと決まっています。それをふまえ、超常界《ちょうじょうかい》の安全確保のために、緊急措置《きんきゅうそち》をとる所存《しょぞん》です」

映像《えいぞう》はそこでとぎれ、ベアがにやつきながら、ふんぞりかえった。

「ほらな！　アマリ、ブラックストーン刑務所《けいむしょ》行きは決定だな」

「うるさい！」

あたしはそう言いかえしたものの、胃《い》をじわじわとしめつけていた恐怖《きょうふ》が、一気にパニックへと変化した。ベアがあたしを見つめたまま、声をあげてあざ笑う。

あたしは、エルシーのほうを向いてたずねた。

「あたしを刑務所《けいむしょ》に入れるなんて、そんな権限《けんげん》、ヴァン・ヘルシング部長にあるの？」

けれど答えたのはベアだった。

「あるに決まってんだろ！」

エルシーは、いらついたときのくせで歯を食いしばっていた。

「どう考えても言いがかりよ。あのとき、アマリはわたしのとなりにすわってた」

ベアがエルシーに反論《はんろん》する。

「本当にそうか？　時間が止まる前、おれがエイムズ先生に声をかけようとしたとき、おまえはうとうとしてた。っていうか、アマリはおまえがいつ寝入《ねい》るか、観察してたぞ。魔《ま》術《じゅつ》をかけるチャンスを待ってたんだろ」

あたしは首を横にふった。

「ううん、エルシーとの賭《か》けに勝ちたかっただけ。それに、あたしの魔術《まじゅつ》は幻想術《げんそうじゅつ》よ。時間を止める方法なんてわからない。さっきエルシーも言ってたでしょ。これほど大規模《だいきぼ》な時間停止は、魔術《まじゅつ》で引きおこせるはずがないって」

ベアがしたり顔で、また反論《はんろん》する。

「いやいや、だからこそ魔術《まじゅつ》なんだろ。おまえら魔術師《まじゅつし》は一見不可能に思える芸当ができるんだから。おまえだって、去年の夏、雷雨《らいう》を引きおこし、ディラン・ヴァン・ヘルシングを稲妻《いなずま》の檻《おり》に閉《と》じこめた。あれだって、ふつうはありえないことだろうが。幻想《げんそう》じゃないだろ？」

あたしは答えられなかった。あのときは無意識に幻想術《げんそうじゅつ》を使ったのかもしれないけれど、稲妻《いなずま》は本物だった。ベアがつづける。

「いま、外が雷雨《らいう》なのも、ぜったい偶然《ぐうぜん》じゃない。ひょっとしておまえ、秘密《ひみつ》の魔術《まじゅつ》を使ってるんじゃねえの？　どんな魔術《まじゅつ》を使えるか、わかったもんじゃない」

「いいかげんにしてよ！」

あたしは立ちあがり、自分の席へと通路を引きかえした。エルシーもすぐについてくる。席につくと、エルシーが言った。

「アマリ、局はこの一件をハプニングではなく攻撃《こうげき》だと見なしている。それってつまり、この時間停止現象には、なにか裏《うら》があるってことよね」

「うん。ヴァン・ヘルシング部長は緊急措置《きんきゅうそち》をとるって言ってたけど、なんだと思う?」

その答えは、すぐにわかった。あたしの携帯電話《けいたいでんわ》にいきなりメールがとどいたのだ。

〈アマリ・ピーターズへ　本日付で超常現象局《ちょうじょうげんしょうきょく》のサマーキャンプへの参加を禁止する。

――超常議会《ちょうじょうぎかい》/副首相府〉

4 四人の魔《ま》女《じょ》たち

雷鳴《らいめい》とどろく悪天候によって、ジョージア水族館をふくむアトランタ市の中心街はほぼ停電となったため、あたしたちはホイットマン・アカデミーに引きかえすことになった。学校に着いたとたん、エイムズ先生はエルシーのオクスフォード大学合格という朗報《ろうほう》を広めるため、エルシーを連れてどこかへ行った。残されたあたしたちは、ローレル先生がシェークスピアの悲劇《ひげき》『マクベス』を、盛大《せいだい》に悲嘆《ひたん》にくれ、むせび泣きつつ朗読《ろうどく》するのを、最後まで聞いた。

けれどあたしは、まともに聞いていなかった。超常現象局《ちょうじょうげんしょうきょく》のサマーキャンプに参加できないなんて。キャンプに参加できないなら、超常医療部《ちょうじょういりょうぶ》に入院しているお兄ちゃんにどうやって会えばいい？　お兄ちゃんが二か月間、遠くはなれたオーストラリアで治療《ちりょう》を受けていたときは、夏に会えるという思いだけが心の支えだったのに。もしお兄ちゃんの容態が悪化したら？　そのとき、あたしがかけつけられなかったら、どうしよう？

だれかに相談したい。たとえば、マリア・ヴァン・ヘルシングに。去年の夏、魔術師《まじゅつし》だと判明したのは、あたしとディランだけでなく、ディランの姉のマリアもだった。さらに超常界《ちょうじょうかい》の名門ヴァン・ヘルシング家では、数百年にわたって代々《だいだい》、魔力《まりょく》がひそかに受けつがれてきたことも明るみに出た。

あたしが魔術師《まじゅつし》に対するイメージを良くしたように言われているが、マリアの影響《えいきょう》も大きい。マリアは、あたしなんかより、はるかに有名だ。ヴァン・ヘルシング家の一員ということもあるけれど、捜査官《そうさかん》ペア、通称《つうしょう》ヴァンクイッシュとして、お兄ちゃんと組んでめざましい功績をあげたことでも知られている。お兄ちゃんが呪《のろ》いをかけられる前のヴァンクイッシュは有能な捜査官《そうさかん》ペアで、ふたりのアクション・フィギュアまで数種類出ているほどだ。

いま起きていることについて情報を持っている人がいるとしたら、やはりマリアだろう。けれどアプリで連絡《れんらく》をとろうとしたら、エラーメッセージが表示された――『エラー！アザーネットに接続できません』

わけがわからず、少しの間、メッセージを見つめていた。キャンプに参加を拒否《きょひ》されただけでもショックなのに、アザーネットまで使えないなんて。超常現象局《ちょうじょうげんしょうきょく》だけでなく、超《ちょう》常界《じょうかい》からもしめだされた気分だ。いくらなんでも、ひどい！　絶叫《ぜっきょう》したくなってきた。

とりあえずエルシーにメッセージを送ったところ、そくざに返事が来た――〈いまは会えない。ママと校長が放課後オクスフォードについて相談したいって〉

エルシーのママが校長と話をするってことは、エルシーの転校は決定事項《じこう》？　大ショックだ。エルシーの運転手に家まで送ってもらおうとひそかに期待していたので、よけいがっかりした。帰りは市営バスに乗るしかない。

帰りのバスでは運悪く、一体の青白い超常体《ちょうじょうたい》のオークがとなりにすわった。ものすごい巨体《きょたい》で、三人分の席を占《し》めている。それでも、ふつうの人間には変装《へんそう》した超常体《ちょうじょうたい》の真の姿《すがた》は見えないので、気にする人はいない。このオークはトレンチコートで体をかくし、さらに視界駆除剤《しかいくじょざい》を大量につけているので、だれもオークのほうを見ようともしない。これは、超常現象局《ちょうじょうげんしょうきょく》が町中の超常体《ちょうじょうたい》に義務づけている最低限の偽装《ぎそう》工作だ。あたしは超常体《ちょうじょうたい》の本来の姿《すがた》が見える目薬〈真実の光景〉をさしているので、オークの大きくて平べったい頭と真っ黒な目が見えた。オークの腕《うで》は太すぎて、ところどころそでがはちきれ、やぶれている。

オークがあたしの視線《しせん》に気づき、うなり声をあげた。

けれどあたしは、市営バスで超常体《ちょうじょうたい》をさんざん見てきたのでへっちゃらだ。そこで笑みをうかべ、オークが読むふりをしている新聞を指して、ささやいた。

「新聞、逆さまになってますよ」

オークはムッとしたらしい。新聞をたたみ、しかめっ面で言った。

「あんた、いったい、何様のつもり――」

次の瞬間《しゅんかん》、あたしが魔術師《まじゅつし》のアマリ・ピーターズだと気づいたのが伝わってきた。いきなり声が小さくなって言葉がとぎれ、全身をこわばらせたからだ。そしてあわれっぽい声をあげて、そそくさと席を立ち、できるだけ遠い席にこそこそとうつっていった。

そっか。いまの状況《じょうきょう》では、こっちのほうが恐《おそ》れられるのか。時間停止現象について、超《ちょう》常現象局《じょうげんしょうきょく》は魔術師《まじゅつし》のしわざだと決めつけている。となると、あたしはまた、まわりじゅうから恐《おそ》れられるの？　やってもいないことのせいで、去年のあたしの功績は帳消し？

約四十五分後、うちの近所のバス停でバスをおりたときは、まだ動揺《どうよう》がおさまらなかった。心配ばかりの四十五分間は、やけに長く感じた。ストレスで、爆発寸前《ばくはつすんぜん》だ。けれど、うちの界隈《かいわい》は百八十度ちがっていた。雨がやんだので、子どもも大人もわらわらと歩道に出てきてお祭りさわぎだ。家の中や車のステレオから音楽がガンガン鳴りひびき、大人は笑ったり踊《おど》ったりし、子どもたちも水たまりをはねちらかして、大はしゃぎしている。

通りすぎるあたしに、数人が会釈《えしゃく》して「元気？」と声をかけてくれた。うちの界隈《かいわい》で有名なのは、あくまでお兄ちゃん。あたしは、その妹として知られている。なにせお兄ちゃんは、アメリカの名門大学の二校から全額支給の奨学金《しょうがくきん》を提示されたうえ、地域《ちいき》のボランティアの教育プログラムでみんなに勉強をわかりやすく教えた地元のヒーローだ。お兄ちゃんが高校を卒業後、超常現象局《ちょうじょうげんしょうきょく》の捜査官《そうさかん》になったことは、もちろんだれも知らない。魔《ま》術師《じゅつし》モローの呪《のろ》いのせいで、いまも行方不明と思われているのは、悲しくてたまらない。

それでも地元の人たちはいまだにお兄ちゃんを尊敬《そんけい》していて、お兄ちゃんがこの地域《ちいき》の出身ということだけで満足してくれる。部外者にどれだけ悪口を言われても、お兄ちゃんのように自慢《じまん》できる人がひとりいるだけで誇《ほこ》りを持てる。

地元の友だちのジェイデンが、通りの反対側からあたしに手をふっていた。もしジェイデンがとなりにいたら、「こんなに大勢の人がアマリにあいさつするのは、アマリのことをクイントンに負けないくらい自慢《じまん》に思っているからだ」なんて言うだろう。大げさだとわかっていても、ジェイデンはいつもあたしに自信をくれる。

でもいまは、サマーキャンプに参加できないショックにくわえ、ジェイデンを見てさらに落ちこんだ。去年のあたしの功績の中で一番誇《ほこ》れるのは、ジェイデンを今年のキャンプに推薦《すいせん》し、適性検査を受けられるようにしたことだ。明日はジェイデンが初めて局に行く日なのに、あたしはいっしょに行ってあげられない。世話してあげると約束したのに。

暗い顔でうちのアパートの前まで来て、いつものくせでミセス・ウォルターズの家の窓《まど》をちらっと見て、ハッとした。ええっ、だれもいない！　ミセス・ウォルターズは、いつどんなときでも、あの窓《まど》から外をのぞいている。曜日も時間も関係なく、他人の動向を一秒たりとも見落とすものかと目を光らせ、せっせとメモまでとるくらい、詮索《せんさく》好きだ。つい去年知ったのだけど、ミセス・ウォルターズはじつは老婆《ろうば》に変装《へんそう》した魔女《まじょ》だった。魔女《まじょ》は人間だとよく言われるけど、それはちがう。ミセス・ウォルターズの肌《はだ》は緑色だし――。

ふと、ひらめいた。詮索《せんさく》好きなミセス・ウォルターズなら、時間停止現象についてなにか知ってるかも。その情報を元に、時間停止現象の犯人の手がかりを得られるかも。可能性は低そうだけど、やってみる価値《かち》はある。

さっそく、ミセス・ウォルターズ宅《たく》の玄関《げんかん》ドアをノックした。家の中から音楽が聞こえてくるのに、なぜか返事はなく、ドアがわずかにあいている。どうして？　心配になってきた。

「こんにちは。いらっしゃいます？」

少しだけドアをあけて中をのぞいたら、魔女《まじょ》の道具が部屋のすみにまとめてあった。空を飛ぶ魔女《まじょ》のほうきはひとつにまとめられて宙《ちゅう》にうき、大釜《おおがま》にはほこりまみれの古本がつまっている。一番目をひいたのは、一枚《まい》のシャツがほかのシャツを次々《つぎつぎ》とたたみ、スーツケースにきちんとつめていく光景だった。せっせと働くこのシャツは、まさにワークシャク！　それにしても、いったいなにごと？　ミセス・ウォルターズはひっこす気？

そのとき、当のミセス・ウォルターズがドアを大きくあけた。

「おやまあ、なんだい？　迷子にでもなったのかい？」

ぶあついスカーフと巨大《きょだい》なサングラスのせいで、ミセス・ウォルターズの顔はまともに見えない。けれどすぐに目薬〈真実の光景〉の効果があらわれ、茶色い肌《はだ》が緑色へと変化した。鼻がのびてとがったわし鼻になり、あごがぐっとせりだして、横から見ると半月のような顔になる。昔の映画《えいが》に出てくる、西の悪い魔女《まじょ》にそっくりだ。

ミセス・ウォルターズの本当の姿《すがた》を見るのは初めてじゃないけれど、変化を目のあたりにすると、やはりめんくらう。

「あ、あの……窓辺《まどべ》に姿《すがた》が見えなかったんで……」そう言いかけたとき、聞きなれた曲がとなりの部屋から聞こえてくるのに気づき、耳をかたむけながらたずねた。「あれ？　いつからラップ音楽を聞くようになったんです？」

ミセス・ウォルターズはすきまのある歯を見せてニッと笑い、玄関口《げんかんぐち》でラップにあわせて軽く踊《おど》った。

「あたしの足はね、何百年もこうして踊《おど》って、玄関《げんかん》のラグを削《けず》ってきたんだ。いまはみんなで、お別れの会をひらいてるんだよ」

お別れの会？　まとめられた荷物をちらっと見て思った。どこへひっこすの？　そのとき、奥《おく》のほうからだれかが声を張りあげた。

「その子がカードゲームのスペードを知ってるかどうか、聞いとくれ！」

ミセス・ウォルターズが、あたしを品定めするようにじろじろと見る。正直、むっとした。カードゲームのスペードは、アメリカ南部の黒人共通の娯楽《ごらく》だ。スペードを知らなかったらバーベキューにも参加できない。あたしは自信たっぷりにほほえんで答えた。

「はい、もちろん。でも――」

「じゃあ、お入り！」

ミセス・ウォルターズがあたしを引きずりこんでドアをしめ、となりの部屋へとひっぱっていく。

「ちょ、ちょっと、ミセス・ウォルターズ……時間停止現象について聞きに来ただけで……」

「そんなのはおいといて、ほら、おすわりよ」

「でも……えーっ！」

あたしは驚愕《きょうがく》のあまり、口をあんぐりとあけてしまった。なんと、ミセス・ウォルターズと瓜二《うりふた》つの女性があとふたり、ダイニングテーブルについている！　けれど数秒後には目薬〈真実の光景〉の効果で、素の姿《すがた》が見えるようになった。ひとりはのっぽでやせた魔《ま》女《じょ》、もうひとりはおチビで太った魔女《まじょ》だ。

「あのう、みなさん全員、ミセス・ウォルターズなんですか？」

なるほど、だからミセス・ウォルターズは、いつどんなときでも、あの窓辺《まどべ》にすわっていたのか。あたしとママがスーパーを出るとき、ちょうどミセス・ウォルターズが入ってくるところだったのに、アパートにもどったら、ミセス・ウォルターズがあいかわらず窓《まど》辺《べ》にすわっていたことがあったっけ。昔から不気味だと思っていたけど、そういうことか。

おチビの魔女《まじょ》が言った。

「そういうこと。この市に住むための偽《にせ》の身分が、ひとつしか手に入らなかったんでね。なにせ、あたしらはおたずね者だし――」

のっぽの魔女《まじょ》がブルッとふるえる。

「シーッ！　あたしらの立場をぶちまける気かい？　この子は超常現象局《ちょうじょうげんしょうきょく》で働いてる。密《みっ》告《こく》されかねないよ」

あたしは三人の魔女《まじょ》をながめ回した。いま、おたずね者って言った？　犯罪者なの？

おチビの魔女《まじょ》があきれた顔をして言った。

「どうせ、すぐひっこすだろ。それにこの子は魔術師《まじゅつし》だから、逃走中《とうそうちゅう》のあたしら四人の魔《ま》女《じょ》なんかより、大問題をかかえてるって」

あたしは、ひきつった声で笑いながらたずねた。

「でも、みなさん、本当は無実なんですよね？　実際にはなにもしていないんじゃ……」

三人の魔女《まじょ》は、だれもあたしと目をあわせようとしない。えっ、マジで有罪か。ふと、あることが気になって、部屋を見まわした。

「あのう、いま、四人の魔女《まじょ》って言いませんでした？」

のっぽの魔女《まじょ》があごをそらし、ゲラゲラと笑って答えた。

「四人目のドッティは、そこの瓶《びん》の口にいるよ」

「そこの瓶《びん》って……あのカエル？」

びっくりして目を見ひらいたあたしに、おチビの魔女《まじょ》が説明した。

「ああ、そうだよ。ゲームでいかさまをしたら、一時間瓶《びん》に入るのが、わが家の決まりなんだ。だからあんたも、正々堂々《せいせいどうどう》とプレーするんだよ」

あたしは、のどをごくりと鳴らした。いったいどんなゲームなの？

ドアをあけた魔女《まじょ》が——ドアの魔女《まじょ》と呼《よ》ぶことにしよう——あたしに声をかけてきた。

「ほら、あそこの机《つくえ》の上から、好きなトランプを一組、とっておいで」

机《つくえ》のほうへ向かったら、威嚇《いかく》するような黒い目が描《えが》かれた赤いトランプと、しかめっ面が描《えが》かれた青いトランプがおいてあった。

「どちらかを選べばいいんですか？」

「どっちも魔術《まじゅつ》がかかってるから、よーく考えて選ぶんだよ」

あたしは、赤いトランプと青いトランプを交互《こうご》にながめてたずねた。

「魔術《まじゅつ》って……？」

「あんたねえ、魔女《まじょ》のトランプが無害なわけないだろ。かみつくトランプもいるよ」

「おどしてくるカードもいるし」

「服を燃やすカードもいるよ」

三人の魔女《まじょ》はそろって大声で笑い、ひとりがつづけた。

「ハハッ、ほかにもあるけど、知らないほうが楽しめるってもんだ」

そう言われても――。くちびるをかんで考えた。魔女《まじょ》たちからはぜったい情報を聞きだしたい。トランプの魔術《まじゅつ》にやられずに聞きだす方法が、きっとあるはず。よし、ゲームに参加して、時間停止現象について情報を聞きだせたら、すぐに切りあげよう。あたしまで四人目の魔女《まじょ》みたいに瓶《びん》に入れることは、さすがにないだろう。

青いトランプを選び、ダイニングテーブルにもどった。のっぽの魔女《まじょ》がトランプを配りはじめ、あたしが情報を聞きだそうとしたそのとき、あたしに配られたカードの一枚《まい》がよちよちとおチビの魔女《まじょ》のほうへはっていき、おチビの魔女《まじょ》がそれをとるのを見た。

「えっ、それ、あたしのカードです。スペードなら、あなたとチームを組むんですよね」

すると、おチビの魔女《まじょ》がバカにしたように言った。

「そんなこと、だれが決めたんだい？　このゲームはね、魔女《まじょ》のスペード。チームなんて組むもんかい」

ドアの魔女《まじょ》が首を横にふりながらつけくわえる。

「あたしらと勝負する気なら、自分のカードに気を配ったほうが身のためだよ」

あたしはムッとしながら思った。ヘンなルール！　他人のカードをぬすんでもいいなら、なんでもありじゃん！

次のカードが配られると、あたしはカードをきれいに積みかさね、片手《かたて》でおさえた。三人の魔女《まじょ》がこのゲームに集中しているのは一目でわかる。あたしは本題に入ろうとした。

「それにしても、あの時間停止現象は不気味でしたよね？」

あたしの一言で、三人とも集中力がとぎれたらしい。おチビの魔女《まじょ》が顔をしかめ、首を横にふりながら言った。

「あんたなら、どうせ全部わかってんだろ」

あたしは早口で答えた。

「それが、ぜんぜん。みなさんなら、なにか聞いてるかと思って。だれが引きおこしたのかとか、どんなふうに時間を止めたのかとか」

おチビの魔女《まじょ》がぴしゃりと言う。

「なにも知らないよ。知りたいとも思わない。あたしらには関係ないね」

あたしは無言で三人を見つめた。魔術《まじゅつ》に関することなのに、いつから魔女《まじょ》は無関係になったの？　のっぽの魔女《まじょ》が、まゆをひそめてつけくわえた。

「あんたの考えていることくらい、お見通しだよ。でも、こっちにも限界はあるんだよ」

あたしは、三人の魔女《まじょ》をかわるがわる見ながら問いかけた。

「また起こるかもしれないって思います？　また時間が止まるとか？　別の場所で止まるとか？」

のっぽの魔女《まじょ》が答える。

「また時間が止まるかなんて、あたしらはどうでもいい。それより、この件に関するみょうな事態のほうが、はるかに気がかりだよ」

あたしはすわったまま身を乗りだし、かさねてたずねた。

「と、いうと？」

「超常議会《ちょうじょうぎかい》のトップの首相がなんの声明も出してないことだよ。いつもなら、なにか大きな事件が起こると、首相のマーリンがすぐにアザーネットで問題ないと声明を出すんだ。けれど今日、マーリンはまだなにも言ってないだろ？」

のっぽの魔女《まじょ》は顔をしかめ、ぐっと身を乗りだしてつづけた。

「そのかわり、あのいまいましい副首相が、次々《つぎつぎ》と指示を飛ばしてるそうじゃないか」

そういえば、あたしにサマーキャンプへの参加を禁じたメッセージにも〝副首相府〟と書いてあったっけ。

のっぽの魔女《まじょ》が気むずかしい顔のまま、テーブルの中央にカードを一枚《まい》出した。カードの数字は10。けれどカードの柄《がら》は見たことがない。ふつうのトランプのハート、ダイヤモンド、クラブ、スペードとちがって、このカードのマークは道化師の小さな帽子《ぼうし》だ。

ドアの魔女《まじょ》が同じマークのクイーンのカードを出しながら言った。つづいておチビの魔《ま》女《じょ》が、同じマークのキングを出す。

「プランク《悪ふざけ》の10かい」

あたしは自分のカードをざっと見た。見たことのない柄《がら》のトランプだけど、ゲームのスペードならば、同じ柄《がら》のA《エース》で勝てるはず。そこで、プランクのA《エース》のカードを出した。

あたしがカードをテーブルに出した瞬間《しゅんかん》、三人の魔女《まじょ》それぞれの頭上に巨大《きょだい》なバケツがとつぜんあらわれ、三人に水をかけて、ずぶぬれにした。大量の水をかけられながら、ひとりの魔女《まじょ》が「息をとめて！」と叫《さけ》ぶ声がする。

あたしは予想外の光景に度肝《どぎも》をぬかれ、ふきだしそうになるのを必死にこらえ、水がとまるまで手で口をふさいでいた。

「いまのは、いったいなんですか？」

のっぽの魔女《まじょ》が、ずぶぬれのマントからしたたる水をはらいながら答えた。

「あんたが勝ったってことだよ。ああ、もう、プランクのカードの悪ふざけは、ちっとも楽しくない。なにをしでかすか、わかったもんじゃない。次はあんたからだよ」

あたしはあっけにとられたままうなずき、さりげなく質問した。

「じゃあ、その……副首相って、だれなんです？」

おチビの魔女《まじょ》が吐《は》きすてるように答えた。

「ベインに決まってるだろ」

のっぽの魔女《まじょ》が身をふるわせてつけくわえる。

「くさりきった野郎《やろう》だから、あんただって覚えていたくないんだろ。しかたないさ」

ここでドアの魔女《まじょ》が疑問《ぎもん》を投げかけた。

「でもさ、おかしいと思わないかい？　副首相が実権《じっけん》をにぎるのは、首相が動けないときだけだろ？」

あたしは背筋《せすじ》をのばして、たずねた。

「つまり、マーリン首相の身になにか起きたかもしれないってこと？　マーリンはエルフで魔術師《まじゅつし》ではないけれど、ものすごい魔術《まじゅつ》を使えるんじゃないですか？」

マーリンは猫背《ねこぜ》で、皮膚《ひふ》はまだらの木の幹みたいで、外見からは想像もつかないが、じつはナイトブラザーズと戦った約七百年前の先《さき》の大戦では超常軍《ちょうじょうぐん》の総大将《そうだいしょう》を務め、以来ずっと超常議会《ちょうじょうぎかい》の首相として超常界《ちょうじょうかい》を治めている。

すかさず、おチビの魔女《まじょ》にちゃちゃを入れられた。

「それは、強大な魔力《まりょく》を持って生まれてきた、あんたがあらわれるまでの話だろ？」

「まあ、それは……そうですかね」

あたしは、ほおが熱くなった。たしかにあたしは生まれつきの魔術師《まじゅつし》だけど、マーリンとは大きなちがいがある。マーリンは数百年かけて魔術《まじゅつ》をみがいてきたけれど、あたしは魔術師《まじゅつし》としてはまだまだひよっこだ。

ドアの魔女《まじょ》が椅子《いす》の背《せ》もたれによりかかって言った。

「この一件が魔術師《まじゅつし》のしわざでないとしたら、ベインが黒幕《くろまく》だとしても、あたしゃちっともおどろかないね。あのベインのことだ。いつ自分は首相だと言いだしたっておかしくない。そうなったら、この部屋にいる全員にとって、とんでもない不運だよ」

「えっ？　なんで？」

そうたずねたら、おチビの魔女《まじょ》がこっちに身を乗りだし、あごをつきだして言った。

「うわさだと、ピーターズ家の兄妹はかなりの切れ者だそうだけど、あんたはそうは見えないねえ。ベインはレイスという種類の超常体《ちょうじょうたい》、ってことは知ってるだろ？」

「えっ、そうなんですか？」そういえば、去年のサマーキャンプで習ったっけ。「えっと、たしか……レイスっていうのは、呪《のろ》いのせいで肉体から魂《たましい》をはがされた超常体《ちょうじょうたい》ですよね？」

のっぽの魔女《まじょ》がうなずく。

「あれほどおぞましい呪《のろ》いは、そうはない。想像してごらんよ。肉体から魂《たましい》を強引にはがされ、かつての自分の姿《すがた》のまま、あの世に半分足をつっこんだ状態で、つねに数秒ごとに点滅《てんめつ》しながら、この世に永遠に存在《そんざい》せざるをえなくなるんだよ。点滅中《てんめつちゅう》に姿《すがた》がぼやけたり、消えたりしているときは、あの世の魂《たましい》の状態。点滅中《てんめつちゅう》に姿《すがた》が見えるときは、色はないけど昔の姿《すがた》で、実体をともなってこの世にいる状態だね」

だれが呪《のろ》いをかけたかは、聞かなくてもわかる。史上最強の魔術師《まじゅつし》、ナイトブラザーズだ。約七百年前の大戦で、鎧《よろい》をまとった一団がナイトブラザーズに襲《おそ》いかかろうとしたとき、ナイトブラザーズの片《かた》われのモローが〈生ける屍《しかばね》〉という呪文《じゅもん》を唱えた。その呪文《じゅもん》の効果があまりにおぞましかったため、残りの軍はいっせいに逃《に》げだしたらしい。

ドアの魔女《まじょ》が首を横にふりながらつづけた。

「魔術《まじゅつ》でレイスにさせられた連中は、魔術師《まじゅつし》をぜったいゆるさない。なにせベインは、呪《のろ》いをかけられた一団の隊長だったからねえ。復讐《ふくしゅう》したくて、うずうずしてた。でもこれまでは首相のマーリンが、超常界《ちょうじょうかい》の平和のために、ベインをおさえてきたんだよ」

なるほど。だんだん、わかってきた。

「もしいまマーリンが動けない状態だとしたら、ベインが実権《じっけん》をにぎることになりますよね。そうしたら、復讐《ふくしゅう》しほうだいじゃないですか」

ドアの魔女《まじょ》がうなずく。

「だからこそ、あたしらは行方をくらますことにしたんだよ。七百年前あたしらは、ほかの魔女《まじょ》たちと縁《えん》を切ってナイトブラザーズの側についた魔女《まじょ》の一団に属してたんだ。当時、あたしらは若《わか》くて向こう見ずで、ナイトブラザーズの魔術《まじゅつ》が壮麗《そうれい》に見えて、すっかりだまされちまった。ベインはきっと、復讐《ふくしゅう》したい相手のリストを持ってるはず。その中にあたしらの名前が入っていたら、血眼になってあたしらを探《さが》すはずだよ」

そのとき、外でクラクションの鳴る音がし、のっぽの魔女《まじょ》が言った。

「おや、タクシーが来たよ」

けれど、おチビの魔女《まじょ》は首を横にふった。

「だめ。このゲームを終わらせてから。お嬢《じょう》ちゃん、まだカードを出してないよ」

あたしは、弱々《よわよわ》しくほほえんだ。

「あれ、ばれちゃいました？」

三人の魔女《まじょ》がそろってうなずき、おチビの魔女《まじょ》が説明する。

「ゲームをとちゅうで切りあげたら、カードの機嫌《きげん》をそこねちまうんだ。ひどくらまれることもある。きちんとゲームを終わらせないと、次に負けたとき、どんな目にあわされるか、わかったもんじゃない」

あたしは手持ちの中で最強のカードを出した。また1で、今回は絶叫《ぜっきょう》する顔のカードだ。のっぽとおチビの魔女《まじょ》は負けが確定し、すねていたが、ドアの魔女《まじょ》はにやりとした。

「ホラー《恐怖》のA《エース》かい？」そして、どくろ印のついた黒いカードを、たたきつけるようにして出した。「フフッ、デンジャー《危険》のA《エース》だよ」

魔女《まじょ》のスペードがふつうのスペードと同じならば、たぶんあたしの負けだ。罰《ばつ》ゲームを覚悟《かくご》してひるんだら、頭上で稲妻《いなずま》が光り、テーブルの上を火花がつっきった。

「いたっ！」と、おチビの魔女《まじょ》が飛びのいて叫《さけ》ぶ。

のっぽの魔女《まじょ》も金切り声をあげ、手をぶんぶんとふっていた。

「ああもう、デンジャーカードの罰《ばつ》ゲームは、質《たち》が悪いったらありゃしない」

そのとき、三人の視線《しせん》があたしをとらえた。テーブルの上の火花は、なぜかあたしの手を飛びこしている。あたしだけは、罰《ばつ》ゲームのいたみを感じない。うわっ、ビックリ！

ドアの魔女《まじょ》と目があうと、魔女《まじょ》はにやりとして言った。

「どうやら稲妻《いなずま》をあやつれる子に、火花は効かないようだねえ」

おチビの魔女《まじょ》が、びくびくしながらあたしにたずねる。

「あんた、ほかになにができるんだい？　あんたがヴァン・ヘルシング家の坊主《ぼうず》をとっつかまえる映像《えいぞう》を見てから、ずっと聞きたかったんだけど」

あたしの頭の中で、ベアのあざけるような声がひびきわたる——『どんな魔術《まじゅつ》を使えるか、わかったもんじゃない』

あたしは、のどをごくりとさせて答えた。

「あたしにもわからないんです……本当に」

5 無《む》用《よう》者《もの》

ミセス・ウォルターズたちを乗せたタクシーを見送って、アパートの自宅《じたく》にもどった。

ミセス・ウォルターズ宅《たく》でベイン副首相の情報は手に入ったが、あたしが超常現象局《ちょうじょうげんしょうきょく》にもどるのに使えそうな情報はまだない。ただ、サマーキャンプへの参加を拒否《きょひ》されたのは、時間停止現象の犯人が魔術師《まじゅつし》、と考えられたせいなのは確信した。ならば、犯人は魔術師《まじゅつし》じゃないと証明するしか、局にもどる方法はない。

でも――。犯人は魔術師《まじゅつし》以外に考えられないと、あたしの直感は告げている。魔術師《まじゅつし》でないことを強く願っているけれど、魔術師《まじゅつし》でなければ、あたしだけ時間が止まらなかった理由の説明がつかない。魔術師《まじゅつし》だけはかからない魔術《まじゅつ》を、魔術師《まじゅつし》以外がかけたりする？　もし本当に魔術師《まじゅつし》が犯人だとしたら、魔術師連盟《まじゅつしれんめい》のメンバーは候補《こうほ》になるけど、あの人たちがそんなことをするとは思えないし――。

すっかり物思いにふけり、家でママに「アマリ、お帰り！」と声をかけられても、あたしは上の空でキッチンのほうへ手をふった。

「ただいま、ママ」

集中して考えるため、さっさと自分の部屋にもどりたい。けれどそのとき、ママの料理の香りがただよってきて、あたしは立ちどまった。ママが得意げに言う。

「ふふっ、どうよ。この香りをかげば、仏頂面《ぶっちょうづら》も元にもどるんじゃない？」

「ごめんね、ママ。ちょっと考えごとをしてて」

キッチンに入ったら、ママはご機嫌《きげん》で、木製の長いスプーンで鍋《なべ》をかきまぜていた。この香りは、ママ特製のスパイシーな煮込《にこ》み料理、ガンボだ。口の中によだれがたまり、腹《はら》がゴロゴロと鳴る。そのとき、ママがこんなに大量に料理している理由に気づいてハッとした。そうだ、今日はエルシーを招待し、いっしょに早めの夕食をとることになっていたんだった。本当にいろいろあったので、すっかり忘《わす》れてた。今日、来られるかどうか、エルシーに確認《かくにん》のメッセージを送ったところ、すぐに返事がきた。

〈送信者：エルシー　いまから行くよ〉

良かった。エルシーと少しでも時間をすごして相談しあえば、きっとなにもかも解決できる。とにかくいまは、サマーキャンプへの参加を拒否《きょひ》されたことを、ママには言わないでおこう。理由を説明したら、よけい心配させるだけだ。

ママが小さめのスプーンを鍋《なべ》に入れて、ガンボをすくい、あたしにさしだした。

ガンボを舌《した》の上で味わった。うん、おいしい！　スプーンをくわえたままうっとりし、一瞬《いっしゅん》、すべての悩《なや》みがふっ飛んだ。その顔を見たかったのよ、と言わんばかりにママがうなずく。そのとき急に、きついスパイスの後味がして咳《せき》こんだ。

「ママ、ちょっとスパイスが効きすぎてない？」

ママがぎょっとし、あたしを見知らぬ他人のように、上から下までじろじろと見る。

「ちょっとアマリ、そんなわけないでしょ」

あたしは、くちびるをかんで考えながら言った。

「だってママ、時々《ときどき》ペッパーを入れすぎるじゃん」

ママが両手を腰《こし》にあて、あきれきった顔で言う。

「それでも三杯《ばい》もおかわりするのは、どこのだれかしら」

「それは、あたしがママの味になれてるから。エルシーはガーッと火をふいちゃうかも。この味、さすがにエルシーにはまだ無理だよ」

ママは真顔でいようとしたけれど、こらえきれずにぷっとふきだし、いっしょにゲラゲラと笑いあった。

去年の今ごろはママとほとんど口をきかなかったなんて、信じられない。去年はお兄ちゃんがまだ行方不明だったし、ママは生活のために働きづめで、かつかつの生活だった。ありがたいことにママは昇進《しょうしん》して、家にいられる時間が長くなったし、お兄ちゃんはまだ呪《のろ》いがかかっているけれど、あたしがなんとか探《さが》しあてた。

ああ、お兄ちゃんに会いたい。局にいるお兄ちゃんの顔を見るために、ぜったい、なにがなんでも、サマーキャンプにもどらなくちゃ。

そのとき、声がした――「うーん、いい香り！」

ふりかえると、エルシーがうちのリビングに瞬間移動《しゅんかんいどう》したところだった。オクスフォード大学のあざやかな青のTシャツを着て、大きなズック製のバッグをひとつ持っている。あまりに大きなバッグなので、事情を知らなければ、ひっこしてきたと思われそうだ。じつはエルシーは、発明中の作品をバッグに入れて持ち歩くくせがある。本人によると「いつひらめくか、わからないから」だそうだ。さっそくママがエルシーを手招きした。

「いらっしゃい！　さあ、こっちに来て」

エルシーはあたしに軽く手をふってから、ママにぎゅっとハグされにいった。ママのハグは、久しぶりに会ったおばさんがよくする、あばら骨《ぼね》がおれそうなくらい強力なハグだ。

そのあとママは一歩さがってエルシーをながめ、すぐにTシャツに目をとめた。

「もう、大学のことを考えてるのね。そうね、早すぎることはないわ。だってあなたは、とくに優秀《ゆうしゅう》なんだし」

エルシーがわずかに赤くなりながら説明する。

「じつはわたし、秋からオクスフォード大学に進学することになったんです。今日、聞いたばかりなんですけど」

「まあ、すごいじゃないの！　ご家族は、さぞお喜びでしょうね」

エルシーはうなずいたけれど、バスで知らせを聞いたときほど興奮《こうふん》してはいなかった。

「なので、今年はアマリといっしょに過ごせる最後の夏になるんです……」

ママはあたしとエルシーを交互《こうご》に見て、オクスフォードのことはふれられたくない話題だとさとったらしい。

「角の店まで、ソーダ水を買いに行ってくるわ。ふたりでいろいろ話しあって。ね？」

あたしもエルシーもうなずき、ママが玄関《げんかん》の鍵《かぎ》をつかんで外に出るのを見送った。そのあと無言で見つめあってから、あたしが先にリビングのソファにすわって声をかけた。

「進学するって決めたんだ」

「決めたのはわたしじゃなくて、ママ。オクスフォードに進学しろって、命令したも同然よ。またとないチャンスだからって」エルシーはうつむいてそう言うと、ため息をつき、あたしのとなりに腰《こし》かけた。「ママったらロンドン支局への転勤《てんきん》願いを出して、大学のそばにアパートまで借りちゃったの」

「そうなんだ……」

それしか言えなかった。エルシーのオクスフォード大学進学が現実味をおびてきた。大親友のエルシーが本当にいなくなってしまう。

「エルシーのママが、ここに来るのをよくゆるしてくれたね。時間停止現象とか、いろいろあったのに」

「最初はダメって言われたの。だからおばあちゃんに電話して、アマリがサマーキャンプに参加できなくなったことを説明したら、おばあちゃんがママを説得してくれたの。ちゃんと顔をあわせて、さようならと言わせてあげるべきだって」

あたしは目に涙《なみだ》がこみあげてきたので、まばたきをし、顔をそむけて言った。

「いま、ちゃんと、さようならって言うよ」

「アマリ、いやよ、こんなの。ふたりで過ごせる最後の夏なら、悔《く》いが残らないようにしなくちゃ。超常現象局《ちょうじょうげんしょうきょく》のキャンプで、いっしょに過ごそうよ」

さすが、エルシーはいつも前向きだ。あたしは涙《なみだ》をぬぐい、エルシーの決然とした目を見つめて、たずねた。

「うん、あたしだって、そうしたいよ。でも、どうやって？」

エルシーが答えようとしたそのとき、エルシーの携帯電話《けいたいでんわ》のアプリが勝手にひらき、スピーカーから女性のひそひそ声が流れてきた。

「重要な発表があるので、できるだけ静かな場所に移動するように」

「エルシー、なにそれ？」

エルシーがこっちに身をよせ、携帯電話《けいたいでんわ》の画面を見せてくれた。そこには、男性のいかめしい顔が画面いっぱいに映《うつ》っていた。その顔は白黒写真のように色がなくて、点滅《てんめつ》している。最初は携帯電話《けいたいでんわ》の調子が悪いのかと思ったけど、周囲は鮮明《せんめい》に映《うつ》っているので、携《けい》帯電話《たいでんわ》のせいじゃない。男性は冷たい目で画面ごしにこっちを見つめたかと思うと、くちびるをゆがめ、あたたかみなどかけらも感じられない笑みをうかべた。

背筋《せすじ》にぞわっと悪寒が走った。この点滅《てんめつ》している男性こそ、副首相のベインにちがいない。ベインが話しはじめた。

「その昔、超常界《ちょうじょうかい》の者たちは心安らかに暮《く》らしておった。しかし去年の夏、人間と動物をかけあわせた獰猛《どうもう》なハイブリッドが超常界《ちょうじょうかい》の名門の家々《いえいえ》を破壊《はかい》するのを目のあたりにし、さらに今日、遺憾《いかん》ながら、さらに大胆《だいたん》で残忍《ざんにん》な攻撃《こうげき》が発生した。今朝、ジョージア州一帯で、短時間ではあるが時間が停止したことは、みなも知ってのとおりだ。しかし、事はそれだけにとどまらぬ。なぜなら、ある場所だけ、いまだに時間停止現象がつづいておるからだ」

ありとあらゆる超常体《ちょうじょうたい》でうめつくされた、すりばち状の巨大《きょだい》な円形の部屋が映《うつ》しだされた。席についているものや、壁《かべ》にぶらさがったもの、天井の梁《はり》にとまったものもいる。それを見たとたん、エルシーが息をのんだ。その部屋では時間停止現象がつづいていて、超《ちょう》常体《じょうたい》たちも完全に停止していたのだ。中央の巨大《きょだい》な演壇《えんだん》でおびえたように目を見ひらいて止まっているのは、首相のマーリンにほかならない。

あたしはがくぜんとし、エルシーと顔を見あわせて、小声で言った。

「エルシー、超常議会《ちょうじょうぎかい》は時間がまだ停止してる」

エルシーも息をのんでうなずく。その間もベインの演説はつづいた。

「わが超常界《ちょうじょうかい》の偉大《いだい》なるリーダーたちは、いまだに時間が止まった超常議会《ちょうじょうぎかい》に閉《と》じこめられておる。もしかしたら、永遠にそのままかもしれぬ。なぜこんなことがと、いぶかる者もおろう。かの偉大《いだい》なるマーリンまでもが、なぜ、このような恐《おそ》ろしい目にあわねばならぬのかと。その理由を教えよう。それは、我《われ》らが寛容《かんよう》になりすぎたからだ」ベインは、寛《かん》容《よう》、という言葉を吐《は》きすてるように言った。「魔術師《まじゅつし》や、魔術師《まじゅつし》の側についた者たちは、無用者《むようもの》というレッテルを貼《は》られ、超常界《ちょうじょうかい》から追放されるべしと、はるか昔に定められた。しかし現在、無用者《むようもの》たちは我《われ》らの世界で野放しで、堂々《どうどう》と暮《く》らしておる。さらに超常現象《ちょうじょうげんしょう》局《きょく》でも魔術師《まじゅつし》たちが自由に歩きまわり、捜査官《そうさかん》を名乗って、魔術《まじゅつ》を使っておる……」

あたしは歯を食いしばった。あたしとマリアのことだ。となりでエルシーも首を横にふりながらつぶやいた。

「いやなことを言うわね」

「七百年ほど前の先《さき》の大戦を覚えておる者は、恥《はじ》を知るべきだ。若《わか》すぎて先《さき》の大戦を知らぬ者は、よく聞くがよい。我《われ》らはけっして、無用者《むようもの》たちの罪を忘《わす》れてはならぬ。無用者《むようもの》たちをゆるしてはならんのだ。だからこそ、わしは非常時の権限《けんげん》を行使し、いまこの瞬間《しゅんかん》から、超常界《ちょうじょうかい》の首相となることを宣言《せんげん》する。これより、わしが過去の数々《かずかず》のあやまちをすべて正すので、どうか安心してほしい。無用者《むようもの》たちを服従《ふくじゅう》させ、こそこそと活動する魔術師《まじゅつし》たちを根絶する。そしてなにより超常界《ちょうじょうかい》の秩序《ちつじょ》を回復してみせる。そのことを、みなにしかと約束しよう」

ベインは顔の前に片手《かたて》をあげ、きつく拳《こぶし》をにぎって、つけくわえた。

「今後、ひとりの無用者《むようもの》が犯した罪は、無用者《むようもの》すべての罪とみなす。報復の時が来たのだ！」

6 無理難題《むりなんだい》

ベインの演説が終わったとたん、エルシーのママが電話をかけてきたので、エルシーはあたしに聞かれないよう、リビングを出てあたしの部屋に向かった。エルシーのママはもともとエルシーがここに来るのに反対だったから、いまは猛反対《もうはんたい》しているだろう。

本人がいないすきに、エルシーのズック製のバッグからノートパソコンをとりだした。あたしのアザーネットのアプリは使えないので、ベインがしきりに口にしていた〈無用《むよう》者《もの》〉という単語の意味を検索《けんさく》するには、これしかない。あたしのSNSのコメント欄《らん》でも見たことのある単語だけど、特別な意味があるとは思ってなかった。

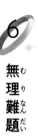

『無用者《むようもの》：俗語《ぞくご》。軽蔑語《けいべつご》。先《さき》の大戦でナイトブラザーズの側について戦った超常体《ちょうじょうたい》や魔術《まじゅつ》師《し》たちを指す用語。一三一五年にエイブラハム・ヴァン・ヘルシングが、魔術師《まじゅつし》と関係がある者――とくにハイブリッドやブギーパーソンのように魔術師《まじゅつし》が生みだした超常体《ちょうじょうたい》――を超常界《ちょうじょうかい》から排除《はいじょ》する運動にこの用語を使ったことで、世間に広まった。』

あたしも無用者《むようもの》ってことか。無用者《むようもの》は、ベインが憎《にく》むすべての者の代名詞《だいめいし》。さっきの演説で、ベインが無用者《むようもの》と連呼《れんこ》したのも無理はない。魔女《まじょ》のミセス・ウォルターズたちが言ってたとおり、ベインは時間停止現象を利用して、積年のうらみを晴らす気だ。でも、ただの言いがかりとしか思えない。先《さき》の大戦で戦った超常体《ちょうじょうたい》はほぼ全員、すでにこの世を去っている。なにせ七百年も前の大戦だ。四人のミセス・ウォルターズのように長生きな魔女《まじょ》は別として、いま迫害《はくがい》されようとしているのは、先《さき》の大戦で戦った無用者《むようもの》たちの子孫だ。その子孫は自分の意思で無用者《むようもの》になったわけじゃない。あたしが自分の意思で魔術師《まじゅつし》になったわけではないのと同じだ。それなのに、超常界《ちょうじょうかい》で暮《く》らしているというだけで責められるなんて、ひどすぎる。

エルシーがもどってきて、不満をもらした。

「もう、めちゃくちゃ。ママったら、すぐに帰ってこいだって」

「そのほうがいいんじゃない？　いまさら、あたしが局にもどれるわけないし」

「アマリ、いっしょに反撃《はんげき》しよう。アマリには、百万人を超《こ》えるフォロワーがいるんだから。自分の立場を守るために何か投稿《とうこう》するべきよ。アマリがディランを食いとめた映像《えいぞう》は、みんなが見てる。ベインがなんと言おうと、アマリが超常界《ちょうじょうかい》の救世主なのは事実よ」

「でもさあ、局からサマーキャンプへの参加を拒否《きょひ》された時点で、あたしのＳＮＳのアカウントは凍結《とうけつ》されてる。あたしにはもうフォロワーなんていないんだよ」

エルシーががっくりと肩《かた》を落として言う。

「わたしたちにできることが、きっと、なにかあると思うけど……」

「すごーく甘《あま》い考えかもしれないけど、もしあたしが時間停止現象を解決して、あたしへの疑《うたが》いを晴らすことができたら、さすがのベインもおとなしくなるんじゃないかな」

けれどエルシーは首を横にふった。

「アマリ、ベインは首相になったのよ。もうだれも、ベインの復讐《ふくしゅう》を止められない。なにも悪いことをしていない超常体《ちょうじょうたい》でも、目をつけられたら一巻《いっかん》の終わりよ」

「そっか。まあ、そうだよね」

「でもね、アマリ、時間停止現象を解明するのは名案だと思う。とくに無用者《むようもの》の超常体《ちょうじょうたい》のしわざじゃないってわかれば、効果的。そうすれば、ベインが無用者《むようもの》を攻撃《こうげき》するのは個人的な理由であって、超常界《ちょうじょうかい》を守るという言い分はこじつけだってわかるし――」

エルシーの携帯電話《けいたいでんわ》がまたバイブしはじめたが、エルシーは画面をちらっと見て、まゆをひそめると、携帯電話《けいたいでんわ》をポケットにつっこんだ。

「エルシー、ママの電話を無視《むし》したら、機嫌《きげん》をそこねちゃうんじゃない？」

「まあね。でも厳密《げんみつ》に言うと、ママから外出禁止を言いわたされても、どうせ明日からキャンプだし」

エルシーが、いたずらっ子のようにニヤッとする。あたしは笑ってしまった。

「アマリ、まずはホワイトボードに問題を書きださないと。わたしを見ならって、問題を整理するためのボードを買ったんでしょ？」

あっ、しまった。この一年間、ボードを買うって約束しつづけたのに――。

「えっとさ……買い忘《わす》れちゃった」

エルシーがぎろりとこっちをにらむ。

「アマリったら、あれがなければまともな捜査《そうさ》はできないって、わかってるくせに」

「えっ、捜査《そうさ》するの？　また、ふたりで正式に捜査《そうさ》を始めるの？」

「そういうこと。わたしのボードは方程式だらけだから、新しいボードがいるわね」

エルシーがまたニヤッとし、携帯電話《けいたいでんわ》を何度かタップすると、直後にだれかがうちの玄関《げんかん》をノックした。急いでドアをあけたら、翼《つばさ》つきの靴《くつ》をはいた女性があたしに箱をひとつおしつけ、あっという間に去っていった。箱のテープをはがすと、思ったとおり、新品のホワイトボードがあらわれた。

エルシーが黒いマーカーのキャップをとり、メガネをかけなおして、しれっと言う。

「ママのヘルメス即納便《そくのうびん》のアカウントを使っちゃった。じゃあ、時間停止現象を引きおこした張本人の候補《こうほ》を書きだしていくわよ」

あたしは、肩《かた》をすくめて言った。

「犯人は魔術師《まじゅつし》だって、みんな思いこんでるよ」

「ならば、まずは魔術師《まじゅつし》でない理由をあげるわね」

エルシーはそう言うと、次々《つぎつぎ》とリストをまとめていった。

『世間に知られた魔術師《まじゅつし》と、時間停止現象の犯人とは考えられない理由

ナイトブラザーズ――ふたりとも死亡《しぼう》

モローの弟子たち――ブラックストーン刑務所《けいむしょ》でモローになりすましていた者以外、全員死亡《しぼう》

アマリ――時間停止現象の間、わたしといっしょにバスに乗っていた

ディラン・ヴァン・ヘルシング――暗黒の魔窟《まくつ》に幽閉中《ゆうへいちゅう》

マリア・ヴァン・ヘルシング――超常現象局《ちょうじょうげんしょうきょく》で新教官のミーティング中』

エルシーがあたしにボードを見せてたずねた。

「だれかぬけてる？　もしぬけてないなら、魔術師《まじゅつし》は犯人じゃないと言えるわね」

「いやその……エルシーにはまだ教えてないけど、魔術師《まじゅつし》はほかにもまだいるんだよね」

エルシーがあっけにとられ、ぽかんと口をあける。

「はあ？　そうなの？　だれよ？」

「魔術師連盟《まじゅつしれんめい》っていう、何百年も前から存在《そんざい》している魔術師《まじゅつし》の組織があってね……」

エルシーは絶句して、ひたすらあたしを見つめている。

「やっぱ、先に言っておくべきだったよね。だれにも言うなって、連盟《れんめい》に約束させられたんだ。でも魔術師《まじゅつし》について捜査《そうさ》するなら、かくしておくのはまずいかなと思って」

エルシーは動揺《どうよう》をかくせないようすで言った。

「ふうん、そうなの……。超常現象局《ちょうじょうげんしょうきょく》もその連盟《れんめい》の存在《そんざい》を知らないってことでいいのよね？」

「マリア・ヴァン・ヘルシングは知ってるよ。連盟《れんめい》のメンバーだから」

「アマリもメンバーなの？　メンバーって何人くらいいるの？」

「じつはディランとの決闘《けっとう》のあと、あたしも連盟《れんめい》への参加を正式に要請《ようせい》されたんだけど、まだ返事はしてないんだ。正式な人数はよくわからないんだけど、まあ、数百人くらい？」

エルシーは驚愕《きょうがく》し、口ごもっていた。

「す、数百人？　だれも存在《そんざい》を知らない魔術師《まじゅつし》たちが数百人もいるってこと？」

「まあ、その……うん」

「じゃあ聞くけど、アマリはその中のだれかが時間停止現象を引きおこしたと思ってる？」

「そこなんだよね。連盟《れんめい》の魔術師《まじゅつし》たちは、局にはぜったい存在《そんざい》を知られたくないって真剣《しんけん》に考えてる。だから、自分たちに注目が集まるようなことをするとは思えないんだよね。議場の時間を止めて、超常議会《ちょうじょうぎかい》に首相を閉《と》じこめるなんて、ありえない」

「ねえアマリ、だれかに相談できないの？　連盟《れんめい》のメンバーが使う特別な電話とかないの？」

「あっ、そうだ。ちょっと待ってて」

あたしは自分の部屋にかけこむと、はいつくばって鏡台の下に手をのばし、一枚《まい》の白い小さなカードをとりだした。去年の夏、マリアからわたされたものだ。それを持ってリビングにもどり、エルシーに見せた。

「国際魔術師連盟《まじゅつしれんめい》、ね」

エルシーが読みあげ、カードを裏《うら》がえすと、そこには小さな文字がならんでいた。

『魔術師《まじゅつし》が連盟《れんめい》のまとめ役と連絡《れんらく》をとりたい場合は、このカードを鏡にあてること』

エルシーがぼうぜんとしながら言う。

「だれも知らない魔術師《まじゅつし》の連盟《れんめい》が存在《そんざい》してたなんて……。アマリ、このまとめ役の人に、時間停止現象について聞いてみるべきよ」

「うん、わかってる。でも、そう単純《たんじゅん》にはいかないんだ。ディランがあたしを自分の側に引きいれようとして、そのあとあたしと戦った映像《えいぞう》、覚えてる？　あのときディランは、あたしたちは生まれながらの魔術師《まじゅつし》という、特大級の事実を暴露《ばくろ》した。だからこそ特別な存在《そんざい》なんだって言ったよね？　じつは魔術師連盟《まじゅつしれんめい》も同じように、あたしは特別な存在《そんざい》だって信じてる。その連盟《れんめい》があたしを引きいれて、なにかさせようとしてると思うと、おっかなくて。もし連盟《れんめい》もディランと同じくらい悪いことを考えていたら、どうしよう？」

エルシーがうなずく。

「なるほど。アマリ、わたしは世界一の臆病者《おくびょうもの》だけど——」

そんなことない、とさえぎろうとしたあたしを、エルシーは首を横にふってとめた。

「わたしが臆病者《おくびょうもの》なのは、アマリも知ってるでしょ。だから、いまだに完全なドラゴンに変身できないんだもの。ドラゴンに変身できるくらい勇敢《ゆうかん》なことを、まだ一度もしてないから。でもね、アマリ、あなたはちがう。アマリは、わたしが出会ったなかで一番勇敢《ゆうかん》な人よ。いまでこそファンが大勢いるけれど、魔術師《まじゅつし》というだけで白い目で見られていたときのことを、わたしは覚えてる。アマリは敵《てき》だらけの環境《かんきょう》だったのに、超常界《ちょうじょうかい》を救ってみせた。いまのあなたは、あのときのあなたとなにも変わらない。だから連盟《れんめい》に情報をとりに行ってきて。魔術師《まじゅつし》が無実だと確信するには、それしかないわ」

あたしは、息を深く吸《す》ってふーっと吐《は》きだした。たしかに、それしかない。

「うん。いつものことだけど、エルシーの言うとおりだよ。あたしが勇気をふるい起こさなくちゃね」

あの最高にやさしいマリアがメンバーなんだし、魔術師連盟《まじゅつしれんめい》はそこまで悪質じゃないと思いたい。エルシーがほほえんで、つけくわえた。

「それにね、このカードがどんなふうに機能するのか、すっごく興味があるの。もちろん、科学者として」

あたしもほほえんで言った。

「どうでもいいよ、そんなこと」

そのあと、エルシーといっしょに洗面所《せんめんじょ》に移動して、照明をつけた。カードによると、連盟《れんめい》のまとめ役のコズモに連絡《れんらく》をとるには、カードを鏡におしつければいいらしい。でも、そうしたら、具体的になにがどうなるの？　エルシーが、メガネをかけなおしてたずねた。

「フェイスタイムみたいに、鏡に相手の顔が映《うつ》るのかしら？」

あたしは、さあ、と肩《かた》をすくめて言った。

「念のため、エルシーは入り口にさがっていたほうがいいかもよ。連盟《れんめい》のことは知らないことになってるし」

エルシーがうなずき、鏡から見えない位置までさがる。

ためしにカードをほんの少しだけ鏡にあてたら、なんと！　鏡に水のような波紋《はもん》が広がった。あたしはエルシーと目をあわせて言った。

「連盟《れんめい》のまとめ役と連絡《れんらく》をとるには、カードを鏡におしつければいいんだよね。それって、あたしが鏡の中に入っていくってこと？」

エルシーが、そうだよ、とばかりに、片方《かたほう》の親指を立てる。

あたしはおじけづく前に、カードをえいやっと鏡の中におしあてた。すると鏡の表面がうずをまき、あたしの手首に巻《ま》きついた。水の冷たい感覚を覚え、おびえてエルシーのほうを見た瞬間《しゅんかん》、あたしは鏡の中に引きずりこまれた。洗面所《せんめんじょ》にいたはずなのに、気がついたら、骨《ほね》の髄《ずい》まで凍《こお》るような冷たい水の中だ。口をとじようとしたけれど、すでに水が大量に入りこんでいる。もう、大パニック！　必死にあちこちに目を走らせた。

全身のふるえがとまらない。どこもかしこも真っ暗だ。けれどはるか遠くの下のほうで、なにかがぼうっと光っている。その光に向かって水を蹴《け》った。お願い、お願いだから、おぼれる前に着きますように——。

光の見える場所は遠かった。というか、遠すぎる。

けんめいにキックして、泳ぐことに集中し、光まで行け、ぜったい行けと自分に言いきかせた。全身の筋肉《きんにく》がいたい。肺《はい》がたまらなく苦しい。やっとのことで光に近づき、明るい出口の前に立つひとりの男性の姿《すがた》が見えてきた。その男性は両腕《りょううで》をふっている。早くこっちへ、と手招きしているらしい。

残った体力をふりしぼり、水をもうひとかきすると、男性の手がのびてきて、あたしをひっぱってくれた。その先は水など一滴《いってき》もないフローリングの床《ゆか》で、あたしはそこにドサッと落ち、水を吐《は》きだしながら咳《せき》こんだ。たどりつけて助かった！

魔術師連盟《まじゅつしれんめい》のまとめ役のコズモ・ガリレオ・レオナルド・デ・パッツィ、通称《つうしょう》コズモが背中《せなか》をなでてくれた。

「だいじょうぶですかな？」

あたしは息を吸《す》うのがやっとで声を出せず、無言でうなずいた。コズモがつづける。

「たまたま今朝、あなたの元へ行く手はずを整えていたところでして。そこへ、ご本人があらわれるとは。まさに絶妙《ぜつみょう》のタイミングです」

あたしはしゃべれるようになると、すぐに質問した。

「なぜ魔術師連盟《まじゅつしれんめい》のカードは、あたしをおぼれさせようとしたんです？」

コズモが顔をしかめる。

「安全対策《たいさく》のためですよ。魔術師《まじゅつし》ではない者がカードを見つけ、ためそうとする恐《おそ》れがつねにありますので。魔術師《まじゅつし》だと証明してくれれば、この屋敷《やしき》があなたをすぐに玄関《げんかん》へお連れしましたのに」

「証明って？」

「なんでもよいから魔術《まじゅつ》を使うのです。我々《われわれ》の方法を教わっていなかったとは、まことにお気の毒に」

どう言えばいいのかわからない。そもそもあたしは、魔術師《まじゅつし》について積極的に知ろうとしてこなかった。まあ、マリアに聞けば教えてもらえたとは思うけど。

「まあ、済《す》んだことはしかたありませんな。無事にたどりついただけでもおどろきですぞ。夜はこの湖底を血に飢《う》えた大きな生物が泳ぎまわっていますので。とりわけネス湖の怪獣《かいじゅう》は、魔術師《まじゅつし》が大好物でしてね。いつも目をぎらつかせて、この窓《まど》の外を泳いでますよ」

高そうな家具がならんだ豪華《ごうか》なリビングをながめながら、あたしはたずねた。

「えっと、あの……ここ、どこなんです？」

コズモが、とまどいの表情をうかべる。

「どこって、私《わたし》の湖底の家に決まっているではありませんか。ここはネス湖の湖底。それは、おわかりですよね？」

正直、理解するまでに少しかかった。

「えっと、あのう……なんで家が湖底にあるんですか？」

コズモは、あたしの質問を無視《むし》してつづけた。

「あなたに直接会いに行くのが正しいかどうか、私《わたし》は迷っていました。しかし、こうしてあなたのほうから来てくれた。これは運命です。運命の定めなのです」

あたしは、まゆをひそめてたずねた。

「運命って……どういう意味ですか？」

「いいから、ついてきてください。早く。この屋敷《やしき》は、準備が整わないうちに客が到着《とうちゃく》すると、いきりたつのです。機嫌《きげん》をそこねたら、恐《おそ》ろしく無礼なまねをしかねません」

そのとおりと言わんばかりに、屋敷《やしき》がゆれた。ほうきとモップとはたきがとなりの部屋から飛んできて、あたしたちのまわりを猛然《もうぜん》と掃除《そうじ》しはじめる。

コズモが腰《こし》に両手をあて、声を張りあげた。

「お客さまは、屋敷《やしき》が多少ちらかっていても、まったく気にしない。そうですな、アマリ？」

あたしは、いっせいに動きまわる掃除《そうじ》道具をながめることしかできなかった。コズモがひそひそ声で言う。

「屋敷《やしき》に言うのです。すっかり片《かた》づいているじゃないか、と」

あたしは、うんうん、とあいづちをうった。

「あっ、なるほど。ワーオ、ここ、すっごくきれい。あたしのアパートも、こんなにきれいならいいのに」

説得できたかどうかわからないけど、屋敷《やしき》のゆれはひとまずおさまり、掃除《そうじ》道具はとなりの部屋へもどっていった。コズモが言う。

「けっこうです。自意識過剰《かじょう》な屋敷《やしき》によけいな気をつかうひまなどありませんぞ。すでに事態は、かなり面倒《めんどう》なことになってますし」

屋敷《やしき》がまた不満そうに音をたててゆれる。

「いまのは、じょうだんだ！」

コズモはたじろぎながら屋敷《やしき》にそう言うと、あたしのほうを向いてつづけた。

「屋敷《やしき》が意固地になって、あらゆる廊下《ろうか》を掃除《そうじ》しはじめる前に、書斎《しょさい》へ行きましょう」

走りだそうとしたコズモを、あたしはつかんで止めた。ここに来たのは、屋敷《やしき》見学のためではなく、コズモに聞きたいことがあるからだ。すぐにでも答えがほしい。

「その前に、連盟《れんめい》のだれか魔術師《まじゅつし》が今回の時間停止現象をひきこしたかどうか、教えて」

コズモは、あたしの質問にムッとしたようだ。

「わが連盟《れんめい》の魔術師《まじゅつし》にあのような混乱《こんらん》を引きおこした者はいないと断言します。あれほど強大な魔力《まりょく》を持つ魔術師《まじゅつし》など、連盟《れんめい》にはいない。それは、すでにおわかりのはず」

そう聞いてほっとしたけれど、時間停止現象の犯人につながる情報にはならない。次の質問は答えがわかっていたけれど、いちおう聞いてみた。

「魔術師《まじゅつし》連盟《れんめい》に属していない魔術師《まじゅつし》がいる可能性は、ありませんかね？」

コズモはきっぱりと否定《ひてい》した。

「ありませんよ。強大な魔力《まりょく》を持つ生まれつきの魔術師《まじゅつし》は一時代にふたりのみ。現代はあなたとディラン、その前はナイトブラザーズのモローとウラジーミルのみ。それ以外の魔《ま》術師《じゅつし》は、ウラジーミルが魔術師《まじゅつし》同盟《どうめい》を結成すると決め、自分の魔力《まりょく》を少しずつ分けあたえたから魔術師《まじゅつし》となれたのであり、その魔力《まりょく》を代々《だいだい》ひきついできたにすぎません。安心なさい。万が一、魔術師《まじゅつし》連盟《れんめい》の魔術師《まじゅつし》が連盟《れんめい》をぬけようとしたら、魔力《まりょく》をはく奪《だつ》しますよ」

もしそうなら、時間停止現象の犯人は魔術師《まじゅつし》じゃない、ということになるけど――。

「じゃあ、あたしが時間停止現象の影響《えいきょう》を受けなかったことは、どう説明します？　時間停止現象が発生したとき、バスの中にいたんですけど、あたしだけは動けたんです」

ほう、というように、コズモが片方《かたほう》のまゆをつりあげる。

「それは、じつに興味深い質問ですな。まあ、私《わたし》なりに思うところはありますが、それはまた後日に。いまはそんなことより、さしせまった問題が多々《たた》ありますので。さあ、こちらに！」

「えっ、でも――」

コズモはドアのほうへ突進《とっしん》していく。こうなったら、ついていくしかない。どこに行く気？　時間を止めたのは魔術師《まじゅつし》、と考えられているいまの状況《じょうきょう》より、さしせまった問題ってなに？

コズモを追って曲がりくねった廊下《ろうか》を走りぬけ、真っ暗な部屋をつっきり、動くバルコニーの反対側へ飛びうつり、回転する豪華《ごうか》なシャンデリアがある巨大《きょだい》なダイニングを通りぬけ、行きどまりの短い廊下《ろうか》まで来た。あたしは息切れし、前かがみになっていた。

「なんで……そんなに……急ぐの？」

息ひとつ乱《みだ》れていないコズモが平然と答える。

「大惨事《だいさんじ》がいつ起きてても、おかしくないのですよ。魔術師《まじゅつし》たちを根絶するとベインが宣言《せんげん》して以来、わが連盟《れんめい》は大さわぎとなっています。私《わたし》もみんなを必死になだめていますが、ベインが迫《せま》ってくるのは、もはや時間の問題。たとえひとりでも魔術師《まじゅつし》が脅威《きょうい》を感じて攻《こう》撃《げき》したらどうなるか、考えただけでぞっとします。大惨事《だいさんじ》となりますぞ」

「攻撃《こうげき》するなと命令すればいいんじゃないですか？　あなたは連盟《れんめい》のトップですよね？」

「いやいや、私《わたし》はただのまとめ役。私《わたし》の権限《けんげん》は一時的なもので、ごくかぎられたもの。私《わたし》の役目はあくまでも、生まれつきの魔術師《まじゅつし》が正当なリーダーにつくまでです。私《わたし》としては、アマリ、あなたとディランが成長し、より賢《かしこ》くなり、魔術《まじゅつ》に熟達《じゅくたつ》するのを待つつもりでした。連盟《れんめい》の盟主《めいしゅ》という重責をになう気があるか、ご自身に選んでもらうつもりだったのです。しかし、そんな悠長《ゆうちょう》なことは言っていられなくなりました」

やはり恐《おそ》れていたとおり、魔術師《まじゅつし》連盟《れんめい》は生まれつきの魔術師《まじゅつし》を特別な存在《そんざい》とみなし、強くこだわってる。でも、悠長《ゆうちょう》なことは言っていられないって――。

「あの、悠長《ゆうちょう》なことは言っていられないって、どういう意味です？」

コズモは、あたしに深くおじぎをして言った。

「どうか、魔術師《まじゅつし》連盟《れんめい》の盟主《めいしゅ》になっていただきたい。一生、お仕えいたします」

ええーっ、ウソでしょ！

「あたしに魔術師《まじゅつし》連盟《れんめい》を率いろって言うんですか？」

「そうです。目下、連盟《れんめい》は大混乱《だいこんらん》におちいっていますから」

「魔術師《まじゅつし》たちがあたしの言うことを聞くと思います？　あたし、まだ十三歳《さい》ですよ」

コズモはまたしてもあたしを無視《むし》し、天井を見上げて言った。

「屋敷《やしき》よ、冠《かんむり》を見せよ！」

すると行きどまりの壁《かべ》がスライドし、小さな部屋があらわれた。中央には台があり、ビロードのクッションの上に、きらめく黒い冠《かんむり》がひとつおいてある。

無意識のうちに冠《かんむり》のほうへ近づいていた。頭がぼうっとし、胸《むね》全体があたたかくなる。まるで呪文《じゅもん》を唱えるときのように——。意識をはっきりさせたくて、頭をふった。

「なんですか、これは?」

「ナイトブラザーズの片《かた》われからひきついだ宝物《たからもの》。ウラジーミル伯爵《はくしゃく》の冠《かんむり》です」

ナイトブラザーズの宝物《たからもの》と聞いて、去年、大金庫に入ったときの記憶《きおく》がまざまざとよみがえった。あのときディランは超常現象局《ちょうじょうげんしょうきょく》の大金庫から、ナイトブラザーズの最強の呪文《じゅもん》書《しょ》、黒本を堂々《どうどう》とぬすんだのだった。コズモがつづける。

「この冠《かんむり》をあなたにわたすのが、私《わたし》の務めなのです。魔術師連盟《まじゅつしれんめい》は代々《だいだい》、ウラジーミルの魔力《まりょく》をひきついできました。しかしそれはあくまでも、ウラジーミルの魔力《まりょく》をわかちあっただけ。ウラジーミルの冠《かんむり》をかぶった者は、ウラジーミルの魔力《まりょく》をすべて使えるようになる。あなたは、生まれもった魔力《まりょく》だけでなく、何百名もの魔術師《まじゅつし》たちがひきついできた魔力《まりょく》をも使えるようになるのです。私《わたし》に可能ならば、ぜひその魔力《まりょく》をひきつぎたいものですが、冠《かんむり》をかぶれるのは、生まれつきの魔術師《まじゅつし》一名のみ……」

コズモがあたしをひたと見すえて、つけくわえた。

「冠《かんむり》をお受けいただけますか? 盟主《めいしゅ》として真夜中の王座《おうざ》につき、我《われ》らを率いて敵《てき》と戦っていただきたい」

コズモの言う敵《てき》とは、いまや首相となったベインと、ベインの命令で魔術師《まじゅつし》を追っている捜査官《そうさかん》たちのことだ。つまり――。

「あなたの言う敵《てき》って……超常現象局《ちょうじょうげんしょうきょく》のこと？」

そう質問すると、コズモの目つきがけわしくなった。

「あなたは超常現象局《ちょうじょうげんしょうきょく》で魔術師《まじゅつし》を狩《か》る者たちに忠誠心《ちゅうせいしん》をお持ちのようですが、私《わたし》の使命はなによりもまず、魔術師《まじゅつし》たちの命を救うことです」

あたしは首を横にふった。

「局と連盟《れんめい》のどちらかを選べって言うんですか？」

「将来《しょうらい》なりたい自分になれる道と、これまでどおりの自分でいる道のどちらかを選んでくれと言っているのです。アマリ、あなたは魔術師《まじゅつし》に生まれついたのです。いまでも魔力《まりょく》はあるとお思いでしょうが、ウラジーミルの冠《かんむり》をかぶれば、想像を超《こ》える魔力《まりょく》が手に入る。魔術師《まじゅつし》史上、唯一無二《ゆいいつむに》の強大な魔術師《まじゅつし》となれる。まさに無敵《むてき》となれるのです」

コズモの興奮《こうふん》した声を聞くうちに、あたしは怖《こわ》くなってきた。ここに来たのは、とんでもないまちがいだった。いまの自分の魔力《まりょく》さえ、ろくに知らないこのあたしに、ウラジーミルの冠《かんむり》など受けとれるわけがない。

「そんなに強大な魔力《まりょく》で、あたしに具体的になにをしろと？」

「我《われ》らを守っていただきたい。必要とあらば、我《われ》らを戦争へと導いていただきたい。ベインのせいで、我《われ》らは追いつめられている。まさに生きるか死ぬかの瀬戸際《せとぎわ》ですぞ。連盟《れんめい》の魔術師《まじゅつし》がひとりでもつかまれば、我《われ》らの存在《そんざい》は超常界《ちょうじょうかい》に知れわたる。だからこそ、行動を起こすのです。いますぐに」

くらくらしてきた。コズモは本気で、あたしが大切に思っている局の人たちをうらぎれと言ってる？　お兄ちゃんのことも裏切《うらぎ》れと？　戦争しろ？　本気なの？　この場をどう乗りきるか、頭をフル回転させて考えた。

「あの……すぐには決断できません。時間をください」

コズモがまゆをひそめる。

「我《われ》らに時間などありませんぞ」

あたしは必死なあまり、声がひびわれた。いま決めろなんて、いくらなんでもむちゃだ。

「そんなの知りません！　とにかく、時間がほしいんです」

コズモは悲しそうな目をして、首を横にふった。

「ここで即断《そくだん》しなかったことは、いずれ知れわたります。そうしたら、あなたが魔術師連《まじゅつしれん》盟《めい》よりも超常現象局《ちょうじょうげんしょうきょく》を優先《ゆうせん》したのではないかと疑《うたが》う魔術師《まじゅつし》が、私《わたし》のほかにも出てきます」

「いいから、聞いて！　時間停止現象を引きおこした犯人を……ううん、時間停止の解除《かいじょ》方法をもしあたしがつきとめられたら、超常議会《ちょうじょうぎかい》は動くようになり、ベインは首相ではなくなって、すべて元通りになる。そうしたら、だれも魔術師《まじゅつし》をつかまえようとはしませんよね」

コズモは無言だった。あたしの期待は宙《ちゅう》ぶらりんだ。あたしはコズモにうったえた。

「お願いだから、時間をください。おろかな戦争で、だれも傷《きず》つけたくないんです。あなただって、そうですよね」

ようやくコズモが口をひらいた。

「私《わたし》に可能なかぎりの時間をさしあげましょう」だが、けわしい顔になってつけくわえた。

「ただし、冠《かんむり》を拒《こば》めばゆゆしき事態をまねくことを、お忘《わす》れなく」

あたしは時間をもらえるとわかって、ほっとした。

「はい、わかりました」

「いや、あなたはわかっていない。ですが、いずれわかるときが来るでしょう」

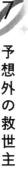

7 予想外の救世主

翌朝《よくあさ》は、ママが部屋のドアをノックする音で目が覚めた。ママが出勤《しゅっきん》する日はいつもそうだ。けれどこのあと、いつもならあたしの朝食のタルトをあたためようとキッチンに行くのに、今朝のママはドアをあけたまま、にやにやしながら立っている。

「アマリ、リビングでボーイフレンドがお待ちかねよ」

ボーイフレンド？　あたしは目をこすって眠気《ねむけ》を飛ばしながら、起きあがった。

「ママ、ジェイデンのこと？　やめてよ。ただの友だちだってば」

ママは、ふーん、という顔であたしを見て、ニッと笑った。

「とにかく、ジェイデンのところに行きなさい。あなた、なにか手助けするって約束したそうね。サマーキャンプのことかしら？」

約束はした。二週間くらい前に。でもジェイデンは、自分で全部できると言ったのに。

「わかった。行くよ」

ママが立ちさり、あたしはふーっと息を吐《は》きだした。コズモが言っていた戦争と冠《かんむり》の記憶《きおく》が頭をよぎり、身ぶるいする。

コズモの湖底の屋敷《やしき》からもどると、エルシーはすでに瞬間移動《しゅんかんいどう》して自宅《じたく》にもどっていた。いますぐ帰らないなら直接迎《むか》えに行く、と電話でママにすごまれたというから、しかたない。それでもきのうは夜おそく、エルシーとフェイスタイムで話をし、事態がとんでもなく恐《おそ》ろしい方向へ向かっていることをつげ、ある結論《けつろん》に達した。ふたりで捜査《そうさ》を続行するため、まずはあたしが局にもどる方法をぜったい見つける、という結論《けつろん》だ。時間停止現象の真相をつかむために、ふたりでやるべきことは山ほどある。でも、どうすれば局にもどれるの？

さしせまった問題は、もうひとつある。サマーキャンプへの参加禁止命令を、これ以上ママにかくしておけない。ママは今日、あたしを車で局に送りとどけることになっている。目をとじて、大きく息を吸《す》いこんだ。よし、問題はひとつずつ解決しよう。

リビングに行くと、ジェイデンが低いテーブルに〈スターターキット〉の中身を全部ならべていた。あたしを見たとたん、パッと顔が明るくなる。

「スーパースターのおでましだ。よお、元気？」

あたしはあきれた顔をし、ほおが赤くなるのをかくそうとした。

「んもう、ジェイデンったら、なに言ってんの」

キッチンにいたママが、なんでもお見通しと言いたげに声をあげて笑う。あたしはママを無視《むし》し、ソファにいるジェイデンのとなりにいきおいよく腰《こし》かけた。ジェイデンが〈真実の光景〉の目薬をつまんでかかげた。容器の中の液体は、青から赤へ、緑へと変色している。

「アマリ、この目薬、さしてだいじょうぶ？」

「それをさせば、変装《へんそう》や妖術《ようじゅつ》をのぞいた素の超常体《ちょうじょうたい》が見えるようになるの。あやしく思うのはわかるけど、さしておかないとあとで困《こま》るよ」

そっか、というふうに、ジェイデンは素直にうなずいた。

「じゃあ、超常界《ちょうじょうかい》ってのは、いたずらじゃないんだ」

「あのさあ、ジェイデン、去年の夏、空飛ぶ船で海底列車を見に行ったじゃん。あれも、いたずらだと思う？」

ジェイデンは、ぶんぶんと首を横にふってニコッとした。

「ううん、アマリ、あれはいたずらじゃない。ただ時間があいたから、夢だった気がしてきて」

期待に胸《むね》をふくらませているジェイデンを見て、キャンプに参加できずに落胆《らくたん》している自分をいやでも意識した。本当ならば、あたしも期待に胸《むね》をふくらませているはずだったのに。晴れてジュニア捜査官《そうさかん》として、参加するはずだったのに。

できるだけ明るく、ジェイデンに声をかけた。

「だいじょうぶ。超常現象局《ちょうじょうげんしょうきょく》に行けばわかるよ。マジでビックリの場所だから」

ジェイデンがうなずく。あたしはジェイデンが朝早くやってきた理由を確かめたくて、ジェイデンのほうへ身をよせた。

「あのさ、あたしの助けはいらないんじゃなかったっけ？」

ジェイデンが、きまり悪そうに苦笑いする。

「おれ、目薬はキャンプに行く直前にさそうと思ってたんだ。キャンプのことは母さんにも話したよ。母さん、メッチャ興奮《こうふん》して、バンダービルト・ホテルまで車に乗せてくれる人を見つけるって言ってくれたんだけど……」がっくりとうなだれて、つづける。「結局、今週は家を留守にするっていうメモを残して、どこかに行っちゃった。今日、おれが出発することも忘《わす》れてるんじゃないかな。でもおれ、ホテルまで行く金がないし、歩いていくには遠すぎるし……」

「そうなんだ」

そんなことだろうと、先に気づいてあげればよかった。ジェイデンのママはしょっちゅうどこかに行っちゃうから、ジェイデンはひとりでなんとかすることになれている。

すると、キッチンからママが声をかけてきた。

「だいじょうぶ。あとでアマリを連れていくときに、乗せていってあげる」

ジェイデンはニコッとして、ママにお礼を言った。

「ありがとうございます」

あたしは、あわてて言った。

「あっ、えっとね、ママはジェイデンだけ乗せていってあげて」

ママが、けげんそうに片方《かたほう》のまゆをつりあげる。

「あら、なんで？」

あたしは必死に知恵《ちえ》をしぼって、言いわけを考えた。

「あのね……じつはあたし、遅《おく》れて参加することになって……まあその、極秘《ごくひ》の理由で」

ああもう、もっとましな言いわけはないの？　ジェイデンがあたしの目を見て、困《こま》っていることに気づき、助け舟《ぶね》を出してくれた。

「うんうん、なるほど。前に言ってた、あれのせいで？」

あたしはそくざに調子をあわせた。

「そうなの。あれのせいなのよ」

ママだけは、ピンとこない顔をしている。

「ちょっとアマリ、いつママに話すつもりだったのよ？」

「えーっ、前に言ったじゃん」

しれっとウソをついたら、ママはあたしたちを交互《こうご》に見てから、あきれたように言った。

「とにかくジェイデンは送ってあげる。出勤《しゅっきん》する前にホテルの近くで買い物があるし」

ジェイデンがママにまたお礼を言う。

「本当にありがとうございます」

ママがこっちに背中《せなか》を向けたとたん、あたしはジェイデンにささやいた。

「ありがとね」

「アマリが助けてって顔をしてたから。でも、なんでいっしょに行かないの？」

あたしはママのほうをちらっと見てから、ジェイデンにひそひそ声で答えた。

「じつはあたし、参加を禁止されてるの」

ジェイデンがまゆをひそめる。

「禁止？　なにしたの？　なんでおれに話してくれなかったの？」

どう答えたらいい？　ジェイデンはまだ超常界《ちょうじょうかい》のことも、魔術師《まじゅつし》やナイトブラザーズのことも知らないし、超常界《ちょうじょうかい》をさわがせている超常議会《ちょうじょうぎかい》の時間停止現象のことも知らない。

しかたないので、一言ですませた。

「まあ、いろいろあって」

ジェイデンは、がっかりした顔をした。

「アマリが行かないなら、おれ、知りあいがひとりもいなくなる。やっぱ、家にいようかな。どっちみち、かなり不安だったし」

あたしはそくざに言った。

「ううん、だめ。ぜったい行って。あたしのせいで、せっかくのチャンスをふいにしないで。あたし、なんとかして、ぜったい行くから。約束する。だから、ね？」

「アマリ、約束だぞ？」

あたしはうなずいた。どうすれば約束を守れるか、まだぜんぜんわからないけど。

あたしが目薬〈真実の光景〉の容器のふたを外す間、ジェイデンは人事採用担当《たんとう》のバーナバス・ウェアとの面談について話してくれた。ミスター・ウェアは刈《か》ったばかりの芝《しば》と泥《どろ》にまみれた姿《すがた》で面談にあらわれ、今シーズンの流行はナチュラル・ルックだと説明したらしい。どのランクのバッジをもらったのかたずねたら、青銅のバッジとのこと。ミスター・ウェアからはノート紙だろうと言われたそうだ。下のランクを予測するなんて、いかにもミスター・ウェアらしい。

大がらのジェイデンはタフなふりをしたがるけれど、目薬に関しては完全に赤ちゃんだ。一本目の目薬は、ジェイデンが最後の最後で目をつぶってばかりいるので、むだに空っぽになった。まるであたしが溶岩《ようがん》でも注ぐみたいに、目をつぶって、いきおいよく顔をそむけてばかりいる。ありがたいことに予備のセットにもう一本目薬が入っていたので、ようやく点眼に成功した。

あとは効果を確かめるだけだ。魔女《まじょ》のミセス・ウォルターズたちがまだとなりにいたら楽だったのに。でも、人間界にまぎれた超常体《ちょうじょうたい》をかならず見つけられる場所なら、ほかにも近所にある。市営バスだ。バス停まで行くと、ちょうど一台のバスが角を曲がって、うちのアパートに近づこうとしていた。

「ジェイデン、バスの中に目をこらしてみて。たぶん超常体《ちょうじょうたい》が乗ってるよ」

バスがアパートの前を通るのをしんぼう強く待ち、バスの中をのぞきこんだとたん、ジェイデンが一キロ以上先までひびきそうな声でいきなり絶叫《ぜっきょう》した。

「ギャーッ！」

同時にあたしも、上手とはいえない変装《へんそう》をしている、頭がみょうな方向にねじれた一体のゾンビに気がついた。

あたしにできるのは、ジェイデンの背中《せなか》をなでて、たいていの超常体《ちょうじょうたい》は親切だと教えてあげることくらいだった。実際ゾンビは、映画《えいが》やドラマで不当なあつかいを受けている。本物のゾンビは人間の腕《うで》をかまなくても、レアステーキをかじるだけで、同じくらい満足する。

ママがジェイデンを超常現象局《ちょうじょうげんしょうきょく》へ連れていく時間になると、あたしはがんばって顔に笑みをはりつけた。ママに疑《うたが》われたくないせいもあるけれど、ジェイデンにおじけづいたり、あたしをおき去りにするのを後ろめたく思ったりしてほしくない。それでも助手席のジェイデンを見送るうち、笑顔でいるのがつらくなった。ここから先、ジェイデンは本当にひとりきりになる。去年のあたしにはエルシーがいたけど、ジェイデンにはだれもいない。

＊

午前十一時、とうとうあたしがいないまま、サマーキャンプが始まってしまった。みんなわりあてられた部屋に行き、友だちと再会するのだろう。予定では、あたしは今ごろ、お兄ちゃんに会いに行っているはず。ますます落ちこんで、ソファにしずみこんだ。

そのとき、エルシーからメッセージがとどいた。

〈送信者：エルシー　目下、秘策《ひさく》を実行中。期待外れに終わるといけないから、中身は秘《ひ》密《みつ》。ケータイのそばにいて〉

あたしは、目にもとまらぬ速さで返信した。

〈送信者：アマリ　あたしが局にもどれる秘策《ひさく》？？？〉

エルシーはウインクの絵文字を送ってきただけだった。エルシーなら、動いてくれることはわかっていた。なにをする気か知らないけれど、どうか、うまくいきますように。

エルシーがまたメッセージを送ってきたのは、二時になってからだった。

〈送信者：エルシー　三時にそっちに行く〉

あたしは、またもそくざに返信した。

〈送信者：アマリ　なんで？　うまくいったの？〉

けれど返信はない。期待に胸《むね》がふくらみ、心臓《しんぞう》がドキドキする。エルシーが来るなら、うまくいったってことだよね、ね？

午後二時五十九分、エルシーがうちのリビングに瞬間移動《しゅんかんいどう》してきた。片側《かたがわ》にエルシーの名前、反対側に魔術科学部《まじゅつかがくぶ》と刺繡《ししゅう》された白衣姿《すがた》で、銀バッジが輝《かがや》いている。エルシーは満面の笑みをうかべて言った。

「アマリ、荷物をまとめて！」

あたしはキャーと叫《さけ》び、その場でジャンプしはじめ、すぐにやめた。

「エルシー、これ、いたずらじゃないよね？　いたずらなら、ひどすぎる」

エルシーの顔の笑みがさらに広がる。

「フフッ、アマリ、メールをチェックしてみて」

携帯電話《けいたいでんわ》をとりだしたが、新着メールはない。

「えっと、なにもとどいてない――」

そのとき、超常現象局《ちょうじょうげんしょうきょく》からのメールが画面にパッと表示された。

〈アマリ・ピーターズ、いますぐサマーキャンプに参加すること――隠蔽工作部《いんぺいこうさくぶ》〉

うれし涙《なみだ》をこぼしながら、エルシーの周囲を走りまわった。

「うわぁ、エルシー、どうやったの？」

エルシーはなんともいえない表情をうかべていた。

「それがね、ララのおかげなのよ。信じられないと思うけど」

ララの名前を聞いたとたん、さまざまな感情が全身をかけぬけた。怒《いか》り。おどろき。そして不安。エルシーがララの名前をあげるなんて、予想外もいいところだ。

「去年の夏、あたしにさんざんみじめな思いをさせた、あのララ？」

エルシーがうなずく。

「今朝ララがメッセージで、時間停止現象の犯人が魔術師《まじゅつし》という証拠《しょうこ》はあるのか、って聞いてきたの。で、証拠《しょうこ》はない、みんなのただの思いこみ、って答えたあと、アマリが自分を守りたくてもＳＮＳに投稿《とうこう》すらできないって話になってね。マリアのＳＮＳも凍結《とうけつ》されたんだって」

「そうだったんだ……」

「マリアのことは、わたしもそのとき知ったのよ。で、あなたたちのために、わたしとララで行動を起こそうってことになって。今朝、ララのＳＮＳでいっしょにライブ配信をして、『超常現象局《ちょうじょうげんしょうきょく》の二大ヒロイン、アマリとマリアを魔術師《まじゅつし》という理由だけで局からしめだすのは不公平じゃないか』って主張したの。証拠《しょうこ》はいっさいないって、わたしがちゃんと言っといた。でね、ララが三百万人のフォロワーに、〈#ヴァンクイッシュ〉と〈#良い魔術師《まじゅつし》〉とハッシュタグをつけてアマリとマリアの局への復帰をうったえよう、とけしかけたの。ララのフォロワーにアマリのフォロワーもくわわって、大成功よ」

またアザーネットを使えるようになったので、あたしはすぐに自分のＳＮＳをチェックし、ララとエルシーのライブ配信がわずか数時間で数万回も再投稿《さいとうこう》されたことを知った。しかも〈ベインの演説〉と〈時間停止現象の写真〉につづく、トレンド三位だ。超常界《ちょうじょうかい》の大物たちもハッシュタグをつけて投稿《とうこう》してくれている。

「でもさ、エルシー、超常現象局《ちょうじょうげんしょうきょく》の公式ホームページやベインのSNSには、なんの声明も出てないよ。あたし、本当に復帰できるのかな」

エルシーは肩《かた》をすくめて言った。

「ま、新首相のベインは、時間停止現象というやっかいな問題をかかえてるし、これ以上評判を落とすようなまねはしないいんじゃない？　ママの話だと、昔からベインはものすごく評判が悪いらしいし」

ベインの反応も不安だけど、不安の種はほかにもある。

「ねえねえエルシー、あのララが動いてくれたなんて、しっくりこないんだけど」

エルシーがうなずく。

「うんうん、アマリ、良くわかる。ララに複雑な感情を抱《いだ》くのは当然よ。でも大成功したことに変わりはないわ。アマリには大勢の味方がいるってこと。もちろん、わたしもよ」

たしかに――。この一年、あたしはあちこちから賞賛されたけど、注目をあびると緊張《きんちょう》するし恥《は》ずかしいので、まともに向きあってこなかった。去年の夏、魔術師《まじゅつし》と判明してまわりじゅうから敵視《てきし》されたとき、あたしは自分の本当の姿《すがた》を見せるチャンスがほしいとうったえた。ならば今年はあたしのほうが、味方になってくれる人たちにチャンスをあたえ、信じてみてもいいのかも――。エルシーをぎゅっと抱《だ》きしめて言った。

「ありがとうね、エルシー」

「アマリ、急がなくちゃ。もう遅刻《ちこく》してるし」

「うん、だね」

あたしは手早く荷物をまとめ、ママにメッセージを送った。

〈送信者：アマリ　エルシーの車に乗せてもらって局に行くね。ママ、大好き！〉

8 隠蔽工作部《いんぺいこうさくぶ》の新部長

局に直接行くと思っていたのに、瞬間移動《しゅんかんいどう》先は意外にも、アトランタ動物園のシマウマの檻《おり》の裏《うら》だった。シマウマの体臭《たいしゅう》が臭《くさ》い！

エルシーが舗装《ほそう》された通路のほうを指さし、説明してくれた。時間停止現象のあと、超常現象局《ちょうじょうげんしょうきょく》は封鎖《ふうさ》されたので、近くの建物や通り経由で行くしかないらしい。局は訓練生とジュニア局員が到着《とうちゃく》するまで一時的に開放されたが、サマーキャンプが正式に始まったので、いまはまた封鎖《ふうさ》しているとのこと。なので、局に行くには超常体専用《ちょうじょうたいせんよう》の入り口を使うしかない。その入り口とは、地下水路か、国際宇宙《こくさいうちゅう》ステーションの特殊《とくしゅ》な望遠瞬間移動装置《しゅんかんいどうそうち》。あとは、今回使う地下トンネルだ。

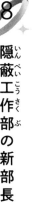

「ねえエルシー、地下トンネルって超常体《ちょうじょうたい》しか使えないんじゃないの？」

「うん。通常だと、わたしたちは極力使用禁止。バンダービルト・ホテルに車で乗りつけるか、瞬間移動装置《しゅんかんいどうそうち》で直接行けるから、長い乗客の列をもっと長くする必要はないってわけ。でもね、超常現象局《ちょうじょうげんしょうきょく》の局員は、いざというときの切り札として、使うことがゆるされてるの」

あたしたちは通路をたどって、『関係者以外立入禁止』と書かれたドアのほうへ向かった。近くで掃除《そうじ》をしていたひとりの男性が片手《かたて》をあげて、近づくあたしたちを止める。

「立ち入り禁止だよ」

「わたしたちは入れます」

エルシーがそう言って、銀バッジを見せた。あたしも月長石のバッジを見せたところ、男性はうなずき、掃除《そうじ》をつづけるふりをしてさがった。

エルシーがだれも見ていないのを確認《かくにん》し、あたしたちはドアの中へ飛びこんだ。その先は、テレビ画面だらけの細長い駅だった。ほぼすべてのテレビが、時間が停止した超常議《ちょうじょうぎ》会《かい》と止まっている超常体《ちょうじょうたい》たちのニュースを流している。時間がたてばたつほど議場内の超《ちょう》常体《じょうたい》たちが気の毒になってきて、事態の深刻《しんこく》さをひしひしと感じた。もし時間停止現象を解除《かいじょ》できなかったら、あの超常体《ちょうじょうたい》たちはたぶん議場から二度と出られない。

この駅はテレビと待合室のほかに軽食を出すカウンターしかない。カウンターの奥《おく》には毛むくじゃらの人食い鬼《おに》が、見たこともないくらい巨大《きょだい》な一羽の鳥をグリルでジュージュー焼いていた。こっちのほうが食われるんじゃないかと思うくらい、ド迫力《はくりょく》の鳥だ。

頭上で〈21番ホーム〉という大きな表示が光り、超常体《ちょうじょうたい》たちが駅の端《はし》のガラス扉《とびら》の前に長い列を作っていく。エルシーがため息をついてこぼした。

「あーあ、こんなに長い列じゃ、いつ順番がくることやら」

「超常現象局《ちょうじょうげんしょうきょく》の仕事なんです、って叫《さけ》んだら、列の先頭に行かせてもらえないかな？」

エルシーが首をのばし、先頭のほうを見て言う。

「うーん……この超常体《ちょうじょうたい》の集団だと、うまくいくとは思えないけど」

あたしも首をのばしてながめ、エルシーの言う意味がわかった。トロール、不機嫌《ふきげん》そうなミノタウロスの一家、眠《ねむ》りの精、バンシー。みんな、仏頂面《ぶっちょうづら》だ。ふたりのジュニア局員が超常現象局《ちょうじょうげんしょうきょく》に急いで行きたいとうったえても、むだかも。でも、やってみて損はない。

「ねえエルシー、とりあえず、お願いしますって、ていねいにたのんでみない？」

エルシーはひきつった笑みをうかべて答えた。

「そうね。たぶん、うまくいくわよね」

あたしは、目の前のトロールのデカい背中《せなか》をトントンとたたいた。傷《きず》だらけでガサガサの肌《はだ》をしたトロールが、不満そうに鼻を鳴らしながらふりむいた。あたしの指くらい太い黄色い歯をむきだし、冷たい黒目であたしたちをじろじろとながめ、大きな音を立ててあごをかみ鳴らし、うなるように言った。

「なんの用だ？」

エルシーがさっと青ざめる。あたしは息をのみ、かん高い声で答えた。

「あっ、あの、先に行かせてもらえないかと思って。あたしたち、遅刻《ちこく》してるんです。今日は超常現象局《ちょうじょうげんしょうきょく》のサマーキャンプの初日で――」

トロールは怒《おこ》ってわめいた。

「はあ？　超常現象局《ちょうじょうげんしょうきょく》だと？　強引にわりこんできた野郎《やろう》の車を森にぶん投げたら、おれの国際免許《めんきょ》をとりあげやがった、あの局か？　ハッ、ふざけるな！　ふたりの小娘《こむすめ》がどうなろうと、知ったこっちゃねえ！」

「あの、あたしたち、十三歳《さい》なんで、小娘《こむすめ》ってわけじゃ――」

言いかけたあたしをさえぎるように、トロールがまたうなり声をあげ、エルシーが消えいりそうな声で言う。

「もう、いいです……」

そのとき駅全体が静まりかえり、すべての超常体《ちょうじょうたい》がこっちを向いた。テレビ画面のひとつに、あたしの顔がキャプションつきで映《うつ》しだされたのだ――〈ティーンエイジャーのヒロイン？　それとも時間を停止した恐《おそ》るべき容疑者《ようぎしゃ》？　興味しんしんの謎《なぞ》！〉

「魔術師《まじゅつし》だ！」と、だれかが叫《さけ》ぶ。

すると図体があたしの四倍もあるトロールがすっかりおびえ、ちぢこまって後ずさった。ほかの超常体《ちょうじょうたい》たちもよろめきながらさがったり、飛びのいたりし、恐怖《きょうふ》のあまりすくみあがって目をとじた者までいる。

もう最悪。勝ち誇《ほこ》った気も強くなった気もしない。恐《おそ》れられるのだけは心底いやだ。

「時間を止めたのは、あたしじゃない！　誤解《ごかい》です！」

でも、だれも聞いてくれない。あたしに味方してくれる超常体《ちょうじょうたい》は大勢いても全員じゃない、という現実を、いま、見せつけられた。味方だって大多数ではないのだろう。

トロールがおびえきった声で言う。

「あ、あんた、トンネルに入りたいんだろ。さっさと行ってくれ！」

エルシーが、あたしの肩《かた》に手をおく。

「アマリ、さっさと行こう」

「うん」

あたしたちは列の先頭に向かった。葉巻《はまき》を吸《す》いながらクロスワードパズルをやっている、扉係《とびらがかり》の翼《つばさ》の生えたゴブリンは、あたしを見ても表情ひとつ変えなかったので、ほっとした。

ゴブリンが、たいくつそうな声でたずねてくる。

「行き先は？」

あたしは、ためしに聞いてみた。

「あたしが怖《こわ》くないんですか？」

ゴブリンは、手元のクロスワードパズルから顔をあげようともせずに答えた。

「うちらは噴火中《ふんかちゅう》の火山の中で生まれたもんでね。ちちんぷいぷいと呪文《じゅもん》で時間を止めたくらいじゃ、この翼《つばさ》は乱《みだ》れもしない。おわかりかい？」

あたしがうなずくのを見て、ゴブリンはつづけた。

「けっこう。で、行き先は？」

「超常現象局《ちょうじょうげんしょうきょく》のホールです」

「じゃあ、よく聞いとくれ。右に二回曲がってから、左に一回曲がるんだ。二度目の右を見落とさないように」

あたしはエルシーとゴブリンを交互《こうご》に見てから、質問した。

「あの、それって……どういう意味ですか？」

エルシーもきょとんとしているので、ゴブリンの指示の意味がわからないらしい。

けれどゴブリンは、しれっと言った。

「ま、心配しなさんな。行けばわかる。さあ、中に入って。あんたらのせいで、列が進まない」

「あの、ふたりいっしょでもいいですか？」

そう質問したら、ゴブリンが小さな注意書きを指さした――『一度に一体ずつ』

「アマリ、指示、わかってる？」

「うん、エルシー、わかってる」

ガラス扉《とびら》がひらき、あたしは中に入った。直後に扉《とびら》がバタンとしまる。ゴブリンが指で三、二、一……とカウントダウンして――。

「ギャーッ！」

いきなり床《ゆか》がぬけ、透明《とうめい》なトンネルの中をすべり落ちた。トンネルの天井に明かりがついているので、猛《もう》スピードですべっていても曲がり角は見える。トンネルは岩や土の間を通りぬけ、ワイヤーだらけの部屋を通りぬけ、プールの底を通過し、下水管の中を下降《かこう》した。ここからはかなりの距離《きょり》を猛《もう》スピードで落下したので、胃《い》がせりあがりそうになった。

やがて、広い洞窟《どうくつ》に出た。洞窟《どうくつ》からあちこちに別のトンネルがのびているが、なんとか見える。このあとトンネルの角度がゆるくなってきて、前方が二手にわかれているのがわかった。体を右にかたむけて右折したとたん、またしても猛《もう》スピードで落下したので、地球の中心に向かってるのかと思った。と、また別の広い洞窟《どうくつ》に出た。宝石《ほうせき》だらけの洞窟《どうくつ》で、きらめく宝石《ほうせき》のなかを通過していく。そのとき、バカでかい生物がトンネルをつかんで強くゆすり、あたしもトンネルごとゆさぶられた。とにかく巨大《きょだい》すぎて、全体像がつかめない。それでもトンネルが二手に分かれていて、右に曲がれば巨大《きょだい》生物から遠ざかれるので、右折した。

そのあとようやくトンネルが上に向かいはじめ、最後の分岐点で左折したら、出口から大きなクッションへ勢いよく落ちた。ここは超常現象局《ちょうじょうげんしょうきょく》のメインホールだ。ガクガクする足で立ちあがったら、三十秒後にエルシーも同じクッションにドサッと落ちてきた。

手を貸して立たせてあげると、エルシーはあたしの目をまっすぐ見て言った。

「アマリ、このルートはもうやめよう。二度とやりたくない」

「同感」

けれど同時に、局にもどれたという喜びがこみあげてきた。数か月ぶりにやっと、お兄ちゃんと同じ場所に来られた！　そこで、お兄ちゃんの大ファンのエルシーに声をかけた。

「どうせ遅刻《ちこく》だし、先にお兄ちゃんに会いに行こうよ」

あたしはエルシーといっしょにホールをかけぬけた。ホールのはるか頭上では、キューピッドたちが金色のハープでセレナーデを奏《かな》でている。ケンタウルスの小集団の間をすりぬけたら、武装《ぶそう》したアンデッドのドラウグの一団にとめられ、死者部はどこかとたずねられた。そこでエレベーターまで案内し、死者部の場所を教えようとしたら、とつぜん、白い制服に真っ赤なたすきをかけたひとりの男子があたしたちの前に立ちはだかった。バッジによると、隠蔽《いんぺい》工作部《こうさくぶ》所属のジュニア局員らしい。

「アマリ・ピーターズ、ついてきてください」

「あなた、だれ？」とたずねたら、その子はイラッとしたのか、ため息をついて答えた。

「ジュニア工作員のハリール・アリ。部長の元へ連れていくよう、指示を受けてるんで」

なるほど、もう呼《よ》びだしか。ララのライブ配信のせいで面倒《めんどう》なことになるのは予想できたのに、つい油断した。

あたしはライブ配信に参加したエルシーといっしょに、ジュニア工作員のあとについて超常体《ちょうじょうたい》だらけのホールに引きかえし、小さな演壇《えんだん》の前まで来た。その演壇《えんだん》には、ふたつの顔を持つ男性の大きな彫刻《ちょうこく》がほどこしてあった。左側の顔は自信満々《じしんまんまん》で堂々《どうどう》と話しているが、右側の顔は口元を手でかくし、こそこそとしゃべっている。これは隠蔽工作部《いんぺいこうさくぶ》のふたつの任務——超常現象局《ちょうじょうげんしょうきょく》で起きていることを超常界《ちょうじょうかい》に知らせる任務と、人間界に隠蔽《いんぺい》する任務——の象徴《しょうちょう》だ。

演壇《えんだん》の前でマイクやカメラを持った超常体《ちょうじょうたい》の一団が待ちかまえているのを見て、恐怖《きょうふ》で胃《い》をしめつけられた。みんな、あたしを待ってるの？

ジュニア工作員のハリールはあたしとエルシーを超常体《ちょうじょうたい》の一団のそばまで連れていくと、両手を腰《こし》にあてて、あたりを見まわした。

「部長とここで落ちあうはずなんだけど……」

そのとき、だれかがあたしの名前を叫《さけ》んだ。

「アマリ・ピーターズ！」

次の瞬間《しゅんかん》あたしとエルシーは、超常体《ちょうじょうたい》のメディアに囲まれていた。一体の小妖精《ようせい》が宙《ちゅう》をただよいながら、自分の体とほぼ同じ大きさのマイクを持って、きいきい声でわめいた。

「時間停止現象の被疑者《ひぎしゃ》と名指しされた、いまの心境は？」

顔の前に一台のカメラもつきだされた。

「えっと……あの、不公平だと……」

そう答えかけたら、別のマイクが目の前につきだされた。マイクの主はベールにおおわれている。

「ミス・ピーターズ、オラクル・ネットワークのモーニングショー『トゥモロウ』です。あなたとマリア・ヴァン・ヘルシングは有名人なので特別待遇《たいぐう》を受けている、という意見がありますが、どう思いますか？　無用者《むようもの》は超常界《ちょうじょうかい》に居場所はないと宣告《せんこく》され、大多数の超常体《ちょうじょうたい》は局の本部があるこの都市からの退去《たいきょ》を命じられているのに、あなたとマリアは局への立ち入りをゆるされてますよね」

あたしはなにか言おうと口をあけかけ、とほうにくれた。たしかに、あたしの待遇《たいぐう》は特別だよね？　正直、最悪の気分だけど、どう答えればいい？

そのとき、だれかに肩《かた》を抱《だ》かれた。ハッとして顔をあげると、肌《はだ》が褐色《かっしょく》で、黒髪《くろかみ》がふさふさで、ぶあついメガネをかけた女性がとなりに立っていた。真っ赤なたすきをつけていて、たすきには部長職をしめす金色のバッジがきらめいている。その女性は記者たちをかきわけ、あたしとエルシーを演壇《えんだん》の上へ向かわせながら、笑顔で記者たちに手をふると、記者たちの質問が殺到《さっとう》する前に、マイクに向かって口をひらいた。

「みなさん、まずは自己紹介《じこしょうかい》をさせてください。私《わたし》はエレイン・ハーロウ。隠蔽工作部《いんぺいこうさくぶ》の新たな部長です。超常現象局《ちょうじょうげんしょうきょく》はアマリに迷惑《めいわく》をかけてしまったことを、この場で公式に謝罪したいと思います。あれは明らかに、不幸な誤解《ごかい》によるものでした。我々《われわれ》としてはアマリのキャンプ参加を拒《こば》むつもりなど、毛頭ありませんでした。それどころか、優秀《ゆうしゅう》な局員をほめたたえるのは、局の長年にわたる方針《ほうしん》です。それがジュニア局員ならば、なおさらです」

あたしは口をあんぐりとあけ、あごが外れないようにするのが精いっぱいだった。不幸な誤解《ごかい》って、なによ？　けれどハーロウ部長は笑顔のままつづけた。

「これからいくつか質問を受けつけますが、すぐに失礼させていただきます。この子たちは、サマーキャンプが待っていますので」

トレンチコートを着たイエティが進みでると、ほかの超常体《ちょうじょうたい》はだまりこんだ。イエティは頭のちぢれた毛をなでつけると、いきなり大声で切りだした。

「『フォレスト・ランタン』紙のトレントです。あなたはたったひとりでディラン・ヴァン・ヘルシングが黒本をぬすむのを防いだことで有名になりましたが――」

「いえ、別に、あたしひとりってわけじゃなくて――」

イエティは、あたしの声にかぶせて質問をつづけた。

「……ここにもどった以上、次は時間停止現象を解決するつもりですか？」

あたしは迷ったけれど、自分が時間停止現象とは無関係だと超常界《ちょうじょうかい》に知らしめる絶好のチャンスだと気がついた。しかもあたしが動いていることが知れわたったら、捜査《そうさ》を手伝いたいと局に願いでたとき、局の大人たちもノーとは言いにくくなる。

「そうですね。まず、言いたいことは――」

けれどそのとき演壇《えんだん》のマイクが切られ、ハーロウ部長があたしの前に出て叫《さけ》んだ。

「残念ながら、今日の質疑《しつぎ》応答はここまでです」

質疑《しつぎ》応答？　なにも答えてないのに？

超常体《ちょうじょうたい》の記者たちから、いっせいに不満の声が上がる。けれどハーロウ部長はカツカツとヒールの音をひびかせながらあたしとエルシーを強引に連れだし、待機していた一台のエレベーターの前までスピードを落とさず、つき進んだ。

そのエレベーターに部長とともに乗ったとたん、あたしとエルシーは、部長の真っ白なパンツスーツと、たすきと同じ真っ赤なぶあついメガネを、無言でしげしげとながめた。

この人、何を考えてるの？　あたしもエルシーもいますぐ処分《しょぶん》されることはなさそうだけど、だれもいなくなるのを待って切りだす気？　そのハーロウ部長は、ドアが閉《し》まった瞬《しゅん》間《かん》、手をたたいて言った。

「ふふっ、ファンタスティックだったわよね？　というか、私《わたし》の種族なら、ファウヌスティックってところかしら」

私《わたし》の種族？　見た目はあたしと同じ人間だけど？　そのとき部長の足がひづめだと気づいてハッとした。さっき聞いたカツカツという音はヒールではなく、ひづめの音。部長のように半分人間で半分ヤギの生き物といえば、ファウヌスだ！

「部長は……ファウヌスなんですか？」

ハーロウ部長はふさふさの髪《かみ》をかきあげ、だらんと垂《た》れたヤギの耳をあらわにした。

「ええ、そうよ。そんなにびっくりすることないでしょ。あなたのお友だちのエルシーがここにいるように、ファウヌスも昔は人間認定《にんてい》ルールを適用されて、局で働くことをゆるされていたの。妖術《ようじゅつ》や変装《へんそう》を使わなくても人間界に出られるなら、局で働けたのよ。私《わたし》の場合は、靴《くつ》でひづめをかくせば良かったし。正直、ばかばかしいルールだと思わない？　けれど私《わたし》が水晶球《すいしょうだま》にふれたとたん、局はそくざにルールを改定して……。ま、この話はまた今度ね」

ファウヌスであろうとなかろうと、あたしには聞きたいことがあった。

「あたしは捜査《そうさ》を手伝うつもりなのに、なぜそう言わせてくれなかったんですか？」

ハーロウ部長は笑みをたやさずに答えた。

「あら、捜査《そうさ》ってなに？　あなた、なにか情報をつかんでるの？」

「いや、まだですけど、でも――」

ハーロウ部長は、あたしをさえぎって言った。

「さっきは、たまたまマイクが故障《こしょう》しちゃったのよ」

するとエルシーが首を大きく横にふって、口をはさんだ。

「さっき、アマリがキャンプへの参加を拒《こば》まれたのは誤解《ごかい》だったっておっしゃいましたけど、わたしはアマリに参加禁止を命じるメールをこの目で見たんです。あれはどう見ても、誤解《ごかい》なんかじゃありません」

ハーロウ部長がため息をついて言う。

「そこまで言うなら、そのメールとやらを見せてちょうだい」

あたしは携帯電話《けいたいでんわ》をとりだして、メールを検索《けんさく》した。ところが、なぜかメッセージが消えている。おどろきのあまり、すぐには声が出なかった。

「えっ……消えてる……」

ハーロウ部長が、さとすようにつづけた。

「いい、うちの部署《ぶしょ》についてまず知っておくべきは、美談をつぶすような真実はぜったい表に出さないということ。悪く思わないでね。ふたりとも、すてきな夏をすごしてちょうだい」

あたしはどう応じていいかわからず、エルシーをちらっと見た。エルシーは無言で、不快そうにまゆをひそめている。ハーロウ部長がエレベーターのルーシーに話しかけた。

「ルーシー？」

「はい、部長。なんでしょう？」

「この子たちを超常医療部《ちょうじょういりょうぶ》に連れていってちょうだい。アマリは、久しぶりにお兄さんに会いたくてたまらないようだから」

そうよね、と言うようにハーロウ部長が見るので、あたしはうなずいた。

「承知《しょうち》しました」

ルーシーはそう答え、急降下《きゅうこうか》しはじめた。局のエレベーターは世界最速だと思っていたけど、さっきのトンネルのスピードの後だとそうは感じない。超常医療部《ちょうじょういりょうぶ》へと向かうとちゅう、あたしは目をとじ、お兄ちゃんのことだけを考えた――お兄ちゃん、すぐに行くからね。

「まもなく超常医療部《ちょうじょういりょうぶ》に到着《とうちゃく》です」

超常医療部《ちょうじょういりょうぶ》のロビーが見えると同時に、ルーシーがそう告げた。エレベーターのドアがあいたとたん、ハーロウ部長が言った。

「寮《りょう》の部屋についたら、枕《まくら》の下をチェックしてね」

エルシーといっしょにエレベーターをおりながら、肩《かた》ごしにふりかえったら、ハーロウ部長がやけに親しげに大きく手をふっていた。あの部長、かなーり変わってる。

超常医療部《ちょうじょういりょうぶ》のＩＣＵ《アイシーユー》（集中解呪室《かいじゅしつ》）のお兄ちゃんの病室へ向かいながら、この十分間のできごとをいったん忘《わす》れることにした。病室にはお兄ちゃんだけでなく、去年の夏にあたしを守ってくれたマグナス捜査官《そうさかん》とフィオーナ捜査官《そうさかん》もいた。あとひとり、お兄ちゃんとペアを組んでいたマリア・ヴァン・ヘルシングも、とびきりの笑顔でむかえてくれた。

マリアがいるとわかって、うれしくなった。マリアは手を触《ふ》れた相手とテレパシーで話ができる魔術《まじゅつ》を使える。もし同時にふたりの人間に触《ふ》れれば、そのふたりもテレパシーで話せるので、マリアの魔術《まじゅつ》を使えば意識がもどっていないお兄ちゃんと話ができるし、マリア本人に聞きたいことも山ほどある。たとえば、時間停止現象のあと、どんな思いをした？　魔術師連盟《まじゅつしれんめい》のコズモがあたしに盟主《めいしゅ》になってほしいと望んでいるのを知ってる？　けれどマリアが笑顔のまま、よけいなことは言うな、とあたしに目で警告《けいこく》するので、だまっていた。いまはがまんだ。

みんなそろってなにをしているのか、あたしが質問する前に、マグナス捜査官《そうさかん》が言った。

「きみなら、まずここによるだろうと思ってな」そして、あたしの肩《かた》をなでてくれた。

「アマリ、よくもどってきた。まずは、クイントンと話をしろ」

「ええ、そうね」

フィオーナ捜査官《そうさかん》もそう言ってほほえんでから、あたしのプライバシーを守るため、ふたりの捜査官《そうさかん》はエルシーを連れて病室の外の廊下《ろうか》に出た。

ベッドに横たわっているお兄ちゃんを見つめた。寝《ね》たきりのお兄ちゃんは見たくない。お兄ちゃんを治せるなら、なんでもする。でもシドニーでの二か月間の治療《ちりょう》のあと、ようやく再会できたから、いまはそれだけでじゅうぶんだ。マリアが片手《かたて》でお兄ちゃんの手をとり、もう片方《かたほう》の手をあたしのほうへのばしながら言う。

「アマリ、いい？」

他人を通してお兄ちゃんと話をするのは、正直、気味が悪い。でもマリアは、あたしとお兄ちゃんの会話を聞かないようにしてくれている。マリアと手をつないだ瞬間《しゅんかん》、頭の中にザーッと雑音が流れ、すぐにお兄ちゃんののんびりとした声が聞こえてきた。

「よお、アマリ、どうしてた？」

お兄ちゃんの声を聞いたとたん、いろんな思い出があふれだし、あたしは涙《なみだ》を流しながら、声を出さずに心の中で答えた。

世界一の妹をしてたに決まってるじゃん。

お兄ちゃんの笑い声が頭の中にひびく。

「アマリ、会いたかったよ」

あたしも、ずっと会いたかった。局に来たから、これからはもっと会いに来るね。

「アマリ、毎日を楽しめ。四六時中、おれの心配ばかりするんじゃないぞ。いいな？」

うん、がんばる。

「よーし。ところで、アマリ、ここにみんながそろったのには、わけがある。マグナスがわたしたい物があるんだって」

あたしが顔を上げると、マグナス捜査官《そうさかん》が病室をのぞきこんでいた。

「おっ、そろそろ、出番だな」

目があったとたん、マグナス捜査官《そうさかん》はそう言って病室にもどってくると、背中《せなか》にかくしていたグレーのジャケットをあらわにした。フィオーナ捜査官《そうさかん》がエルシーを連れて病室にもどり、説明してくれた。

「去年のサマーキャンプはしり切れトンボに終わっちゃったから、あなたに超常捜査部《ちょうじょうそうさぶ》のグレーのジャケットをきちんとわたすチャンスがなかった。だから、いま、それをやろうと思って。私《わたし》たちが全員ここにそろっているときに」

「ふふっ、アマリ、どう思う？」

マリアが笑いながらそう質問してきたので、あたしはじょうだんまじりに答えた。

「そうですねえ。訓練生時代のグレーのジャケットにそっくりだけど、色が濃《こ》いかも？」

マグナス捜査官《そうさかん》がウインクする。

「アマリ、このジャケットは、訓練生時代のものとはちがうぞ。いろいろな意味でな」

うわあ、うきうきする。去年の夏はジュニア捜査官《そうさかん》になりたくて、必死にがんばった。それでも実際に超常捜査部《ちょうじょうそうさぶ》のジャケットを受けとれるなんて、夢みたいだ。魔術師《まじゅつし》とわかってみんなに邪険《じゃけん》にされ、ナイトブラザーズの片《かた》われに立ちむかい、パートナーにうらぎられ――。いろいろあったけど、死に物狂《ものぐる》いでがんばって、ようやくこのジャケットにたどりついた。

さしだされたジャケットを受けとったら、マグナス捜査官《そうさかん》がおごそかに言った。

「グレーのジャケットをわたし、きみを超常捜査部《ちょうじょうそうさぶ》のジュニア捜査官《そうさかん》として正式にむかえられることを、誇《ほこ》りに思う」

つづけて、フィオーナ捜査官《そうさかん》に声をかけられた。

「アマリ、着てみて」

「はい」

あたしは満面に笑みをうかべながら着てみた。ジャケットは、あたしのためにあつらえたみたいにぴったりサイズだった。マリアがいったんはなしていたあたしの手をまたにぎると、頭の中でお兄ちゃんの声がした。

「アマリ、本当によくやった」

あたしも、自分で自分をほめてあげたい気分だった。

9 エリート・クラブ

お兄ちゃんの部屋を出るとき、マグナス捜査官《そうさかん》とフィオーナ捜査官《そうさかん》があたしとエルシーを寮《りょう》まで送ろうかと言ってくれた。けれどあたしは三人に先に行くようたのんで、ひとりで病室に残った。魔術師《まじゅつし》について、どうしてもマリアに相談したかったのだ。マリアとふたりきりになると、さっそく切りだした。

「お話ししたいことがたくさんあるんです」

けれどマリアはあたしの肩《かた》ごしになにかを見つめ、緊張《きんちょう》した面持ちで顔を紅潮《こうちょう》させていた。ふりかえったら、手術着姿《すがた》のシニア解呪師《かいじゅし》が立っていた。

「アマリ、ごめんなさいね。いまはクイントンの治療《ちりょう》を手伝わなきゃならないの。解呪師《かいじゅし》たちが検査をする間、クイントンと話をするのに私《わたし》が必要だから」

「あっ、そうですね」

「でも、心配しないで。あなたとは、明日、ふたりだけで話をする時間がたっぷりあるから。それまでは楽しんで。ね？」

それはありがたいけれど、コズモに冠《かんむり》を受けとれと強引にせまられるまで、あとどのくらい時間がある？　解呪師《かいじゅし》をちらっと見てから、マリアに視線《しせん》をもどして考えたけど、マリアの言うとおりにするしかなさそうだ。他人の前で魔術師連盟《まじゅつしれんめい》の話はできない。とくに超常現象局《ちょうじょうげんしょうきょく》の中では。

「明日、ぜったいですよ」

「ええ、アマリ、約束するわ」

お兄ちゃんの手を軽くにぎってから、急いでみんなを追いかけた。エレベーターのドアがしまる直前、エルシーがあたしに気づいてドアを手でおさえてくれて、すべりこめた。

「ありがとね、エルシー」

マリアからは話を聞きだせなかったけど、いまはマグナス捜査官《そうさかん》とフィオーナ捜査官《そうさかん》に質問する絶好のチャンスかも――。

「あの……時間停止現象の捜査《そうさ》は、どんな感じですか？」

マグナス捜査官《そうさかん》が不満そうになり、フィオーナ捜査官《そうさかん》が答えた。

「それがね、じれったいのよ。残念ながら捜査《そうさ》はなし。少なくとも局側の捜査《そうさ》はね」

えっ？　いま、なんて？

「それって、時間停止現象についてだれも捜査《そうさ》してないってことですか？」

今度はマグナス捜査官《そうさかん》が答えた。

「時間が停止した直後、超常捜査部《ちょうじょうそうさぶ》と魔術科学部《まじゅつかがくぶ》がそれぞれ、捜査官《そうさかん》と研究員を超常議会《ちょうじょうぎかい》に派遣《はけん》したんだ。ところが今日になって、隠蔽工作部《いんぺいこうさくぶ》のハーロウ部長が介入《かいにゅう》してきて、捜査官《そうさかん》と研究員全員に局に引きあげろと命じやがった。今後はベイン新首相の首相府が捜査《そうさ》をひきつぐので、超常現象局《ちょうじょうげんしょうきょく》は手をひけだとよ」

エルシーが腕《うで》をくんで首をかしげる。

「隠蔽工作部《いんぺいこうさくぶ》のハーロウ部長が、なぜ局のほかの部署《ぶしょ》に命令できるんですか？」

これにもマグナス捜査官《そうさかん》が答えた。

「ああ、おれたちも全員、同じ質問をした。だがクロウ局長によると、ハーロウは首相の意向を代弁してるんだとよ」

フィオーナ捜査官《そうさかん》も言う。

「とにかく、おかしいったらないのよ。隠蔽工作部《いんぺいこうさくぶ》の前の部長が前ぶれもなく引退《いんたい》して、いきなりハーロウが部長になるなんて、きなくさくない？　しかもベインの推薦《すいせん》で？　これまで支局長を経験したこともないハーロウが、いきなり部長だなんて」

あたしは、マグナス捜査官《そうさかん》とフィオーナ捜査官《そうさかん》を交互《こうご》に見ながら質問した。

「ハーロウにストップをかけられるまでに、なにか見つかりました？　時間停止現象の犯人は魔術師《まじゅつし》じゃないと証明するものが、なにかありませんでしたか？」

マグナス捜査官《そうさかん》が、きまり悪そうにもぞもぞしながら答える。

「じつはある点をめぐって、局内で意見が対立してて……。おれたちは、魔術師《まじゅつし》が今回のように長く時間を止めるなんて無理だと思ってるし、魔術科学部《まじゅつかがくぶ》も魔術師《まじゅつし》が魔術《まじゅつ》でこんなに長く時間を止めるのは不可能だと判断している。だがな、超常捜査部《ちょうじょうそうさぶ》の捜査官《そうさかん》たちは、不可能に思える芸当だからこそ、魔術師《まじゅつし》のしわざだと考えてるんだ」

あたしは息をのんだ。そういえば、ミセス・ウォルターズたちの家でトランプゲームをしたとき、罰《ばつ》ゲームの火花はあたしの手を飛びこしたっけ――。魔術師《まじゅつし》のあたしでも、自分の魔力《まりょく》でなにができるか、まだすべてはわかっていない。

すると、魔術科学部《まじゅつかがくぶ》のジュニア研究員のエルシーが首を横にふって言った。

「魔術師《まじゅつし》が時として己《おのれ》の限界を超《こ》える魔術《まじゅつ》を使えるのは事実ですが、シニア研究員たちの意見は正しいです。時間停止現象に必要な魔力《まりょく》を計算した結果、魔術師《まじゅつし》の呪文《じゅもん》ではありえない量だと判明してるんです。魔術師《まじゅつし》のせいにする人たちは、ほかに責める相手がいないから、そう言ってるだけです」

エルシーといっしょに寮《りょう》の階でエレベーターをおりると、寮監《りょうかん》のバーサがふだんの軍服《ぐんぷく》姿《すがた》で待っていた。いつもどおりの仏頂面《ぶっちょうづら》だ。ぜったい罵倒《ばとう》される。バーサには去年つらくあたられたので、最悪の事態を覚悟《かくご》した。

ところがバーサは、あたしとエルシーにそっけなく指示しただけだった。

「ピーターズ、ロドリゲス、今年はジュニア局員の寮《りょう》よ。一一九号室」

それだけ言うと、二名の訓練生を憤然《ふんぜん》と追いかけ、廊下《ろうか》を走るなと注意しに行った。

廊下《ろうか》を歩く間、視線《しせん》を感じたり、ひそひそ話が聞こえたりした。ほかの子たちも、バーサと同じように接してくれたらいいのに。あーあ、魔術師《まじゅつし》というだけでも目立つのに。時間停止現象の犯人だと、超常界《ちょうじょうかい》の半分に思われているのかも。

一方で、他人がどう言おうとかまうもんかとわりきれるくらい、気持ちが高ぶってもいる。真新しいジュニア捜査官《そうさかん》用のジャケットは、ここがあたしの居場所だとしめす、なにより の証拠《しょうこ》だ。

廊下《ろうか》を進むにつれて、あいさつしてくれる子たちも出てきた。訓練生時代のクラスメートのブライアン・リーは、「よお」と会釈《えしゃく》してくれたし、去年エルシーの研究室のパートナーだったジェマは近づいてきて、「お帰り」と声をかけてくれた。大多数の子には無視《むし》されたし、これからもそうだと思うけど、あたしを受けいれようとする子も数人はいる。その子たちにはこれからも、ありのままのあたしを見てもらおう。素のあたしを信じたくないと言い張る相手は、どうしようもない。

ジュニア局員用の寮《りょう》の部屋に入って、びっくりした。去年の訓練生の部屋にくらべ、格《かく》段《だん》にグレードアップしている。まず、去年とはちがって最初からふたり部屋だ。去年は粗《そ》末《まつ》なベッドが四つならんでいたけれど、この部屋は広いベッドがふたつだけ。しかもふわふわで気持ちよく、エルシーと交代でベッドの上ではねてみた。そのうえ壁《かべ》一面《いちめん》がフラットスクリーンの巨大《きょだい》テレビになっていて、人間界の番組を大量に見られるし、いろいろな映像《えいぞう》も映《うつ》しだせる。あたしたちはボタンをおして、きらめく夜のニューヨークから色あざやかな熱帯雨林まで次々《つぎつぎ》と切りかえ、リラックスできる日暮《ひぐ》れの海の映像《えいぞう》を選んだ。

ひとしきりためしてから、エルシーがあたしのベッドのとなりに腰《こし》かけて言った。

「アマリ、局がろくに捜査《そうさ》できない状況《じょうきょう》で、時間停止の解除《かいじょ》方法をどうやって見つける?」

あたしは、ため息まじりに答えた。

「そうなんだよね……。でも、魔術師連盟《まじゅつしれんめい》のコズモにまた冠《かんむり》をおしつけられそうになる前に、なんとかしないと。連盟《れんめい》を率いて局と戦争する盟主《めいしゅ》になんか、なりたくないよ」

「断ったら、どうなるの?」

「冠《かんむり》を永遠に受けとらないと言ったらってこと?」

エルシーがうなずくのを見て、つづけた。

「うーん、そうしたら、コズモが連盟《れんめい》を率いて戦争に突入《とつにゅう》するんじゃないのかなあ。連盟《れんめい》は、新首相のベインが何をするか、極端《きょくたん》に恐《おそ》れてるし」

「ふうん。じゃあ、もしアマリが冠《かんむり》を受けとって、盟主《めいしゅ》として戦争を禁止したら?」

エルシーの提案を少しだけ考えて、答えた。

「それも、ありえないよ。もしベインが魔術師《まじゅつし》をひとりでもつかまえて戦争になっちゃったら、あたしは盟主《めいしゅ》として、いやでも局と戦わなきゃならなくなる」

「そうなると、時間停止を解除《かいじょ》して、マーリンを首相に復活させるしかないってこと？」

「うん、エルシー、そうなるね」

エルシーが肩《かた》であたしをつついて言う。

「アマリ、いっしょに過ごせる最後の夏は、スリリングになりそうね」

あたしは軽く笑って、うなずいた。

「あたしは、いっしょに楽しくすごせるだけで良かったんだけどなあ。超常界《ちょうじょうかい》を救う計画にまた巻《ま》きこんじゃって、エルシー、ごめんね」

するとエルシーは、自信たっぷりの笑顔を見せた。

「いま、巻《ま》きこんじゃってって言った？　信頼《しんらい》できる助手なら、手伝って当然でしょ。アマリ、いっしょに解決しよう。解決しながら、楽しんじゃおう」

「エルシーは助手なんかじゃないよ。いま、こうしてここにいられるのは、エルシーのおかげなんだから。あたしにとってエルシーは、理想以上の大、大、大親友だよ」

エルシーは赤くなり、ドラゴン人間らしい怪力《かいりき》で、あたしをきつく抱《だ》きしめた。

「んもう、アマリったら、泣かせるようなことを言わないでよ」

あたしは声をあげて笑いつつ、怪力《かいりき》のハグにあえぎながら言いかえした。

「ハハッ……ウウッ……泣きそうなのは……こっちなんだけど」

ほどなく寮監《りょうかん》のバーサが、ジュニア局員は食堂で早めの夕食をとるように、と放送を流した。サマーキャンプにもどって初の食事はなにがいいかな、と部屋でエルシーにたずねられたけど、あたしは上の空だった。隠蔽工作部《いんぺいこうさくぶ》のハーロウ部長のことが頭からはなれない。魔術師《まじゅつし》を憎《にく》むベインの代弁者なのに、なぜ魔術師《まじゅつし》のあたしにやけにやさしくするの？　サマーキャンプに参加するよう、あたしにメールしてきたのも隠蔽工作部《いんぺいこうさくぶ》だったし——。

　エルシーが、あたしの顔の前で手をふった。

「もしもーし、聞いてる？」

「あっ、ごめん。食堂に行こう」部屋のドアに向かいかけ、ふとあることを思いだした。

「そうだ、エルシー、枕《まくら》の下をチェックしろってハーロウ部長が言ってなかった？」

　エルシーは立ちどまり、自分のベッドにもどって枕《まくら》をひっくりかえし、三枚《まい》のカードを見つけ、ベッドに腰《こし》を下ろして言った。

「これ、クラブカードよ！」

「クラブカード？」

　エルシーが一枚《まい》のカードをかかげて、説明してくれた。

「うん。わたしたちはジュニア局員になったから、局のクラブの正式なメンバーになれるの。それが、この魔術科学《まじゅつかがく》フェア・クラブのカードね。次のカードは、ヴァンクイッシュ・ファンクラブのカード。もう一枚《まい》は……うわっ、特待クラブ。ジュニア天才クラブのカードよ！」

エルシーがカードの文言を読む間、あたしも自分の枕《まくら》の下を見てみた。そこには、カードが一枚《まい》だけあった。きらめく金文字で書かれたカードだ。

『エリート・クラブ　きみは超難関《ちょうなんかん》クラブのメンバーに選ばれた。歴代の局長、部長、および超常現象局《ちょうじょうげんしょうきょく》の有名な局員は全員、わがクラブの星型のスターピンをつけている。ぜひきみも今夜のクラブ紹介《しょうかい》フェアで会場の一番奥《おく》へ来て、スターの仲間になってくれ』

読み終わったとたん、あたしの手の中でカードが勝手におりたたまれて星の形になった。裏《うら》に小さなピンがついている。気づいたエルシーが息をのみ、いきおいよく言った。

「えっ、アマリ！　エリート・クラブにさそわれたの？」

あたしは、エルシーに星型のバッジを見せた。

「なんか、そうみたい。どんなクラブ？」

「招待されないと入れない特待クラブよ。エリート・クラブは局の中でも最難関《さいなんかん》の特待クラブなの。二年目の夏で招待された局員なんて、聞いたことないわ」

あたしはきちんと考えたくて、ベッドに腰《こし》かけた。

「招待されないと入れないいってことは、局の重要な人たちの集まりってこと？　だとしたら、局が時間停止現象についてどう思ってるか、本音を聞きだすチャンスだよね」

エルシーが思案顔で腕《うで》を組んで言う。

「ねえアマリ、いったんはサマーキャンプへの参加を禁止されたのに、同じ日にいきなり最難関《さいなんかん》のクラブメンバーに招待されるなんて、なんかあやしくない？」

「まあ、もしかしたら、あやしいかも」

「もしかしたら、なの？」

あたしは、くちびるをかんで答えた。

「ううん、ぜったい、あやしい。とくにハーロウ部長がベインの意向を代弁してると思うと、メッチャキャきなくさい」

エルシーがため息をつく。

「アマリ、ハーロウ部長は、ぜったいなにか、たくらんでる」

「それでも、エリート・クラブに行ってみたい。情報を持っている人がいるはずだから」


夕食のときにジェイデンに会って、局の感想を聞けると期待してたのに、訓練生はジュニア局員より早く夕食を終えていた。たしかに訓練生はジュニア局員より消灯時間も早いし、明日の朝一番にはバッジをもらい、水晶球《すいしょうだま》にふれて超常力《ちょうじょうりょく》を授かる一大イベントが待っている。明日の朝、朝食をぬいて時間を作れば、部屋のテレビでジェイデンが水晶球《すいしょうだま》にふれる瞬間《しゅんかん》を見られるかも。

エルシーはハーロウ部長について、ずっとアザーネットで検索《けんさく》している。エルシーの得意分野をひとつあげるとすれば、それは調査。夕食時間のいまも携帯電話《けいたいでんわ》にかじりついて調査中だ。あたしは皿をエルシーのほうへおしだしてすすめた。

「エルシー、タコスが冷めちゃうよ」

エルシーは顔もあげずに言った。

「この記事によると、エレイン・ハーロウ部長はアメリカに移住したハーロウ卿《きょう》夫妻に引きとられて養子になったんだって。子どものいないハーロウ夫妻はハイキング中に、森の中をひとりでさまよう半人半獣《はんじんはんじゅう》の子どもを見つけて引きとった。半分人間で半分ヤギのフアウヌスの子どもを見つけたってことね。そのあと十二歳《さい》になったエレイン・ハーロウを超常現象局《ちょうじょうげんしょうきょく》に推薦《すいせん》して、大さわぎになったみたい。

局員の候補《こうほ》は人間のみ、という理由で、当初、夫妻の推薦《すいせん》は拒否《きょひ》された。けれどエレイン・ハーロウは人間の服と髪型《かみがた》で人間になりすますことで、当時のゆるい人間認定《にんてい》ルールにパスし、最終的に推薦《すいせん》を勝ちとった。

これには、人間認定《にんてい》ルールの特例は『少なくとも片親《かたおや》は人間』で『超常体《ちょうじょうたい》に変身する可能性のある人間』のみに適用されると考えていた当時の局員の多くがショックを受けた。ハーロウに人間認定《にんてい》ルールを適用すれば、ほかの超常体《ちょうじょうたい》たちもルール適用を求めるようになり、じきに人間は超常現象局《ちょうじょうげんしょうきょく》のコントロールを失ってしまうと、多くの局員が恐《おそ》れたそうよ」

そういえばハーロウがエレベーターの中で「局がルールを改定した」と言っていたのを思いだし、エルシーにたずねた。

「だから局は、ハーロウが入局したあと、人間認定《にんてい》ルールを変えたの？」

エルシーは記事をざっと読みながら、情報をさがした。

「たしか、記事の最後のほうに書いてあったような……。えっとね、改定されたのはハーロウが水晶球《すいしょうだま》にふれてからだって。水晶球《すいしょうだま》はハーロウを人間とは認《みと》めず、通常よりもはるかに多い魔力《まりょく》を授けたため、この時点で人間認定《にんてい》ルールは改定されたって書いてある。ハーロウが授けられた超常力《ちょうじょうりょく》はきわめて危険《きけん》。あまりに危険《きけん》で、公式の記録には残ってないくらいなんですって。ハーロウは、よほどのことがないかぎり、その力を使えない。マーリン首相から特別な許可がおりた場合でないと使えないそうよ」

「じゃあ、水晶球《すいしょうだま》に能力が違法《いほう》だと宣告《せんこく》されたのは、あたしが初めてじゃなかったってこと？」

「みたいね。アマリとハーロウのちがいは、ハーロウが水晶球《すいしょうだま》にふれたのが一八九九年だったってことと」

「えーっ、ハーロウって、そんなに長く生きてるの？」

「うん。ファウヌスはね、二百年以上生きられるの。この記事によると、ハーロウの超常《ちょうじょう》力《りょく》を非公開にするかどうかをめぐって大論争《だいろんそう》となって、その結果、水晶球《すいしょうだま》にふれる儀式《ぎしき》そのものが公開されるようになったんですって」

「エルシー、なんか、怖《こわ》いんだけど」

エルシーもうなずき、ようやく携帯電話《けいたいでんわ》をおいた。

「うん、アマリ、わたしもすごく怖《こわ》い。今夜のエリート・クラブの集まりで情報を集めるにしても、ハーロウには近づかないようにして。ハーロウにアプローチする最善《さいぜん》の方法を考えるまでは、近づかないで」

「うん、わかった」

とりあえずタコスに集中することにして、いっしょにおかわりをした。もう一回おかわりしようかとタコスの列をながめていたら、エルシーが食堂の反対側のほうへあごをしゃくったので、エルシーの視線《しせん》をたどりながら質問した。

「えっ、なに?」

「ほら、トイレの近く。ベアたちがフライドポテトをだれかに投げてる。あれは、もしかしてララ?」

目をこらすと、たしかに、食堂の片隅《かたすみ》のテーブルにララ・ヴァン・ヘルシングがひとりでぽつんとすわっていた。ララはポテトを投げつけられても、やめてと言うそぶりがない。ポテトが次々《つぎつぎ》と頭上を通りすぎても、だまって自分のトレイに視線《しせん》を落としている。

「エルシー、ララはどうしちゃったの?」

エルシーがまゆをひそめる。

「ララのオーラはひどい色よ」

去年の夏、あたしがララから受けたようないじめを、今度はララが受けているのを見るのは複雑な気分だ。ララは真っ赤な顔ですくみあがり、ベアとその仲間たちにされるがままになっている。因果応報という気もするけど、見るにたえない光景なので顔をそむけたら、エルシーがあたしの目をしっかりと見て言った。

「なんとかしなくちゃ」

あたしは、あきれかえった顔をした。

「エルシー、まさかあそこに行こうなんて、言わないよね？」

「たしかにララは、すごく良い子じゃないけれど——」

あたしはタコスの最後の一口を落としそうになった。

「あのね、エルシー、去年の夏、ララはあたしをいじめぬいて、訓練をやめる寸前《すんぜん》まで追いつめたんだよ。路地であたしをつきとばして、馬乗りにもなった」

エルシーがたじろぐ。

「それはそうなんだけど……。でもララがあんなことをされてるのは、先日、ララがアマリのために、危険《きけん》を覚悟《かくご》でライブ配信をしたせいもあると思う」

「ララがライブ配信をしたのは、姉のマリアのため。それがたまたま、あたしを助けることになっただけじゃん」

「アマリ、そんな言い方はないんじゃない。ライブ配信でアマリの名誉《めいよ》も回復しようって、ララは乗り気だったんだから」

「だからなに？　エルシーが行きたいのなら、ひとりで行けば」

エルシーが立ちあがり、トレイを持ったので、あたしはぎょうてんし、無言でエルシーを見つめた。意気地なしのエルシーが実際に行動を起こすなんて、夢にも思ってなかった。

腕《うで》を組んで見つめていたら、エルシーは首を横にふりながら言った。

「アマリは、だまって見過ごすような子じゃないはずよ」

エルシーの声ににじむ失望感に、あたしは脳天《のうてん》をかちわられたような気がした。

エルシーがララのテーブルへと向かいだす。ララへの個人的な感情は別として、大親友のエルシーをベアたちにひとりで立ちむかわせるわけにはいかない。いじめを見たら知らんぷりはせずに立ちむかう、というエルシーの考えが正しいことも、心の底ではわかっていた。ただ、助けようとしている子もいじめっ子だから、気が乗らないだけだ。

急いで追いかけてきたあたしを見て、エルシーがニコッとする。

「アマリなら来てくれると思った」

ちっともおもしろくないけど、あたしもつられて笑ってしまった。

「あたしも、エルシーならそう言うと思った」

ララのテーブルに近づくと、エルシーがベアたちをどなりつけた。

「やめなさいよ！」

男子たちがふりかえり、ベアがゲラゲラと笑いながら、おどすように言った。

「いやだと言ったら、どうする？」

エルシーがたじろぎ、あたしは迷った。魔術《まじゅつ》を使うかどうか考えるときは、いつも迷う。でもすぐに意を決し、幻想術《げんそうじゅつ》で両目を光らせ、挑発《ちょうはつ》した。

「やれるものなら、やってみなさいよ」

この一言で、ベアの仲間はあわてて席を立った。けれど同じ私立《しりつ》学校に通っていたベアは、あたしのことをよく知ってるので、簡単《かんたん》にはおびえない。背《せ》の高いベアは立ちあがって腕《うで》を組み、あたしを見下ろしながら言った。

「どうせ、はったりだろ」

あたしは怖《こわ》がっていないことをわからせるため、ベアの目をまっすぐ見つめかえした。今年のあたしは、逃《に》げてばかりいた去年のあたしとはちがう。エルシーは目を丸くし、だまって見ている。

ベアがけわしい表情になり、暴言を吐《は》こうとしたが、その前に数台先のテーブルからマグナス捜査官《そうさかん》の声がひびいてきた。

「なんのさわぎか知らないが、そのくらいにしとけ。寮《りょう》にもどるんだ」

「これで終わると思うなよ」ベアは吐《は》きすてるように言い、ララのほうを見て「魔術師《まじゅつし》をかばいやがって」と一言つけくわえると、仲間を追って走りだした。

ありがとう、という気持ちをこめてマグナス捜査官《そうさかん》に会釈《えしゃく》したら、マグナス捜査官《そうさかん》はおかえしにカウボーイハットを軽く持ちあげてから、ホットドッグのスタンドへと向かっていった。

エルシーが心配そうにララに近づいていく。

「ララ、だいじょうぶ？」

ララはいまにも泣きそうな顔で、くちびるをわななかせていた。けれどあたしを見たとたん、表情をこわばらせて言った。

「べつに、困《こま》ってなんかないから。よけいな手出しはしないで」

制服を整え、あごをつんとつきだして立ちあがると、あたしたちをおしのけるようにして、エレベーターのほうへ急いで立ちさった。

あたしはエルシーに「だから言ったでしょ」という顔をしてみせた。ララがいまだにあたしを憎《にく》んでいるのは、火を見るよりも明らかだ。よりによってそのララが、なぜあたしを局にもどす手助けなんかしたんだろう？　今年の夏は、わけがわからないことだらけだ。

そのとき、エルシーが話しかけてきた。

「ねえアマリ、ララは去年、ジュニア捜査官《そうさかん》の適性検査に落ちたのよね？」

あたしがうなずくと、エルシーはつづけた。

「なのになぜ、わたしたちジュニア局員といっしょに食事してたの？」

あれ、たしかに。なんでだろう？

10 何様？

夕食後、あたしとエルシーは大勢のジュニア局員たちのあとについて、クラブ紹介《しょうかい》フェアが開催《かいさい》される特別イベント会場の階へ移動した。その階にある巨大《きょだい》な〈舞踏《ぶとう》場〉が、ダンスフロアとは似ても似つかぬものに変わっているのを見て、あたしは目を疑《うたが》った。いまは巨大《きょだい》なお祭り会場だ。手書きのカラフルな看板《かんばん》をかかげた高い木製ブースがずらりとならび、ブースを見てまわるジュニア局員たちに次々《つぎつぎ》とチラシが配られている。

通路はあちこちに枝分かれし、その両側にブースがぎちぎちに建てられていたが、会場の奥《おく》に進むにつれて、〈若《わか》き探偵《たんてい》クラブ〉〈深海探検《たんけん》クラブ〉といった、しゃれたネオンサインが輝《かがや》く広いテントがならびはじめた。さらに一番奥《おく》には、金色の装飾《そうしょく》がほどこされた、ひときわ大きな赤いテントがひとつ、堂々《どうどう》と建っている。エリート・クラブへの招待状に『ぜひきみも今夜のクラブ紹介《しょうかい》フェアで会場の一番奥《おく》へ来て、スターの仲間になってくれ』と書いてあったので、クラブ勧誘《かんゆう》の声をふりきり、巨大《きょだい》なテントに向かってつき進んだ。エルシーもすぐあとをついてくる。

あたしには、ここに来た目的がある。めざす場所に早く着けば、たぶん時間停止現象について局の上層部《じょうそうぶ》と長く話ができる。あとは謎《なぞ》の超常力《ちょうじょうりょく》を持つ隠蔽工作部《いんぺいこうさくぶ》のハーロウ部長に近づかないようにすればいい。

テントまであと数十歩の地点で、少人数のジュニア局員が立ちはだかった。十五、六歳《さい》の背《せ》の高いひとりの男子が進みでて、声をかけてくる。

「きみ、アマリ・ピーターズだろ」

「そうですけど。そこ、どいてもらえます？　ちょっと急いでるんで」

そう言ったら、男子に冷たく笑われた。

「へーえ、なんで？　クラブ紹介《しょうかい》フェアは三時間だから、時間ならたっぷりあるのに」

「エリート・クラブのテントに用があって。招待状をもらったんで」

すると男子は、あたしのジャケットの襟《えり》の月長石バッジを見てから、反対側の襟《えり》につけた星型のスターピンを見て言った。

「まだ二年目なのに？　やるな。ぼくでさえ、招待されたのはつい二年前なのに」そして満面に笑みをうかべて自己紹介《じこしょうかい》した。「ぼくは、トリスタン・デービーズ。名前は知ってるだろ」

会えて光栄と思え、と言わんばかりの態度でしれっと言う。名前はどこかで聞いた気がしなくもないけど、去年の夏は訓練生たちの間で生きていくのに必死で、ランクが上のジユニア捜査官《そうさかん》のことはほとんど知らない。

けれどエルシーは憧《あこが》れのスターにでも会ったみたいに、うんうん、とうなずいていた。

「はい、わたし、知ってます」

「ま、当然だね。なにを聞いたか知らないけど、ぼくの実力はそんなもんじゃない」

トリスタンはそう言うと、なんと、ウインクまでしてみせた。ゲッ、自意識過剰《かじょう》のうぬぼれ野郎《やろう》。あたしも、負けずにしれっと言ってやった。

「そろそろ、いいですかね？」

意外にも、トリスタンはどいてくれた。

「あのクイントン・ピーターズの妹のためなら、なんでもするよ。今年の夏、きみとは仲良くしたほうが良さそうだ。きみもぼくも自力でエリート・クラブに入れるくらい優秀《ゆうしゅう》だから、ふたりそろえば無敵《むてき》だよ」

ちょっと待った。こいつ、あたしのパートナーに志願してる？　人気者たちがあたしをさけまくった去年の夏とは、まさに月とすっぽん。実際、ジュニア捜査官《そうさかん》にパートナーは必要だ。捜査官《そうさかん》は全員ペアを組む。お兄ちゃんとマリアや、マグナス捜査官《そうさかん》とフィオーナ捜査官《そうさかん》みたいに。エルシーとは部署《ぶしょ》がちがうので、これだけはエルシーをたよれない。

あたしは、わざとそっけなく言った。

「そうね、考えておく」

トリスタンは、あたしがわざとそっけなくしているのを見ぬいたように、にやりとした。

「ああ、考えてくれ。いちおう言っとくけど、エリート・クラブのテントはまだあいてないよ」

「えっ、そうなんだ。いつあくの？」

トリスタンは無言でニヤッとすると、いっしょにいた仲間のほうへあごをしゃくって、行こうぜと合図し、あたしたちをよけながら言った。

「だいじょうぶ。そのうち、わかる」

トリスタンたちがいなくなったとたん、あたしはエルシーにたずねた。

「トリスタン・デービーズって、そんなに有名人？」

エルシーは、生物学の授業であたしが課題図書を読まなかったときと同じように、あきれかえった顔をした。

「えっ、エルシー、なに？　重要人物なの？　どこかの名門一族の子？」

「あのねえ、アマリ、トリスタンはレガシーじゃなくてメリットなの。超常現象局《ちょうじょうげんしょうきょく》で代々《だいだい》働いてきた家の子じゃないわ」

つまりトリスタンは、超常現象局《ちょうじょうげんしょうきょく》にいる大多数のジュニア局員のような、名家の家族に推薦《すいせん》されてきたレガシーの子ではない。全国模試《もし》で一位をとったとか、燃えている建物からおばあさんを救ったとか、そういうめざましい活躍《かつやく》をしたおかげで局に入れたメリットの子、ということか。エルシーがつづけた。

「アマリが登場する前は、トリスタン・デービーズが超常捜査部《ちょうじょうそうさぶ》の次期エースと目されていたの。トリスタンはヴァンクイッシュの指導を受けていたし、三年前にはモローの捕獲《ほかく》にも参加した。まあ、捕獲《ほかく》したモローは偽者《にせもの》だったわけだけど」

お兄ちゃんとマリアから直接指導を受けていたなら、トリスタンが優秀《ゆうしゅう》なのはまちがいない。あたしは、赤くなっているエルシーに向かってにやりとした。

「ちょっと、アマリ、なによ？　なんでそんな顔をするの？」

「エルシーなら、あたしのオーラを読めるでしょ」

「あのね、わたしに読めるのは感情だけ。頭の中までは読めないの」

あたしは声をあげて笑ってしまった。

「エルシーはトリスタン・デービーズにくらくらしてるって思っただけ」

エルシーはむっとした顔で抗議《こうぎ》した。

「んもう、アマリったら、やめてよ！　かっこいいとは思うけど、傲慢《ごうまん》だわ」

けれど赤いほおを見れば、ちがう本音が透《す》けて見える。からかうのはここまでにして、話題を変えた。

「エルシー、エリート・クラブのテントは本当に閉《し》まっていると思う？」

エルシーがうなずく。

「うん。トリスタンが反対方向に行ったってことは、そうよ」

「じゃあさ、テントがあくまでどうする？」

「ほかのクラブでも見に行く？」

エリート・クラブで情報を集めなければ。今夜はなにがなんでも、役に立つ情報をつかんでみせる。ほかに手がかりはないんだし——。そう思いつめて緊張《きんちょう》していたけれど、ほかのブースに立ちよったおかげで、緊張《きんちょう》がほぐれて助かった。

どの子もあたしのスターピンに気づいたとたん、あたしが魔術師《まじゅつし》のアマリ・ピーターズということはどうでも良くなったらしい。まわりじゅうから名前を呼《よ》ばれ、あたしは右往左往した。どの子も、エリート・クラブのエリートを自分のクラブに引きいれたいらしい。みんな、時間停止現象の犯人は魔術師《まじゅつし》のあたしでは、と疑《うたぐ》っていたんじゃなかったっけ？

最初に立ちよったのは、デュボア・ファッション・クラブだった。ブースの前にいた女子に強引にひっぱりこまれたので、チラシを一枚《まい》受けとらざるをえなかった。通路をさらに進んでいくと、もっと楽しそうなクラブが見つかった。たとえば、スリル探検《たんけん》クラブ。週末ごとに超常界《ちょうじょうかい》の超危険《ちょうきけん》な場所に行き、ピラミッドの奥深《おくふか》くの罠《わな》がしかけられた墓をのぞいたり、肉食の木々《きぎ》だらけの飢餓《きが》森林へハイキングに行ったりするらしい。

ヴァンクイッシュ・ファンクラブの前に立っていたアーサーという名の男の子を見た瞬《しゅん》間《かん》、エルシーがあたしをその子から遠ざけた。お兄ちゃんの妹であるあたしに気づいたら最後、はなしてもらえなくなるからだという。

友だちのジュリア・ファーサイトにあいさつするため、真実の語り部クラブにも立ちよった。ジュリアは『無用者《むようもの》のために立ちあがろう』と書かれたTシャツを着ていて、自分では戦えない無用者《むようもの》のためにポッドキャストのライブ配信をする、と教えてくれた。勇気をもって声を上げるジュリアのような人は、本当にかっこいい。そうでなくても、ジュリアは善良《ぜんりょう》な子だ。あたしもエルシーも、ジュリアが参加する打ちあわせに顔を出すと約束した。

会場の残り半分のテントは局のさまざまな部署《ぶしょ》のものだと、エルシーが説明してくれた。たとえば、エルシーのような魔術科学部《まじゅつかがくぶ》のジュニア研究員は、全員、無条件で魔術科学《まじゅつかがく》フェア・クラブに入れる。魔術科学《まじゅつかがく》フェアというのは、サマーキャンプの最後にメンバー全員が賞をめざして競いあうイベントらしい。入会用紙を持っていた子は、エルシーを見てがくぜんとし、本気で入会する気かとたずねてから、エルシーほどの功績がある子は審査《しんさ》員《いん》になったほうがいい、とまで言った。

あたしはエリート・クラブに招待されたエリートかもしれないけれど、エルシーはまちがいなく、名声を確立した天才少女だ。

あたしのようなジュニア捜査官《そうさかん》が無条件で入れるのは、ヤング《若》・ディテクティブ《探偵》・クラブ。このクラブでは、アーサー王の魔力《まりょく》を秘《ひ》めた剣《けん》エクスカリバーをだれがぬすんだのかといった、有名な未解決事件を捜査《そうさ》する（ちなみにエクスカリバーの窃盗犯《せっとうはん》は、エクスカリバーが刺《さ》さった土台の石まで持ちさったらしい）。興味しんしんだったけど、ほぼ毎晩《まいばん》集まると知ってあきらめた。いまは時間停止現象の捜査《そうさ》だけで手いっぱいだ。

海外の超常現象局《ちょうじょうげんしょうきょく》から来た子たちが集まる国際クラブの前に来ると、あたしもエルシーもだまりこんだ。エルシーがオクスフォード大学に進学し、イギリスに行ってしまうことを、いやでも意識する。エルシー本人にはぜったい言わないけど、この先、エルシーなしでやっていく自信はない。ようやくエルシーが口をひらいた。

「えっと……わたし、ロンドンの局の子たちに自己紹介《じこしょうかい》してこようかな。来年の夏は、ロンドンで過ごすことになるし」

「うん。そうだね。そうしなよ」

エルシーを見送りながら、さびしさがこみあげてきた。この先、エルシーのいない生活を、どう送ればいい？

けれどありがたいことに、長く悩《なや》まずにすんだ。急に会場が暗くなり、ドラムロールがひびきわたり、マイクからハーロウ部長の声が流れてきたのだ。

「エリートは期待の星。そして星は、ひとりでに光ります……」

あたしのジャケットのスターピンが金色にきらめきながら振動《しんどう》しはじめ、やがてスターから一本の火花がシューーッと上がり、あたしの頭上で花火のようにはじけた。会場のあちこちで金色の光が炸裂《さくれつ》し、そのたびに会場全体から歓声《かんせい》があがる。

ようやく会場が真っ暗になり、またハーロウ部長の声が流れてきた。

「エリートのみなさん、エリート・クラブのテントの歓迎《かんげい》パーティーに来てください」

エルシーが急いでもどってくる。いよいよ、情報収集《しゅうしゅう》の本番だ。

「アマリ、がんばって。ハーロウ部長には要注意よ」

「うん、エルシー、わかってる。近づかないようにするよ」

頭上の照明が点灯するなか、会場を急いでつっきった。あたしをふくめ数名が、テントに最後に到着《とうちゃく》した。外から見るぶんには、テントは歓迎《かんげい》してくれている気がする。

テントに入ってまっさきに聞こえたのは、拍手《はくしゅ》だった。なにもかもが、信じられないくらい高級だ。足元のビロードのラグ。タキシードでバッチリ決めたウェイターたち。シルクのテーブルクロス。その上におかれたピカピカの銀食器。食べ物もどっさりあって、背《せ》の高いグラスに入った飲み物がずらりとならんだテーブルもある。

拍手《はくしゅ》しているのは大人ばかりだった。各局の部長や副部長たち、引退《いんたい》していてもおかしくない高齢《こうれい》の人もちらほらいる。局の重要な人たちがそろって一列にならび、列の前にはハーロウ部長とクロウ局長が笑顔で立っていた。よし、情報をつかんでやる。

あたしたちジュニア局員は、入り口のそばにかたまっていた。各部署《ぶしょ》からふたりずつ、全部で三十人くらいいる。トリスタンがまた自信満々《じしんまんまん》の笑顔で、あたしのとなりにやってきた。

「やあ、アマリ。きみをパートナーにしてくれって、フィオーナ捜査官《そうさかん》に言っておいた。明日には正式に決まる。エリートの中でもぼくはトップのゴールドスターなんで、特権《とっけん》でパートナーを指定できるんだ」

「へーえ。了解《りょうかい》」

まさかトリスタンが、本気であたしとペアを組むつもりだったなんて。選ばれてラッキーなの？　それとも、見劣《みおと》りすると覚悟《かくご》するべき？

隠蔽工作部《いんぺいこうさくぶ》のハーロウ部長が、一歩前に出てスピーチした。

「エリートのみなさん、ようこそ！　このクラブは、局の中でもえりすぐりのメンバーだけが入れるクラブです。去年のサマーキャンプがとちゅうで打ちきりになったにもかかわらず、みなさんは卓越《たくえつ》した功績を残しました。今日ここにいる一名のジュニア局員にいたっては、ほぼ単独でハイブリッドの攻撃《こうげき》を止め、モローとディラン・ヴァン・ヘルシングの極悪非道な計画を阻止《そし》したのです。みなさん、アマリ・ピーターズにぜひ盛大《せいだい》な拍手《はくしゅ》を！」

部屋全体に拍手《はくしゅ》と歓声《かんせい》が鳴りひびき、あたしははずかしくて真っ赤になった。ヴァン・ヘルシング部長をちらっと見たら、あたしをあざけるように冷笑していた。ヴァン・ヘルシング部長は、魔術師《まじゅつし》のあたしをきらっていると公言してはばからない。実の息子ディランと娘《むすめ》マリアもじつは魔術師《まじゅつし》だったとわかった以上、意見を変えても良さそうなものなのに、あたしの知るかぎり、部長は自分の世界観を守るほうが重要らしく、信念を変えていない。

トリスタンのほうを見たら、さっきまでの笑みが消え、ぴりぴりしているように見えた。急になぜ？　ハーロウ部長がつづけた。

「ところで今回初めてという人以外は、このあとの流れを知ってますね。エリートの中にも序列があります。そろそろエリート中のエリート、今年のゴールドスターを発表しましょう」

トリスタンが「ぼくはトップのゴールドスターなんで、特権《とっけん》でパートナーを指定できる」と言っていたのはこのことか。ハーロウ部長が楽しげに両手をこすりあわせて言った。

「ではみなさん、いっしょにカウントダウンをお願いします。三、二、一……さあ、自分のスターを見て！」

自分のピンより先にトリスタンのスターピンを見たら、シルバーだった。トリスタンが信じられないという顔で、自分のスターピンをにらみながらつぶやいた。

「ありえない……」

その声にさっきまでの傲慢《ごうまん》さはみじんもなく、怒《いか》りがこもっている。

あたしのスターピンを見たら、ゴールドにきらめいていた。

これって、あたしがトリスタン・デービーズに勝ったってこと？　さっきトリスタンの顔から自信満々《じしんまんまん》の笑みが消えたのは、こうなると予想したから？　ハーロウ部長があたしを名指しでほめた時点で、今年、超常捜査部《ちょうじょうそうさぶ》の代表としてゴールドスターに輝《かがや》くのは自分じゃないとさとったのだろう。トリスタンがぼそりとつぶやく。

「このぼくが、きみに負けた？」

「あの、トリスタン、ごめんね」

あたしはどう言ったらいいかわからず、そう声をかけた。トリスタンは、局の大人たちがあたしを祝福しに来ると同時に、足をふみならして去っていった。

あーあ、なんで「ごめんね」なんて、あやまったりしたんだろう？

いつのまにかヴァン・ヘルシング部長があたしの前に立っていて、腕《うで》を組んだまま、吐《は》きすてるように言った。

「良かったな、ルールをやぶったおかげでゴールドスターにありつけて。だが今年の夏は、捜査《そうさ》に勝手に首をつっこむことは断じてゆるさん。これは部長命令だ」

思わず後ずさりしそうになったけど、ふんばった。去年のあたしなら――局に居場所がないと感じていたころのあたしだったら――しりごみしたにちがいない。けれどいまは月長石のバッジをつけてるし、ジュニア捜査官《そうさかん》になったし、エリートにも選ばれた。そこで、挑《いど》むようにあごをあげて言いかえした。

「じゃあ、時間停止現象の情報を共有するつもりはない、ということですね」

ヴァン・ヘルシング部長の表情がけわしくなる。

「いいかね、もう一度言っておくが——」

そのときクロウ局長がわりこんできて、あたしをぎゅっとハグした。

「ああ、アマリ！　本当にすばらしいわ。二年目の夏で、もうエリートに選ばれるなんて！　さすがのクイントンも、そこまではいかなかった」

ヴァン・ヘルシング部長が、憤然《ふんぜん》として立ちさっていく。あたしはクロウ局長をまっすぐ見つめて言った。

「時間が止まった超常議会《ちょうじょうぎかい》に閉《と》じこめられたマーリンと超常体《ちょうじょうたい》のために、あたしにできることがあればいいのにと思ってます。局が捜査《そうさ》を禁止されるなんて、合点がいきません」

クロウ局長はびっくりして首をふり、首のエラが開いたり閉《と》じたりした。アトランティス人の血が半分流れている局長は、首にエラがあるのだ。

「アマリ、そこまで知ってるの？　たしかに理想的な状況《じょうきょう》じゃないわね。ベインが事態をもっと深刻《しんこく》にとらえてくれるといいんだけど。捜査《そうさ》というのは根気がいるものなのに」

「ベインがしゃしゃり出てきて捜査《そうさ》を乗っとる前に、なにかわかりました？」とたずねたら、クロウ局長はため息をついた。

「重要なことはなにも。アマリ、なぜ聞くの？」

「いえ、あの、気になったので」

ヤバい。調べる気満々《まんまん》なのがばれる。局長も、あやしむようにこっちを見ている。

「アマリ、この件には首をつっこまないでちょうだい。ベインとは、いっさい関わらないで。禁じられたことをやっているとばれたら、この私《わたし》でも、あなたをかばってあげられないから」

「はい、わかりました」

クロウ局長はうなずくと、ほかのエリートたちを祝福しに行った。会場を見まわすうちに、ぶあつい黒メガネをかけ、真っ白な白衣姿《すがた》で片隅《かたすみ》にたたずむ魔術科学部《まじゅつかがくぶ》の女性部長が目にとまったので、近づいていって声をかけた。

「こんにちは」

女性部長はメガネをかけなおし、あたしに向かって何度かまばたきをしてから言った。

「ああ、はい、こんにちは」

「あたしのこと、覚えてます？」

「もちろん。いままでもうちの実験室であなたを調べたいと思ってるんだけど、どう？　魔《ま》術師《じゅつし》の能力にまつわる多くの謎《なぞ》を解明させてもらえない？　いろいろ実験しても、あなたならたぶん生きのびるわよ」

「いえ、それはちょっと……」

あたしは、急いで首を横にふった。この人、あたしが本気で実験台になると思ってる？

女性部長はまゆをひそめて言った。

「じゃあ、あなたと話すことなんて、ないと思うけど」

そう言って立ちさりかけた女性部長を、あたしは呼《よ》びとめた。

「待って。うわさでは時間停止現象は魔術師《まじゅつし》が引きおこしたことになってますけど、それはありえないんですよね？」

女性部長は、あきれた顔をした。

「どうせ捜査官《そうさかん》たちのうわさでしょ？　捜査官《そうさかん》はね、科学理論《りろん》より自分の勘《かん》を信じる人種なの。安心なさい。私《わたし》たちがこれまで調べた中で、あなたほど強い魔力《まりょく》の持ち主はいない。そのあなたでも、このテント内の時間を二秒間とめるのが精いっぱいよ。ほっとした？」

「はい！」

あたしは自分が時間停止現象の影響《えいきょう》を受けなかったことを、うっかり言いそうになった。けれどももし伝えたら、また実験させろと言ってきて、魔術科学部《まじゅつかがくぶ》の実験室に閉《と》じこめられて、捜査《そうさ》どころじゃなくなる気がする。女性部長が、ちらっと腕時計《うでどけい》を見て言った。

「きっかり十分間だけ参加すると局長に約束したの。もう十分間をすぎたから行くわね。ゴールドスター、おめでとう」

出口へと向かう女性部長を見送ってから、また会場をぶらついていたら、数人の引退《いんたい》した元局員がおめでとうと言いに来てくれた。その人たちが時間停止現象について知っているとは思えないので、知っていそうな人がいないかと会場を見まわした。

そのとき、ヴァン・ヘルシング部長がハーロウ部長に近づくのに気がついた。ヴァン・ヘルシング部長がなにか言い、ハーロウ部長が顔をしかめている。ひょっとして、あたしがエリートに選ばれたことに抗議《こうぎ》してる？　それとも、ほかのこと？

ハーロウ部長がみんなの注目を集めようと、コップを高くかかげ、スプーンでたたいて音を立てた。

「みなさーん、おしゃべりだけじゃなく、どうかお食事も！」

会場の人たちが食べ物のテーブルへぞろぞろと向かうなか、ハーロウ部長とヴァン・ヘルシング部長は出口に向かっていく。

あたしも出口へと向かった。ハーロウ部長には近づかないとエルシーに約束したけれど、ふたりの会話は聞いておいたほうがいい気がする。人々《ひとびと》の間をすりぬけ、テントの外に出たら、ちょうどハーロウ部長とヴァン・ヘルシング部長がテントの角を曲がるところだった。ふたりのひそひそ話が聞こえるところまで追っていくと、ヴァン・ヘルシング部長の声がした。

「……この私《わたし》の目の前で、あのアマリ・ピーターズにゴールドスターとは、いかがなものかと。きみへの支持を約束したとき、アマリ・ピーターズはサマーキャンプに参加させないと約束したじゃないか」

ハーロウ部長がため息をつく。

「だって、ベイン首相がお考えをお変えになったんだもの。アマリには、熱狂的《ねっきょうてき》な支持者が大勢いるでしょ。ベイン首相は、アマリを別の形でおおいに利用なさる気よ」

あたしを利用する？　あたしがベインのために動くなんて、よくもそんなことを。

ヴァン・ヘルシング部長の怒《いか》りをはらんだ声がした。

「ベインを代弁するなんて、何様のつもりだ？　部長の経験などないに等しいのに、いきなり隠蔽《いんぺい》工作《こうさく》部《ぶ》の部長に就任《しゅうにん》するなんて。調べてもいいんだぞ。きみとベインの間には、なにかありそうだ」

ハーロウ部長はヴァン・ヘルシング部長をビクターと名前で呼《よ》んで、歌でも歌うように軽やかに応じた。

「あらあら、ビクター、私《わたし》を敵《てき》に回さないほうがいいと思うわよ。かぎまわるのは、おやめなさいな」

ヴァン・ヘルシング部長は、しばらく間をあけてから言った。

「しかし――」

「いいから、やめときなさい」

そのとき、あたしの携帯電話《けいたいでんわ》が大きな音でバイブしたので、あわてて止めた。直後にヴアン・ヘルシング部長とハーロウ部長が目の前にやってきた。うわっ、ばれた！

ヴァン・ヘルシング部長が、あやしむように目を細める。

「ここで、いったいなにをしている？」

あたしは必死にもっともらしい言いわけを考えた。

「えっと、あの……ハーロウ部長をさがしてたんです。テントの中で、部長はどこだと言う声が上がったので」

ハーロウ部長がニコッとする。

「あら、そうなの？」

あたしがうなずくと、ヴァン・ヘルシング部長は「やることがある」とかなんとかぶつぶつ言い、あたしをおしのけるようにして立ちさった。

ハーロウ部長があたしの肩《かた》に腕《うで》をまわし、やけに強く肩《かた》を抱《だ》きながら、あたしをテントの入り口へと連れていった。

「ふふっ、これで邪魔者《じゃまもの》はいなくなったわ。本当はなにをしてたの？　ぬすみ聞き？」

うそを見ぬく達人がいるとしたら、隠蔽工作部《いんぺいこうさくぶ》の部長はまさにそうだ。いまのあたしは、クモの巣のど真ん中にひっかかったハエのようなもの。ハーロウ部長がさらにせっつく。

「ねえねえ、打ちあけてちょうだいよ。私《わたし》たち、友だちでしょ？　友だち同士、ウソはなしよ」

見つかった以上、正直に話したほうが良さそうだ。

「……はい、聞いてました」

ハーロウ部長がにこやかにほほえむ。

「そうよね。ここに来てからずっと、時間停止現象の捜査《そうさ》情報を集めたいんでしょ？」

あたしはごくりとつばを飲みこんだ。

「あの……どうして知ってるんですか？」

「注意をはらうだけでどれだけのことがわかるか、知ったらおどろくわよ。あなたについて、あててみましょうか。世界を救ったことで有名になった少女は、今度は時間停止現象に注目し、その解決に意欲《いよく》をかきたてられた、ってところかしら？」

「いえ、注目はしてましたけど、そういう理由じゃ……。あたし、有名になりたいとか、称賛《しょうさん》されたいとか、そんなことは思ってません。これには事情があるんです。マーリンと超常議会《ちょうじょうぎかい》の時間停止は、なにがなんでも解除《かいじょ》しないと。それが重要なんです」

ハーロウ部長がうなずく。

「ええ、解除《かいじょ》しなきゃいけないことは、ベイン首相も承知《しょうち》なさってるわ。だからこそ、ご自身が捜査《そうさ》に乗りだしたの。できるだけ早く、確実に解決するために」

「それなら、局の捜査官《そうさかん》たちに捜査《そうさ》させればいいんじゃないですか？　捜査官《そうさかん》は、専門的《せんもんてき》な訓練を受けてますし」

「ねえアマリ、去年のサマーキャンプで習ったことを思いだしてみて。首相が超常現象局《ちょうじょうげんしょうきょく》から捜査権《そうさけん》をとりあげるのは、どういう場合？」

「局が犯罪を犯した可能性があると、首相が判断した場合です……」ハーロウ部長の言わんとすることに気づき、あたしは頭がくらくらしてきた。「まさか、局の関係者が時間停止現象を引きおこしたって言うんですか？　いったいだれが？」

テントの入り口に着くと同時に、ハーロウ部長がため息をついて、急に止まった。

「現時点ではその可能性を排除《はいじょ》していないとだけ言っておくわ。局内では当然ながら、魔《ま》術師《じゅつし》のしわざだと考えている人が多い。局内の魔術師《まじゅつし》といえば、ふたりしかいないわね」

あたしは身ぶるいした。

「あたしかマリアがやったって言うんですか？　魔術《まじゅつ》科学部《かがくぶ》の部長は、魔術師《まじゅつし》のはずがないと言ってます。こんなに強力な魔術《まじゅつ》は、強大な魔術師《まじゅつし》でもかけられないって」

とつぜん、ハーロウ部長の笑みが氷のように冷たくなった。

「もっともらしい作り話があるのに、それを真実でつぶすなんて、この私《わたし》がゆるさない。それくらい、あなたもわかっていると思ってたのに。いま、超常界《ちょうじょうかい》は、時間停止現象は魔《ま》術師《じゅつし》のしわざだと信じたがっている。魔術師《まじゅつし》が悪事を働く、というストーリーなら、だれもが納得《なっとく》するわ。新たな危険《きけん》の出現なんて、だれも望んでない……」

ハーロウ部長は、首を横にふってつづけた。

「あなたの友だちとして、私《わたし》はあなたが心配だわ。魔術師《まじゅつし》のあなたがなぜ時間停止現象にそこまでこだわるのかと、みんな、勘《かん》ぐるんじゃないかしら。で、犯人のあなたが証拠隠《しょうこいん》滅《めつ》をはかろうとしてるって、だれかが言いだしても、おかしくないんじゃない？」

あたしはショックを受け、消えいりそうな声で抗議《こうぎ》した。

「そんなの、全部ウソです」

「ええ、そうよね。私《わたし》はわかってる。でもね、ベイン首相はそうお考えになるかしら？　ベイン首相以外の人たちはどう？　だからね、アマリ、今年の夏は大人にまかせるのが一番よ。いたくもない腹《はら》をさぐられるようなまねは、やめたほうがいいと思わない？」

あたしはなにも言えなかった。言いかえす言葉すら見つからない。少し間をおいて、ハーロウ部長が言った。

「ふふっ、いい子ね。友だち同士、腹《はら》をわって話しあえば、わかりあえると思ってたわ」

11

予想外のパートナー

翌朝《よくあさ》はジェイデンが超常力《ちょうじょうりょく》を授かる瞬間《しゅんかん》を部屋のテレビで見たくて、エルシーといっしょにがんばって早起きした。本当は会場で直接見たかったけど、いまからだと舞台《ぶたい》からかなり遠い最上階の席しかあいていないと、エルシーに止められた。

まだジェイデンとは一度も話せてないので、元気なジェイデンを見たい。ピカピカの青銅バッジを授与《じゅよ》されるジェイデンを早く見たい。

テレビの画面では、壇上《だんじょう》のクロウ局長が訓練生たちに、超常界《ちょうじょうかい》に関わる者は超常体《ちょうじょうたい》でなければならない、と説明しているところだった。つまり、これから訓練生は水晶球《すいしょうだま》にふれて魔力《まりょく》を授けられ、持って生まれた才能を超常《ちょうじょう》レベルまで高めることで、超常体《ちょうじょうたい》になる。

あたしとエルシーはお菓子《かし》をどっさり用意し、あたしたちのベッドの間のふかふかのカーペットにすわっていた。いつもならリラックスできるけれど、いまのあたしの状況《じょうきょう》では、正直リラックスどころじゃない。エルシーがさっきからちらちらとこっちを見ているのは、あたしの緊張感《きんちょうかん》が伝わるからだろう。そこでエルシーに声をかけた。

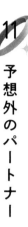

「だいじょうぶだよ、エルシー。マジで」

「本当に？　ハーロウ部長は、いつでも好きなときに時間停止現象の罪をアマリになすりつけられるって認《みと》めたようなものよ。もし犯人にされたら、ブラックストーン刑務所《けいむしょ》に収監《しゅうかん》される。最悪、暗黒の魔窟《まくつ》かもしれない。なのに、平気な顔をしちゃって」

「ううん、かなりヤバいと思ってる。でもさ、あきらめるわけにはいかないじゃん。時間停止を解除《かいじょ》して、マーリンを首相に復活させるしかないんだから。そうすれば魔術師狩《まじゅつしが》りもなくなるし、あたしが魔術師連盟《まじゅつしれんめい》の盟主《めいしゅ》になって局と戦う事態もさけられるし」

「ねえアマリ、一日か二日でいいから、いったん捜査《そうさ》はおあずけにしない？　ハーロウ部長に見つからずに捜査《そうさ》する方法を見つけるまでは。ね？」

「でもあたし、時間停止を解除《かいじょ》する方法をつきとめるって、もうコズモに約束しちゃったんだよ。いつまた冠《かんむり》を受けとれって言われるかわからないし、あとどのくらい時間がもらえるかもわからない」

「ああもう、わたし、アマリのことが心配で、心配で、たまらない」

「うん、エルシー、わかってる。まあ、気休めかもしれないけど、新しい手がかりが見つからないかぎり、いまは捜査《そうさ》しようがないよ。時間停止現象の犯人は魔術師《まじゅつし》のはずがないって、魔術科学部《まじゅつかがくぶ》の部長も言ってたけど、じゃあだれよって話だし」

エルシーは無言だったけど、捜査《そうさ》しようがないと聞いて、ほっとした顔をしていた。

あたしたちはそのまま儀式《ぎしき》の見物にもどり、一瞬《いっしゅん》ジェイデンがカメラに映《うつ》ったときは大はしゃぎした。ジェイデンは緊張《きんちょう》しつつ、興奮《こうふん》しているらしい。ジェイデンを見て、あたしは口元がゆるんだ。

クロウ局長が最初に舞台《ぶたい》に呼《よ》んだのは、そばかすだらけで歯に矯正《きょうせい》器具をつけた、背《せ》の高い白人の女子だった。その子はクロウ局長と握手《あくしゅ》をし、ノート紙のバッジを受けとりながら、カメラに向かってほほえみかけた。つづいて水晶球《すいしょうだま》にふれると、水晶球《すいしょうだま》がかすかに白く光り、舞台奥《ぶたいおく》の巨大《きょだい》スクリーンに文字が映《うつ》しだされた――『判定：〈うそをつけない性格〉が〈うそ発見力〉へと超常化《ちょうじょうか》』

「最低レベルのバッジにしては、かなり役立つ超常力《ちょうじょうりょく》よ」と、エルシーが声をあげる。

「エルシー、この子、人間うそ発見器になったってこと？」

「うん、そう。超常捜査部《ちょうじょうそうさぶ》でも役立つし、スパイ機密部《きみつぶ》でも使えるわ。ノート紙のバッジでは入部の条件を満たされなくても、例外を認《みと》める部がありそうね」

ところがクロウ局長が次の名前を読みあげたとき、とつぜん捜査官《そうさかん》たちが舞台《ぶたい》にあらわれた。通路や出口付近にも集まっていて、隠蔽工作部《いんぺいこうさくぶ》のハーロウ部長の声が放送で流れた。

「ベイン首相のご命令により、今朝の儀式《ぎしき》はここで打ちきりとします。訓練生は全員、魔《ま》術師《じゅつし》ではないと証明されるまで、バッジも超常力《ちょうじょうりょく》も授与《じゅよ》されません。訓練生はただちに自室にもどるように。魔力《まりょく》のある状態で局に来た訓練生がいないかどうか、すぐに捜査官《そうさかん》が各部屋をまわり、魔力計《まりょくけい》で確認《かくにん》します」

放送のマイクが切れる音がし、あたしとエルシーは絶句した。訓練生のなかに魔術師《まじゅつし》がいないかどうか、本気で調べるなんて――。あたしは、声をしぼりだして質問した。

「エルシー、そんなこと、ゆるされるの？」

「なんか、ゆるされるみたいね」

あたしもエルシーも無言でベッドによじ登った。朝食をぬいて儀式《ぎしき》を最後まで見るつもりだったけど、いきなり打ちきられたので、朝食まであと二時間もある。

そのとき、あたしの携帯電話《けいたいでんわ》がバイブした。魔術師連盟《まじゅつしれんめい》のまとめ役のコズモからメッセージがとどいている。コズモはカチカチと音を立てる時計の絵文字とともに、こう書いていた――〈返事をお待ちしています〉

＊

いま、あたしとエルシーは、寮《りょう》の廊下《ろうか》にあふれたジュニア局員たちにまじってエレベーターを待っている。バッジと超常力《ちょうじょうりょく》を授与《じゅよ》する儀式《ぎしき》は打ちきられたが、ジュニア局員はそれとは関係なく、訓練が開始されるそれぞれの部署《ぶしょ》に行かなければならない。

エルシーがひそひそ声でしゃべりかけてきた。

「連盟《れんめい》のまとめ役の人、そんなにせかすなんて、なんなのよ？」

あたしもひそひそ声で答える。

「あたし、盟主《めいしゅ》として連盟《れんめい》を率いるなんていやだよ。しかも戦争しろだなんて」

「このまま独自に動くしかないわね。でもわたし、アマリのことが心配。本気でこわい」

「あたしも、こわいよ」

エレベーターを待つ列はちっとも動かない。そのとき、エリート生のあたしがつけているスターピンを、まわりの子たちがしきりに見ているのに気がついた。今朝、わざわざスターピンをつけてきたのは、あたしの努力のたまものだから。エリート・クラブの運営者はハーロウ部長かもしれないけれど、あたしの努力まで否定《ひてい》されるわけじゃない。

それにしてもなぜみんな、スターピンを見て、とまどった顔をするんだろう？　その理由は、あたしより年上らしい未解明事象収集部《しゅうしゅう》のジュニア収集員《しゅうしゅう》の女子が教えてくれた。

「ねえ、あなたはエレベーター待ちの列にならぶ必要はないって、わかってる？」

「えっ、そうなんですか？」

「あなたも、わたしと同じエリート生でしょ。エリート生は特典で、いつでもケンジントン卿《きょう》のエレベーターに乗れるのよ」

とたんにエルシーが驚愕《きょうがく》した顔をした。

「ええっ、局長専用《せんよう》エレベーターに乗れるなんて……」

「あたしの親友もいっしょに乗れますか？」とたずねたら、ジュニア収集員《しゅうしゅういん》の女子は顔をしかめた。

「残念だけど、乗っていいのはエリート生だけ。友だちもオッケーってことになったら、ふつうのエレベーターのように、すぐに満杯《まんぱい》になっちゃうから」

「そうですよね。じゃあ、今度、乗ります」

「あっ、そう」

ジュニア収集員《しゅうしゅういん》の女子が肩《かた》をすくめて立ちさるのを待って、エルシーが言った。

「アマリ、なにもわたしにつきあって、ここで待たなくてもいいのに」

「それって、エルシーがいない状態になれろって意味？」

あたしはつい、思ったことをぽろっと言ってから、後悔《こうかい》した。たとえ本心だとしても、そんなことを言うつもりはぜんぜんなかった。エルシーがうつむいて言う。

「アマリ、そんな言い方しなくても……」

「ごめん。エルシー、忘《わす》れて。ね？　初日は良いスタートを切ろうよ」

そう言ったら、エルシーがおずおずとほほえんだ。

「うん。まずは、この長い行列から、ぬけださないとね」

たしかに、このままだといつまでも目的地に行けそうにない。さっきのエリート生のジュニア収集員《しゅうしゅう》が、数人のエリート生といっしょにケンジントン卿《きょう》のエレベーターに乗るのが見えた。そのとき、はるか向こうに空っぽのエレベーターが一基あるのに気づいた。

「ねえ、エルシー、あのエレベーターは？」

エルシーが目の前の男子をよけるようにして、そっちを見る。

「変ね。だれも気づいていないとか？」

「じゃあ、見に行こうよ。早く！」

「えっ、アマリ、でも――」

せっかく見つけたエレベーターをだれかにとられたくなくて走った。冠《かんむり》を受けとれとコズモにいくら迫《せま》られても、時間停止現象の捜査《そうさ》が進まない以上、いまのあたしにできるのは、初日に遅刻《ちこく》しないことくらいだ。エルシーはためらったけれど、結局ついてきた。

「ねえアマリ、だれも選ばないのには、きっとわけがあるのよ」

ようやくエレベーターが見えてくると、エルシーはうめき声をあげた。

「うわっ、アマリ、やめよう。ボーフォードよ」

「ボーフォードのなにがまずいの？　新入りとか？」

「正反対。めちゃくちゃ古参。引退《いんたい》してたのに、局が復職させたのね」

ボーフォードのドアがギシギシとはでにきしみながら、やっとのことであいた。

「やあ、ジュニア局員諸君《しょくん》。行き先はどちらかな？」

「超常捜査部《ちょうじょうそうさぶ》と魔術科学部《まじゅつかがくぶ》です」

あたしがそう答えたら、エレベーターのボーフォードにどなられた。

「もっと大声で！　まったく、近ごろの若者《わかもの》は、いつもぼそぼそと……」

エルシーがむっとし、咳《せき》ばらいをして、声を張りあげた。

「超《ちょう》・常《じょう》・捜《そう》・査《さ》・部《ぶ》・と——」

「これ、どなるでない！　老輩《ろうはい》を敬《うやま》え」

エルシーのぶぜんとした表情を無視《むし》し、あたしは早口で言った。

「ジュニア局員としての初日なので、ぜったい遅刻《ちこく》したくないんです」

「ほうほう、助けてやろう。かつてわしは局内最速のエレベーターと呼《よ》ばれておったぞ」

エルシーはかなりいやそうだったけど、いまからエレベーター待ちの列の最後尾《さいこうび》にならぶのはもっといやなので、しぶしぶ、いっしょに乗りこんだ。

ボーフォードはなんとママよりはるかに年上で、一八七七年に——一九七七年ではなく、一八七七年だ——局に初めて登場したゆいいつのエレベーターだ、と自己紹介《じこしょうかい》した。それ以前は階段《かいだん》を使うしかなかったので、「最速のエレベーター」と言われたわけだ。

ボーフォードはあまりにも高齢《こうれい》で耳が遠く、しかも超《ちょう》のろのろ運転で、ほかのエレベーターはあたしたちの横を目にもとまらぬ速さで上下しているのに、次の階に上昇《じょうしょう》するだけで十五分かかった。エルシーは「だからやめとけって言ったのに」という顔で、いらいらと足をふみならしている。

しかも信じられないことに、ボーフォードはとちゅうでグーグーといびきをかいて眠《ねむ》りだし、とつぜんエレベーターが急降下《きゅうこうか》しはじめた。まさに一直線の垂直落下《すいちょくらっか》！　エルシーもあたしも宙《ちゅう》にういて抱《だ》きあい、ギャーッと絶叫《ぜっきょう》した。と、エレベーターの壁《かべ》に『緊急停《きんきゅうてい》止作動』という赤い文字がうかび、エレベーターのスピードがおそくなった。あたしたちは悲鳴をあげたまま、やわらかいエアバッグの上に落下し、そのあと、停止したエレベーターのドアがガタガタとゆれながらあいた。

あたしはひざをガクガクさせながら立ちあがり、エルシーに手を貸して立たせた。ここは、目的地のフロアどころか、目的地からありえないくらい、はなれている。それでもドアがしまらないうちに、あたしもエルシーも迷わずおりた。

あたしは息を整えながら、エルシーにあやまった。

「ごめんね。これからは、エルシーのアドバイスは素直に聞くよ」

「アマリ、死なずにすんだだけで万々歳《ばんばんざい》よ」

ありがたいことに、次のエレベーターはルーシーだった。あたしは超常捜査部《ちょうじょうそうさぶ》の階で先におり、肩《かた》ごしにエルシーに手をふりながらロビーをかけぬけた。ロビーには白と黒のタイルがしきつめられ、約七百年前の大戦の終結の象徴《しょうちょう》として、ナイトブラザーズのウラジーミルをエイブラハム・ヴァン・ヘルシングが杭《くい》でつらぬく瞬間《しゅんかん》の彫像《ちょうぞう》が飾《かざ》ってあった。彫像《ちょうぞう》のウラジーミルは、ごていねいにも例の冠《かんむり》をかぶっている。冠《かんむり》を早く受けとれ、とせっつかれている気がした。

ロビーをつっきり、つきあたりの壁《かべ》のスキャナーに月長石のバッジをかざすと、壁《かべ》の一部がシュッと音を立ててスライドし、壁《かべ》の向こうの巨大《きょだい》なU《ユー》字型のメインホールに進めた。

ここはつねに人の動きが激《はげ》しく、今日も話し声がうわっと聞こえてきた。せかせかと縦横《じゅうおう》無尽《むじん》に動きまわる大人の捜査官《そうさかん》たちにぶつからないよう、壁《かべ》にそって移動する。

つやのある木の壁《かべ》に金色の縁取《ふちど》りがしてある特別捜査官専用《そうさかんせんよう》ホールを通りすぎ、ジュニア捜査官《そうさかん》と書かれたせまいホールに入って通路をたどり、ガラス張りの巨大《きょだい》な教室にたどりついた。教室には、ぱりっとしたグレーのスーツを着た、まちまちの年齢《ねんれい》のティーンエイジャーが五十名くらいそろっていて、金色の名札がついた席にすわっていた。席はふたり掛《が》けで、それぞれにノートパソコンがおいてある。

ほぼ全員がペアを組んでいるのを見て、ふと思った。あたしは、まだトリスタンとペアなの？　エリート・クラブのテントであんなに激怒《げきど》していたから、トリスタンがあたしとペアを組むとは思えないけど。

そう考えながら教室のドアに近づいていった。あたしが最後のひとりのはず、と思いきや、なんとドアのすぐ横の廊下《ろうか》に、ララ・ヴァン・ヘルシングがひざをかかえて床《ゆか》にペタンとすわっていた。前に食堂でも疑問《ぎもん》に思ったけど、ララは去年の夏の適性検査に落ちたはず。なのになぜか、ジュニア捜査官《そうさかん》になれたらしい。

かなり気まずい。本音を言えば、ララの横を素通りして教室に入りたい。ララには去年、さんざんいじめられた。けれどエルシーが言っていたように、あたしが局にもどれたのはララのおかげだ。そこで、意を決して声をかけた。

「ララ、だいじょうぶ？」

あたしの声を聞いたとたん、ララは体をこわばらせた。すばやく顔をあげ、真っ赤になってあわてて立ち、弁解するように言った。

「いや、ただちょっと……」

「入れなくて、かくれてた？」と言ったら、ララが怒《いか》りの表情をうかべて否定《ひてい》した。

「ちがうわよ！」

「ほんとに？」

ララがガラス扉《とびら》のほうへ近づいていく。けれど、入りたくないという強いためらいが伝わってくる。ララはガラス扉《とびら》をあけ、扉《とびら》がきしむ大きな音に全員がふりむくと、とっさにうつむいた。あたしはララの後から教室に入った。あたしたちを品定めするような視線《しせん》に、心臓《しんぞう》が破裂《はれつ》しそうになる。教室の前から、フィオーナ捜査官《そうさかん》が声をかけてきた。

「ピーターズ！　ヴァン・ヘルシング！　ふたりともわかってる？　遅刻《ちこく》よ」

「すみません。あの、迷っちゃって」

あたしはじょうだんでごまかそうとしたけれど、フィオーナ捜査官《そうさかん》はにこりともしない。

教室の中と外では別人だということを思い知らされた。

「ピーターズ、そんな態度じゃ、手本になれないわよ」

あたしより年上の子がそろっている教室で、あたしに手本になれと言ってる？　みょうな気分だ。ゴールドスターに選ばれた以上、当然かもしれないけど。

「ごめんなさい」

素直にあやまると、フィオーナ捜査官《そうさかん》は顔をしかめつつ、声を少しやわらげた。

「とにかくすわりなさい。ヴァン・ヘルシング、あなたは一番後ろの席よ。いまはペアの相手がいないけど、どうするかはすぐに決めるわ。ピーターズ、あなたはこっちよ」

あたしは急いで前に進んだ。つまずきそうになって、数人にクスクスと笑われた。赤くなりながら自分の名札を探《さが》したけれど、空席は見あたらない。

するとフィオーナ捜査官《そうさかん》が、「ここよ」と最前列の机《つくえ》を指さした。ふたり掛《が》けの机《つくえ》のとなりの席はトリスタン・デービーズだ。まだトリスタンとペアらしい。あたしが横の席についてもトリスタンは知らんぷりだ。そのとき、フィオーナ捜査官《そうさかん》がいらいらと首を横にふった。

「ちょっとヴァン・ヘルシング、なんでつっ立ってるの？」

ふりかえったら、ララは教室の一番奥《おく》に立ったまま、うつむいて体をふるわせていた。

「わたし、あの……」

「なに？　大きな声で言って！」

部屋中から笑い声があがったが、フィオーナ捜査官《そうさかん》がひとにらみするとすぐに静まった。

ようやくララが声を上げる。

「あの……椅子《いす》がないんです」

「本物のジュニア捜査官《そうさかん》以外の席はない」

だれかが大声で言い、あちこちから忍《しの》び笑いが聞えてくる。

フィオーナ捜査官《そうさかん》がまた声をあげた。

「いいかげんにして。ヴァン・ヘルシングの椅子《いす》が三十秒以内に出てこなければ、全員に交代で超常体管理部《ちょうじょうたいかんりぶ》の檻《おり》を掃除《そうじ》させる。靴《くつ》に張りついた透明《とうめい》な糞《ふん》を落とすのは地獄《じごく》よ」

トリスタンがさっと手をあげた。

「やったのはぼくじゃありませんが、廊下《ろうか》の向かいの男子トイレで椅子《いす》を見ました」

フィオーナ捜査官《そうさかん》は激怒《げきど》していた。

「だれか、早くとってきて」

トリスタンが指を鳴らすと、ベアが従順《じゅうじゅん》な子犬のように立ちあがり、椅子《いす》を持ってきて、ララの机《つくえ》の前に乱暴《らんぼう》においた。トリスタンが、きざな笑みをうかべてしれっと言う。

「新入りへの、ちょっとしたいたずらですよ。悪気はないです」

フィオーナ捜査官《そうさかん》がクラス全体にむかって説教した。

「新入りに親切にしたって、バチはあたらないでしょうに。いまさらだけど、ヴァン・ヘルシングの父親がだれか知ってるでしょ。そのことを念頭においておくのね」

返事をしたのは、またしてもトリスタンだった。

「はい、教官。去年の適性検査に失敗したのに、今年はジュニア捜査官《そうさかん》になれたという事実だけでも、父親がだれか、よーくわかります」

フィオーナ捜査官《そうさかん》はまゆをひそめたけれど、しかりはしなかった。たぶん心の底では同じ思いなのだろう。教官だけでなくだれもが、ララの待遇《たいぐう》を不公平だと感じている。

トリスタンはあたしをちらっと見て、小声で言った。

「ごめん。悪く思わないでくれよな」

ごめんって、なにが？　トリスタンはまた手をあげ、書類から顔をあげたフィオーナ捜《そう》査官《さかん》はため息をついた。

「トリスタン・デービーズ、次はなに？」

トリスタンは、今度はしっかりとあたしのほうを向いて言った。

「ぼく自身もふくめ、ぼくらの多くが疑問《ぎもん》に思っていることがあります。なぜアマリ・ピーターズが、超常捜査部《ちょうじょうそうさぶ》を代表してゴールドスターに選ばれたのかと」

そうだそうだ、というつぶやきが、あちこちからあがる。はあ、マジで？　理由はわかりきってるのに？　フィオーナ捜査官《そうさかん》がクラス全体に声をかけた。

「みんな、落ちついて。ゴールドスターの選考基準はなに？」

背後《はいご》から、女子が答える声がした。

「ゴールドのスターピンを授与《じゅよ》されるのは、前年のサマーキャンプを終えたジュニア捜査《そうさ》官《かん》のなかで、もっともめざましい功績をあげた人物です」

フィオーナ捜査官《そうさかん》が、でしょ、と言うふうに肩《かた》をすくめて言った。

「みんな、アマリとディランが戦う映像《えいぞう》を見たでしょ？　私《わたし》は、当然だと思うけど」

ここでようやく、自信満々《じしんまんまん》で笑っていたトリスタンが動揺《どうよう》を見せた。

「お言葉ですが、教官、あの戦いは、サマーキャンプでクロウ局長がアマリをジュニア捜《そう》査《さ》官《かん》に昇進《しょうしん》させる前のことですよね。ジュニア捜査官《そうさかん》に昇進《しょうしん》していないのなら、あれをゴールドスターに値《あたい》する功績と認《みと》めるのはおかしいです。一方ぼくは、肉食の木々《きぎ》が立ちならぶ飢餓《きが》森林で、霧状《きりじょう》の怪物《かいぶつ》軍団をひとりでなぎたおし――」

トリスタンが言い終える前に、フィオーナ捜査官《そうさかん》があたしのほうを見て言った。

「あなたが伝える？　それとも、私《わたし》から伝える？」

「じゃあ、あたしが。じつはあたし、ディランと戦うより前に、ジュニア捜査官《そうさかん》に昇進《しょうしん》していたんです。マグナス捜査官《そうさかん》が自分のオフィスで、あたしを昇進《しょうしん》させてくれました。そのあとすぐ、ヴァン・ヘルシング部長に、訓練生へと降格《こうかく》させられましたけど」

さすがのトリスタンも、へこんでいた。

「つまり、きみはいったんジュニア捜査官《そうさかん》に昇進《しょうしん》してるし、最終的にクロウ局長によってジュニア捜査官《そうさかん》への昇進《しょうしん》が認《みと》められたから、功績も認《みと》められたってことか」

フィオーナ捜査官《そうさかん》がトリスタンを見てにやりとする。

「どう、これで満足かしら？」

トリスタンはうなずいた。

「信じられない。このぼくが、二位だなんて……」

「そんなにすねないで。三年連続でエリートに選ばれているんだし、一位じゃなくても、だれも見くびったりしないわよ。とにかくこれで、アマリ・ピーターズがベストを尽《つ》くせるよう、あなたが助けてくれると思っていいわね？」

トリスタンはほほえんだが、目は笑っていなかった。

「もちろん、まかせてください」

どこが〝もちろん〟だ。フィオーナ捜査官《そうさかん》が、またクラス全体に声をかけた。

「さて、一件落着したから、スケジュールの説明にうつるわね」

そのとき、トリスタンが小声であたしに言った。

「ひと夏、さらし者にしてやるからな」

自分がゴールドスターになると思っていたから、あたしをパートナーに選ぶつもりだった。けれど、いざこっちがゴールドスターになったら、この態度？　あたしはがまんできずに手をあげた。

「ピーターズ、なに？」

あたしは咳《せき》ばらいをして、言った。

「ゴールドスターに選ばれた者は、特権《とっけん》があるんですよね？　パートナーを指定できるんですよね？」

フィオーナ捜査官《そうさかん》が一瞬《いっしゅん》、興味しんしんという顔をした。

「ええ、そうよ」

「ならば、パートナーを交代させてください」

クラス全体がざわめく。あたしはふりかえり、驚愕《きょうがく》したジュニア捜査官《そうさかん》たちの顔をざっとながめた。ほぼ全員がすでにペアを組んでいるし、知った顔はふたりしかいない。しかも全員が、自分より先にゴールドスターに選ばれたあたしに、トリスタンと同じくらい反感を抱《いだ》いている。すわったままふりかえったトリスタンも、交代要員などいないと見ぬき、きざったらしくフンと鼻でわらっている。

あたしはフィオーナ捜査官《そうさかん》のほうへ向きなおり、くちびるをかんで考えた。またいじめにあうなんて、もう、うんざりだ。そこで、あごをあげて答えた。

「じゃあ……ララ・ヴァン・ヘルシングでお願いします」

クラス全体が大さわぎとなった。あたし自身、指名しておきながら、疑問《ぎもん》をふりはらえなかった。去年の夏、さんざんあたしをバカにし、いじめぬいた子を選ぶなんて正気？

あたしを本気でボコボコにしようとした子なのに？

トリスタンはあんぐりと口をあけ、あたしを穴《あな》があくほど見つめていた。

「このぼくが……パートナーなしで過ごすなんて……」

「静かに！」というフィオーナ捜査官《そうさかん》の一声で、教室は静まりかえった。「アマリ・ピーターズ、本当にそれでいいの？」

いいわけない。でもいまさら取り消したら、ララに酷《こく》だろう。それに、トリスタンが最悪のパートナーなのはまちがいない。だから、うなずいた。

「そう。わかった。じゃあ、トリスタン・デービーズとララ・ヴァン・ヘルシングは席を交代して。トリスタンはひとりになってしまうけど、納得《なっとく》のいく解決策《かいけつさく》について、あとで副部長と相談するわ」

トリスタンは激怒《げきど》しながら立ちあがり、氷をも溶《と》かしかねない熱のこもった視線《しせん》であたしをにらみつけた。数秒後、わけがわからないという顔で、ララがとなりの席につく。

二年目のサマーキャンプの初日に、まさかトリスタンという最強のジュニア捜査官《そうさかん》を敵《てき》にまわすことになるなんて、計算外もいいところだ。

フィオーナ捜査官《そうさかん》が教室の正面にあるホワイトボードのほうへ近づき、説明しはじめた。

「今度こそ、スケジュールにうつるわよ。まず、新入りのジュニア捜査官《そうさかん》に説明するわね。ノートパソコンを広げ、キーボードのSを五秒間おしつづけて。そうすれば、各自のスケジュールが表示されるはず。今日のスケジュールがわかったら、最初の授業に向かって。以上、解散。もしわからないことがあれば、いつでも質問してちょうだい」
フィオーナ捜査官《そうさかん》の視線《しせん》が一瞬《いっしゅん》あたしをとらえ、すぐにそれる。指示どおりにしたら、あたしのスケジュールが表示された。
『アマリ・ピーターズ・ジュニア捜査官《そうさかん》のサマーキャンプ・スケジュール　一日目
点呼《てんこ》および情報伝達（ジュニア捜査官《そうさかん》専用《せんよう》教室）　午前7時45分－午前8時
時事問題（若年《じゃくねん》局員専用《せんよう》教室）　午前8時－午前10時
スカイスプリントを使った空中アクロバット（A体育館）　午前10時－正午
ランチタイム　正午－午後1時
個別指導　午後1時－午後3時
終業ミーティング（ジュニア捜査官《そうさかん》専用《せんよう》教室）　午後3時－午後3時15分
歓迎《かんげい》パーティー　午後6時－午後8時』
一日に授業が三つも？　訓練生のときは、多くてもふたつだったのに？　ランチのあとの個別指導ってなに？　ララにたずねようとしたけれど、ララはあたしといっさい口をきかないまま、席を立って出口に突進《とっしん》していた。あーあ、せっかく選んであげたのに。
ほかのジュニア捜査官《そうさかん》たちも次々《つぎつぎ》とノートパソコンを持って席を立っていく。最後のひとりになるのを待って、あたしは自分のスケジュールについて、フィオーナ捜査官《そうさかん》に質問しに行った。フィオーナ捜査官《そうさかん》は書類からちらっと顔を上げ、あたしを見て言った。

「ランチのあとは、事情聴取室《ちょうしゅしつ》の七号室に行って。ぜったいだれにも言わずに行って」

「えっ、でも――」

「いいから、たまにはだまって指示にしたがって。悪いようにはしないから」

それ以上は答えてくれそうにないので、あたしは出口へと向かった。けれどガラス扉《とびら》まで行ったとき、フィオーナ捜査官《そうさかん》に念をおされた。

「ぜったい、だれにも言わないのよ」

あたしはとほうにくれつつ、うなずいた。いったい、なにが起きてるの？

12 謎《なぞ》の個別指導

時事問題の担当《たんとう》は、アディソン捜査官《そうさかん》という、初めて会う女性の指導教官だった。

「時事問題の授業へようこそ。ここでは超常界《ちょうじょうかい》への理解を深めるため、時事問題をとりあげ、詳細《しょうさい》に分析《ぶんせき》する。意見が対立することもあると思うけど、重要なのは討論《とうろん》すること。ただし討論《とうろん》の際には、ていねいに、礼儀《れいぎ》正しくふるまうように」

ほがらかそうなこの捜査官《そうさかん》が、魔術師《まじゅつし》のあたしに偏見《へんけん》を持っていませんように――。

正面近くの席にララとならんですわった。去年のサマーキャンプの超常《ちょうじょう》集中訓練では、ララがほかの訓練生たちをけしかけ、あたしのまわりにだれもすわらないようにしたことを、つい思いだす。あのときは、完全にのけ者にされた気分だった。そのララをパートナーに選ぶなんて、自分でもどうかしていると思う。

部屋の反対側では、トリスタンがベアとすわっていた。べつに、どうでもいいけど。

アディソン捜査官《そうさかん》が、教室の前にある教卓《きょうたく》によりかかって言った。

「今日の時事問題のテーマは、なにがいいかしら？」

ベアが声をあげた。

「今朝、新首相が儀式《ぎしき》を打ちきった件はどうですか？」

アディソン捜査官《そうさかん》が顔を少しくもらせる。

「そうね、あれは……予想外だったわね」

つづいてトリスタンが声をあげる。

「でも正しい判断だったと思います。自分の身は自分で守らなければなりません。マーリンは無用者《むようもの》に甘《あま》すぎました。もちろん魔術師《まじゅつし》に対しても。目下、超常現象局《ちょうじょうげんしょうきょく》で魔術師《まじゅつし》がふたりも働いていると知ったら、ぼくたちの先祖は墓の中でひっくりかえると思います」

あたしは耳を疑《うたが》った。クラブ紹介《しょうかい》フェアのときは、「きみとは仲良くしたほうが良さそうだ」なんて言ってたくせに。もしあたしがゴールドスターに選ばれなかったら、トリスタンはどんな意見をのべただろう？

アディソン捜査官《そうさかん》はちらっとあたしを見てから、トリスタンに視線《しせん》をもどして言った。

「クラスメートには、敬意《けいい》をはらうように。授業ということを忘《わす》れず、ていねいにね」

つづいてクラス全員に言った。

「現代のさしせまった問題のひとつは、先《さき》の大戦後の無用者《むようもの》たちの状況《じょうきょう》ね。厳密《げんみつ》に言えば無用者《むようもの》は一三〇〇年代以降《いこう》、超常界《ちょうじょうかい》から追放処分《しょぶん》を受けているはずなんだけど、時代が変わるにつれてこの処分《しょぶん》はあいまいになり、いまでは無用者《むようもの》という単語すら、ほとんど使われなくなった。先《さき》の大戦でナイトブラザーズの側について戦った無用者《むようもの》たちの子孫は、いまでは超常界《ちょうじょうかい》で有意義な活動をしてるしね」

するとと部屋の向こう側にいたひとりの女子が手をあげた。

「はい、どうぞ」と、アディソン捜査官《そうさかん》がうながすと、その女子は咳《せき》ばらいをして言った。

「無用者《むようもの》と呼《よ》んで二流市民のようにあつかうなんて、理不尽《りふじん》だと思います。ほかの超常体《ちょうじょうたい》と同じ権利《けんり》を認《みと》めるべきではないでしょうか。ベイン新首相だって厳密《げんみつ》に言えば無用者《むようもの》です」

なるほど。言われてみれば、たしかにそうだ。ベインは、魔術師《まじゅつし》モローの〈生ける屍《しかばね》〉という呪文《じゅもん》のせいで肉体から魂《たましい》を引きはがされ、かつての自分の姿《すがた》のまま、あの世に半分足をつっこんだ状態で、つねに点滅《てんめつ》しながらこの世に永遠に存在《そんざい》する超常体《ちょうじょうたい》レイスと化した。つまり魔術師《まじゅつし》モローに生みだされた超常体《ちょうじょうたい》だから、無用者《むようもの》と言っていい。なのにほかの無用者《むようもの》たちを目の敵《かたき》にするなんて。なんとなく、しっくりこない。

アディソン教官がうなずく。

「じゃあ、いまの意見に反対の人は？」

トリスタンがさっと手をあげ、アディソン教官の許可を得て発言した。

「たしかにレイスは魔術師《まじゅつし》によって生みだされた超常体《ちょうじょうたい》ですが、元は人間であり、ナイトブラザーズの側について戦ったわけではないので、無用者《むようもの》にはあたりません。真の意味での無用者《むようもの》については、超常界《ちょうじょうかい》にいてもかまわないと思っています……ぼくたちと完全に分《ぶん》離《り》されているのであれば」

　トリスタンの発言を聞くたびに、パートナーにならなくて本当に良かったと実感した。本音が聞けたいまは、なぜあたしとペアを組もうとしたのか、よくわかる。功績を認《みと》められたあたしと組むことで、自分の人気を高めたかっただけだ。

　別の男子が質問した。

「あのう、無用者《むようもの》たちはこの先どこに行けばいいんですか？　ベインは首相になったとたん、追放処分《しょぶん》を復活させましたよね。無用者《むようもの》は超常体《ちょうじょうたい》だから人間界に居場所はないし、人間界にかくれて存在《そんざい》する超常界《ちょうじょうかい》の各都市も、もう無用者《むようもの》を受けいれません」

　すると今度はベアが声をあげた。

「そんなの、どうでもいい。超常議会《ちょうじょうぎかい》の時間が停止していて本当に残念です。父さんから聞いたんですが、なかなか動かなかった超常議会《ちょうじょうぎかい》も、ここにきてようやく、今後は無用者《むようもの》を弾圧《だんあつ》することを投票で決めようとしていたんですよね」

　あたしは、思わずすわりなおした。超常議会《ちょうじょうぎかい》が無用者《むようもの》の処遇《しょぐう》について話しあおうとしたとき、時間停止現象が起きたってこと？　時間が停止した理由はそれかも。だとしたら、犯人をわりだす手がかりになるかもしれない。

　携帯電話《けいたいでんわ》をとりだし、机《つくえ》の下でエルシーにメッセージを送った――〈送信者：アマリ

時間停止現象が起きたとき、超常議会《ちょうじょうぎかい》の議題はなんだったか、調べられない？〉

返事は思ったよりも早かった――〈送信者：エルシー　調べられるかも。講義中だから、昼休みに図書室でどう？〉

あたしは〈オッケー〉とだけ打って、アディソン捜査官《そうさかん》に見つかる前に携帯電話《けいたいでんわ》をポケットにつっこんだ。けれど顔をあげたら、アディソン捜査官《そうさかん》はあたしをまっすぐ見つめていた。

「無用者《むようもの》をめぐる問題は、超常界《ちょうじょうかい》と同じく、このクラスも意見がわれているようね。でも、この局にいる魔術師《まじゅつし》本人の意見はまだ聞いてない。アマリ、クラスのみんなに言いたいことはない？」

いきなり質問されて、あたしは顔がほてってきた。話題を変えてもらおうかとも思ったけど、やはりだまっているわけにはいかない。そこで、一息ついて切りだした。

「みなさんがあたしの立場だったらどう思うか、想像してみてください。あたしは、自分の意思で魔術師《まじゅつし》になったわけじゃありません。魔術師《まじゅつし》に生まれついただけです。魔術師《まじゅつし》のナイトブラザーズがどれほど恐《おそ》ろしい存在《そんざい》だったかは知っています。現にあたしの兄は魔《ま》術師《じゅつし》のモローに呪《のろ》いをかけられ、いまも超常医療部《ちょうじょういりょうぶ》で治療中《ちりょうちゅう》です。でもあたしはナイトブラザーズではありませんし、だれかに害をおよぼしたこともありません。それなのに、局の人たちも超常界《ちょうじょうかい》の超常体《ちょうじょうたい》も、あたしは悪者だと決めてかかっています。それはあまりに一方的だし、そんなあつかいを受けるいわれはありません。それは、無用者《むようもの》たちも同じです」

少しの間、沈黙《ちんもく》が流れたが、やがてトリスタンがバカにしたように言った。

「へーえ、かわいそうなピーターズちゃん」

とたんに教室のあちこちで議論《ぎろん》が始まり、あたしはトリスタンへの怒《いか》りで爆発《ばくはつ》しそうになった。何様のつもり？　そのとき、ララがトリスタンに向かって声を張りあげた。

「いやみを言うしか能がないの？　お姉ちゃんが魔術師《まじゅつし》だとわかる前は、お姉ちゃんの大ファンだったくせに」

トリスタンが言いかえす。

「そういう自分だって、姉貴《あねき》が魔術師《まじゅつし》だとわかるまでは、魔術師《まじゅつし》のアマリをさんざんいじめたくせに」

ララが青ざめ、ちらっとあたしを見て、すぐに目をそらす。ここでアディソン捜査官《そうさかん》がストップをかけた。

「はい、ここまで！　話題を変えたほうが良さそうね」

そのあとあたしは発言せず、むかっ腹《ぱら》を立てて、全身をこわばらせていた。自分には無縁《むえん》の問題だから、当人がなんと言おうが知ったこっちゃないと、ちゃかす人がいるなんて。

授業が終わると、ララがあたしを追いかけるようにして廊下《ろうか》に出た。そのまま早足であたしを追いぬいたが、ふいに立ちどまり、紅潮《こうちょう》した顔であたしをほうをふりかえった。

「あの、アマリ、去年についてあやまりたくて――」

あたしは最後まで聞かず、そっけなくさえぎった。

「いらない。やめて」

そのままララを残し、スカイスプリント訓練の体育館に向かった。悪かったかな、とすぐに思ったけど、まちがったことは言ってない気もする。正直、わりきれない。

エルシーがいまのあたしのオーラを見たら、なんて言うだろう？


昼休み、ランチの前にエルシーと図書室に行ったら、自習室はすべて予約済《ず》みだった。ジュニア局員は昼休みに勉強し、先取り学習をする人が多いらしい。ところがあたしのスターピンを見たとたん、司書のミセス・ベルがボタンをおし、書棚《しょだな》がひとつ大きくあいて、秘密《ひみつ》の自習室があらわれた。エルシーが声をあげて笑う。

「ハハッ、いままでエリート生をうらやんだことはなかったけど、うらやましくなってきたわ。あらま、この自習室、飲み物とお菓子《かし》までそろってるの？」

エルシーの言うとおり、ほかのふつうの自習室は机《つくえ》が一台、椅子《いす》が二脚《きゃく》、コンピューターが一台あるだけなのに、秘密《ひみつ》の自習室には機種がちがう高性能のコンピューターが三台、飲料のマシンも二台あるし、ミニテーブルにはチョコレートチップクッキーがつまった巨《きょ》大《だい》なボウルがひとつおいてある。〈エリート生専用《せんよう》〉と表示された自習室だけど、司書のミセス・ベルはいつもあたしとエルシーには甘《あま》い。

「ほら、ふたりとも入っちゃって。だれかに見られる前に」

あたしもエルシーもすぐさま飛びこみ、ほかのエリート生が来るかもしれないので、ドアから一番はなれたコンピューターを選んだ。

「ねえエルシー、ベアのお父さんの言うとおり、超常議会《ちょうじょうぎかい》は無用者《むようもの》への対応を議題にしてたと思う？　それともホイットマン・アカデミーのときみたいに、ベアが名家の出のふりをして、知ったかぶりをしただけ？」

「まあ、ベアはなんでも大げさに言うけど、ベアのお父さんはまちがいなく、地位の高いシニア捜査官《そうさかん》よ。アマリ、もし本当に、犯人が議場の時間をとめたのは、無用者《むようもの》への弾圧《だんあつ》を投票で決めようとしたからだとしたら？　どういうストーリーが考えられる？」

「うん、あたしもそれを考えてた。もしそうだとしたら、犯人は無用者《むようもの》を弾圧《だんあつ》する法律《ほうりつ》を通したくなくて、超常議会《ちょうじょうぎかい》の時間を停止した……とか？」

　あたしの意見にエルシーがうなずく。エルシーも、あたしと同じくらい興奮《こうふん》していた。難問《なんもん》の答えをつきとめることほど、エルシーにとって刺激的《しげきてき》なことはない。

「ねえアマリ、この図書室のコンピューターなら、超常界《ちょうじょうかい》のあらゆる新聞と雑誌《ざっし》を一括検《いっかつけん》索《さく》できるはず。超常議会《ちょうじょうぎかい》の議題に関する記事があれば、きっと見つかるわよ」

エルシーはさっそく検索《けんさく》し、すぐに結果が出た――〈該当《がいとう》なし〉

「えっ、一件も？」

おどろいたあたしと同じくらい、エルシーもとほうにくれたようすで、つぶやいた。

「そんなことってある？　超常議会《ちょうじょうぎかい》には、超常界《ちょうじょうかい》のトップのリーダーたちが集まるのよ。その議題の報道がいっさいないなんて、ありえない」

あたしは、エルシーにたずねてみた。

「ほかに検索《けんさく》できるサイトってある？　首相府のウェブサイトとか？」

エルシーはさっそくアクセスした。

「うん、ためしてみる価値《かち》はあるわね……。あたり！　超常議会《ちょうじょうぎかい》のスケジュールのリンク発見」

エルシーがリンクをクリックしたら、今度は〈ユーザー名〉と〈パスワード〉を求められた。

「えーっ、またダメなの？」

「ううん、アマリ、だいじょうぶ。これからあることをするけど、秘密《ひみつ》にしててね」

「ちょっと、エルシー、なにする気？」

エルシーは白衣から金属でできたミニサイズのクモをひとつ取りだし、机《つくえ》において、頭のボタンをおした。するとクモは電源《でんげん》が入って手足をおりたたみ、コンピューターの排気《はいき》口《こう》に入れる超《ちょう》ミニサイズになり、そのまま排気口《はいきこう》の中へとはっていった。

「わたしね、魔術科学部《まじゅつかがくぶ》の開発室で、シニア研究員たちを手伝って、コンピューターのバグを作ってるの。バグといっても、プログラムの不具合じゃなくて、文字どおりのバグ《虫》。コンピューターに物理的に侵入《しんにゅう》できる小さな虫ね。本当は開発室から持ちだすのは禁止なんだけど、使えるかもと思って持ってきちゃった」

開発室というのは、エルシーの配属先、魔術科学部《まじゅつかがくぶ》の捜査官支援課《そうさかんしえんか》のことだ。超常捜査《ちょうじょうそうさ》部《ぶ》の捜査官《そうさかん》用にユニークな道具を開発する部署《ぶしょ》なので、開発室と呼《よ》ばれることも多い。

あたしは、にやりとしてからかった。

「ワーオ、エルシー、ハッカーじゃん。ばれたらブラックストーン刑務所《けいむしょ》行き？　それとも暗黒の魔窟《まくつ》行き？」

エルシーが両手の中に顔をうずめる。

「やめて、アマリ。じょうだんでもやめて」

あたしは、エルシーを軽くこづいて言った。

「あっ、動きだしたよ」

画面上で〈ユーザー名〉と〈パスワード〉の欄《らん》が一文字ずつうまっていく。欄《らん》がすべてうまり、エルシーがエンターキーをおすと、〈アクセス許可〉というメッセージがパッとあらわれた。やった、関門突破《とっぱ》！

ところが、画面がみるみる暗くなっていった。エルシーがあわてて携帯電話《けいたいでんわ》をとりだし、画面が真っ暗になる直前になんとか画像を撮影《さつえい》した。画面が真っ暗になると、真っ赤な文字があらわれた――〈本情報は隠蔽工作部《いんぺいこうさくぶ》により機密《きみつ》情報指定済《ず》み〉。

それを見てエルシーが言った。

「ハーロウ部長のしわざだわ。このウェブサイトは、だれにも調べられたくないってことね。さっきの検索《けんさく》で該当《がいとう》なしと出たのも、ハーロウ部長が手をまわしたせいよ」

「エルシー、調べたのがあたしたちだって、ばれるかな？」

エルシーは首を横にふった。

「ううん。うちのバグは追跡《ついせき》不能だから」

「助かった。じゃあ、ケータイの写真を見てみようよ」

エルシーはいっしょに写真を見られるように、携帯電話《けいたいでんわ》を机《つくえ》においた。ウェブページの写真は、かなり上手に撮《と》れていた。

「エルシー、超常議会《ちょうじょうぎかい》の議題は、やっぱり無用者《むようもの》だね。ベインは無用者《むようもの》を追放する側のリーダー。マーリンは、無用者《むようもの》にも超常体《ちょうじょうたい》と同じ権利《けんり》をあたえる側のリーダーだよ」

そのときエルシーが息をのみ、画面を指さした。

「アマリ、スピーチ予定者を見て」

『無用者《むようもの》追放キャンペーン側のゲストスピーカー：エレイン・ハーロウ　愛する養父母が

魔術師《まじゅつし》モローの不用意な襲撃《しゅうげき》により落命した過去を語る予定』

「ハーロウの両親はモローに殺されてたんだ……。エルシー、ベインがハーロウに強大な権限《けんげん》を認《みと》めているのは、そのせいだね。ハーロウはベインと同じ考えなんだよ」

「アマリ、わたしは別のことが気になる。時間停止現象が起きたその日、副首相のベインとスピーチ予定者のハーロウは、超常議会《ちょうじょうぎかい》の中にいるはずだった。ベインとハーロウも、時間が停止した議場に閉《と》じこめられてもおかしくなかった、ってことよね」

「エルシー、ひょっとして、ベインとハーロウは時間停止のことを事前に知ってたって言ってる？　まさか、あのふたりが犯人じゃないよね？」

エルシーは、さあ、と肩《かた》をすくめた。

「現時点でわたしに言えるのは、偶然《ぐうぜん》の一致《いっち》にしてはできすぎってことだけ。アマリ、そう思わない？」

「でもさ、ベインもハーロウも魔術《まじゅつ》は使えないはずだよね。たとえ使えるとしてもだよ、なぜあたしだけ時間停止の影響《えいきょう》を受けなかったのか、説明がつかない」

「うーん……とにかく、ベインとハーロウがなにかかくしているのは、まちがいないわ」

「うん、エルシー、そうだよね」

おいしいランチを食べたあと、あたしもエルシーもそれぞれの授業にもどった。あたしの次の授業は個別指導。この授業の謎《なぞ》がようやく解ける。

事情聴取室《ちょうしゅしつ》の七号室に向かうとちゅう、ほかのジュニア捜査官《そうさかん》たちのいる体育館をのぞいてみた。見わたすかぎり、全員、超常力《ちょうじょうりょく》をみがく訓練をしているようだ。一本の指でウエイトリフティングをしたり、腕《うで》を輪ゴムのようにビヨーンとのばして反対側にある物をとったりしている。トリスタンはどこ？　トリスタンの超常力《ちょうじょうりょく》はなに？

ふと顔をあげて、ぎょっとした。トリスタンは空を飛んでいた。本物のスーパーヒーローみたいに超《ちょう》高速で飛びまわっているのを見て、あたしは思わず顔をしかめた。かなりの超常力《ちょうじょうりょく》だとは思っていたけど、まさか空を飛ぶなんて――。姿《すがた》がぼやけるほどの高速で急《きゅう》降下《こうか》し、またヒューッと空高く飛んでいる。トリスタンにはスカイスプリントなど必要ない。見ていることがばれる前に、その場を立ちさった。

あたしの記憶《きおく》が正しければ、事情聴取室《ちょうしゅしつ》はオペレーション室の近くのはず。どの部屋もせまくて、プライバシーをきっちり守れる。ということは――。

心に希望の光がともった。ほかのジュニア捜査官《そうさかん》が超常力《ちょうじょうりょく》をみがいているのなら、あたしも魔術《まじゅつ》をみがくってこと？

心がはずむ一方、恐怖《きょうふ》も感じる。あたしが幻想術《げんそうじゅつ》しか使おうとしないのは、知っている魔術《まじゅつ》のほうが安全だし、幻想術《げんそうじゅつ》なら自分でコントロールできるから。本当のことを言うと、ディランと戦ったとき、ディランを稲妻《いなずま》で襲《おそ》う気などなかった。あたしの魔力《まりょく》をうばおうとするディランを、なんとしても止めたかっただけだ。なのに魔力《まりょく》がひとりでにほとばしり、いつのまにか決着していた。もし次に魔力《まりょく》がほとばしったとき、あたしの望んでいないことをしたらどうなる？　魔力《まりょく》をコントロールできないせいで、だれかを傷《きず》つけてしまったら？　考えただけで、ぞっとする。

廊下《ろうか》を進み、事情聴取室《ちょうしゅしつ》の六号室から真剣《しんけん》な顔で出てきたふたりの捜査官《そうさかん》をよけ、となりの七号室の前で立ちどまって深呼吸《しんこきゅう》した。よし、行こう。

ノックすると、そくざにドアがあき、マリア・ヴァン・ヘルシングが立っていた。マリアを見たとたん、心の底からほっとした。ようやく、会えた！

「あの、お話したいことが、たくさんあります」

「ええ、わかってる」

マリアはそう言って、あたしを部屋の中に引きいれると、すばやく廊下《ろうか》の左右を見てからドアをしめた。

事情聴取室《ちょうしゅしつ》は、記憶《きおく》にあるとおりだった。金属製の四角いテーブルがひとつと、椅子《いす》が数脚《すうきゃく》あるだけのせまい部屋だ。マリアはあたしを通りこして部屋の奥《おく》に進むと、いつものようにあたたかく、ほがらかに笑いかけてくれた。この二日間、話をしたくていらいらしていたけど、マリアの笑顔ですべてふっ飛んだ。

「アマリ、私《わたし》もあなたと話をしたくて、たまらなかった。でも、きのうの朝まで自宅《じたく》に軟《なん》禁《きん》されてたの。携帯電話《けいたいでんわ》をとりあげられて、SNSも凍結《とうけつ》された」

「時間停止現象の件で疑《うたが》われたんですか？」

「さあ。父は、自分の管轄《かんかつ》外のことだと言っていた。ベインから直接命令が下ったんですって。隠蔽工作部《いんぺいこうさくぶ》のハーロウ部長が表に出ないようにおさえこんだのね」

「ハーロウ部長とベインは、ぜったい、なにかたくらんでます」

あたしは、昼休みにエルシーとふたりで得た情報を伝えようとした。けれどマリアは、片手《かたて》をあげてあたしを止めた。

「アマリ、あなた、また捜査《そうさ》をしてるの？」

「はい。時間停止現象を解除《かいじょ》する方法をつきとめたくて」

「もう、アマリったら。夏が来るたびに世界を救わなくてもいいのよ」

「でも、そうするしかないんです。だって魔術《まじゅつ》師連盟《しれんめい》が――」

「ええ、魔術《まじゅつ》師連盟《しれんめい》のことはわかってる。その件は私《わたし》にまかせて。ね？」

マリアはそう言うと、グレーのジャケットの中から、ぼろぼろにいたんだ茶色の革表紙《かわびょうし》の本をとりだした。

「アマリ、あなたをここに呼《よ》んだのはこのためよ。これからあなたに魔術《まじゅつ》を教えるわ」

マリアが話を聞いてくれず、イラッとしたけど、がまんした。もしマリアが本当に魔術《まじゅつ》師連盟《しれんめい》のことをわかっているなら、コズモがあたしに冠《かんむり》を受けとれとせまったことも知っているはず。超常界《ちょうじょうかい》と戦争をしないよう、マリアが連盟《れんめい》を説得できるのなら、まかせたほうがいい。そうすれば、あたしの肩《かた》の荷もおりる。

あたしはうなずき、革表紙《かわびょうし》の本に意識を集中した。魔力《まりょく》を使うときはいつも不安になるけれど、いまも不安で心臓《しんぞう》がドキドキしてきた。

「あの……魔術《まじゅつ》の訓練を局は許可してくれたんですか？　ベインが首相になったのに？」

マリアはあたしと目をあわせようとしない。

「局の許可を得ているんですよね、ね？」

「あのね、アマリ、数週間前にマーリン首相から、あなたに魔術《まじゅつ》の基本を教えるようにと、じきじきに命令を受けたの。私《わたし》がこれまでしてきたように、あなたも魔術《まじゅつ》で超常界《ちょうじょうかい》の役に立てるようにって」

「じゃあ、新首相のベインは？　ベインはなんて言っているんですか？」

「ベインには……伝えてない」

あたしは驚愕《きょうがく》し、口をあんぐりとあけてしまった。

「いい、アマリ、言いふらさないかぎり、ばれないからだいじょうぶ」マリアはくちびるをひきむすんでから、つづけた。「ベインは、あくまでも首相代理。首相であるマーリン本人からの命令を取り消すことはできないはずよ」

「じゃあ、なんでこそこそしなきゃいけないんですか？」

「ベインが魔術師《まじゅつし》を憎《にく》んでいるから。それでなくてもベインは、魔術師《まじゅつし》であるあなたを、どうにかして罰《ばっ》しようとするはず。アマリ、危険《きけん》な橋はわたらないほうがいい。なにかあったら、私《わたし》に知らせて」

「わかりました。あたし、知りたいんです。自分の魔術《まじゅつ》でなにができるのか。また魔力《まりょく》をコントロールできなくなるのがこわくて。あたしとディランの戦いの映像《えいぞう》を見た人たちは、あたしのことをヒーローあつかいしますけど、あれは自分の魔力《まりょく》をコントロールできなくなっただけです」

マリアが教えてくれるなら、魔術《まじゅつ》をそこまで恐《おそ》れなくてもいい気がする。マリアがうなずいた。

「アマリ、あなたほど強大な魔力《まりょく》を持っていると、魔力《まりょく》が勝手にほとばしる危険《きけん》がついてまわる。だからこそ、私《わたし》がここにいるの。魔力《まりょく》をつねにコントロールする方法を教えてあげる。あなた、魔力《まりょく》について、どのくらい知ってるの？」

「じつは、よく知らないんです。だから、新しい呪文《じゅもん》を唱えるのがずっとこわくて」

「自制心を発揮《はっき》できるのは良いことよ。正しい魔術師《まじゅつし》でいるためには、自制心が最大の難関《なんかん》だから」

「あのう、白魔術《しろまじゅつ》と黒魔術《くろまじゅつ》について、くわしく教えてもらえませんか？　まだ完全には理解していないので」

マリアは手首を軽く動かし、手のひらに小さな炎《ほのお》をともして言った。

「自然には善《ぜん》も悪もない。この炎《ほのお》もそう。炎《ほのお》はあくまで炎《ほのお》であって、善《ぜん》でも悪でもない」

「でも、炎《ほのお》は物を燃やしますよね？」

「ええ、そうね。でも、寒い日に体をあたためてもくれる」

「そっか。呪文《じゅもん》がなにをするかよりも、呪文《じゅもん》をどう使うかのほうが重要なんですね？」

「まあ、だいたいのところはあってるわ。魔術《まじゅつ》は複雑すぎて、たった一回のレッスンでは教えきれないけれど、本質を一言で説明すると、白魔術《しろまじゅつ》は無私無欲《むしむよく》。黒魔術《くろまじゅつ》は自己中心《じこちゅうしん》。白魔術《しろまじゅつ》の魔術師《まじゅつし》は、社会の利益のため魔術《まじゅつ》を使おうとする。黒魔術《くろまじゅつ》の魔術師《まじゅつし》は、他人を犠《ぎ》牲《せい》にしてでも自分の利益のために魔術《まじゅつ》を使う」

「あの、じつはあたし、黒魔術《くろまじゅつ》を使ったことがあるんです。でもあのときは、あたしに暴力をふるおうとした子から自分の身を守るために、とっさに使ったんです。それでも、悪いことになるんですか？」

黒魔術《くろまじゅつ》だとわかるのは、ディランが貸してくれた呪文書《じゅもんしょ》にそう書いてあったからだ。

「アマリ、呪文《じゅもん》のなかには、他人を傷《きず》つけたり罰《ばっ》したりするためだけの呪文《じゅもん》がある。それが、黒魔術《くろまじゅつ》の呪文《じゅもん》よ。正しい魔術師《まじゅつし》にとって護身とは、わが身を守るだけでなく、敵《てき》を罰《ばっ》する寸前《すんぜん》で思いとどまることでもあるの」

去年のサマーキャンプのことを思いだした。あのとき使った黒魔術《くろまじゅつ》のマグナ・フォビア《偉大なる恐怖症》

は、あたしをなぐろうとしたララをとめるだけでなく、もっとひどいことをした。ララにとって最悪の悪夢を幻想《げんそう》としてララにつきつけ、精神的に打ちのめし、涙《なみだ》を流させたのだ。

あたしは声をしぼりだした。

「はい……わかりました」

マリアが気まずそうにもぞもぞし、つらそうな声で言った。

「なにがあったか、ララから聞いてる。済《す》んだことは、しかたないわ」

マリアが指をひらひらと動かすと、炎《ほのお》は数匹《ひき》の燃えるような赤いチョウに変わり、煙《けむり》を吐《は》きながら部屋を飛びまわった。ディランも同じことをしてみせてくれたっけ――。ふと、ある疑問《ぎもん》を感じ、マリアに質問した。

「魔術師連盟《まじゅつしれんめい》の魔術師《まじゅつし》は、白魔術《しろまじゅつ》しか使わないんですか？」

「ええ、そうよ。だから、モローとは完全に縁《えん》を切ったの。魔術師連盟《まじゅつしれんめい》はナイトブラザーズの片《かた》われのウラジーミルが結成したものだけど、私《わたし》たちはナイトブラザーズの残忍《ざんにん》なやり口はまちがっていると判断し、ちがう道を進むことにした。でも、かならずしも楽とは言えない道よ。それどころか、つねに善《ぜん》であろうとするのは、おそらく最難関《さいなんかん》のいばらの道だと思う。アマリくらい強大な魔力《まりょく》を持っている場合は、とくにね」

「なんでですか？」

マリアは部屋の照明を消した。すると部屋は暗くなり、明かりはマリアの手のひらでゆれる小さな炎《ほのお》だけとなった。その炎《ほのお》をひきよせ、マリアは身を乗りだして言った。

「アマリ、この炎《ほのお》を自分だと思ってみて。あなたは、良き魔術師《まじゅつし》であろうと決意して燃えている。けれど炎《ほのお》は、闇《やみ》に囲まれている。闇《やみ》はいつでもそばにいて、あなたを誘惑《ゆうわく》し、決意がゆらぐのを待ちかまえている。いい、アマリ、善《ぜん》であるには、善《ぜん》の道を自分で選ぶしかない。何度も何度も、つねに選ばなくてはならないの。たとえ、それがどんなにむずかしくても。どれだけ、闇《やみ》に身をゆだねたくなっても」

あたしはどんな魔術師《まじゅつし》になりたいか、というより、どんな人間になりたいか、わかっている。お兄ちゃんが誇《ほこ》りに思ってくれるような妹になりたい。

「あたし、良き魔術師《まじゅつし》になってみせます……たとえ、冠《かんむり》を受けとるしかなくなっても」

「冠《かんむり》？　冠《かんむり》って、なに？」

あたしはマリアの質問にとまどった。

「えっ、あなたは魔術師連盟《まじゅつしれんめい》の一員だから、コズモの申《もう》し出《で》について知ってるとばかり思ってたんですけど」

マリアがぐっと身を乗りだし、あたしの両手をつかんだ。

「アマリ、申《もう》し出《で》ってなに？」

「さっき、それを言いたかったんです。あたしが時間停止現象を解除《かいじょ》しなきゃならないのも、そのせいなんです……」

やっとマリアにすべてを打ちあけられた。マリアは激怒《げきど》し、真っ赤になっていた。

「アマリにそんな申《もう》し出《で》をする権限《けんげん》なんて、コズモにはないわ。しかもそのあと、おどすようなまねまでして！　アマリ、あなたにそんな魔術《まじゅつ》はまだ早い。危険《きけん》すぎるし、若《わか》すぎる……」

マリアは、真剣《しんけん》な目つきであたしを見つめて言った。

「アマリ、約束して。コズモとのことは、私《わたし》にまかせるって」

ここまで真剣《しんけん》なマリアを見るのは初めてだ。あたしはうなずいた。

「はい、約束します」

13 深《しん》刻《こく》な非常事態

魔術《まじゅつ》を習うのは、思ったほどおもしろくなかった。その日、マリアが残り時間であたしに教えたのは、集中することだった。集中するのは得意だと思っていたけど、魔術《まじゅつ》の場合、集中してコントロールしなければいけないのは、頭の思考というより心の感情だ。感情のコントロールこそが、魔術《まじゅつ》をコントロールする秘訣《ひけつ》だった。

最後の授業が終わると、ジュニア捜査官《そうさかん》は専用《せんよう》教室で終業ミーティングを受けることになっている。あたしだけは体育館で超常力《ちょうじょうりょく》をみがくフィオーナ捜査官《そうさかん》の授業に参加していないので、一足先に教室についた。そこでほかのジュニア捜査官《そうさかん》たちを待つ間、ウラジーミルの冠《かんむり》について、マリアがコズモになんて言うつもりか考えた。

ウラジーミルの冠《かんむり》を受けとってくれ、というコズモの話は、きなくさい。そのことは、心の奥底《おくそこ》でわかっている。あたしは、まだ十三歳《さい》。そのあたしに、大人ばかりの魔術師連《まじゅつしれん》盟《めい》を率いて超常現象局《ちょうじょうげんしょうきょく》に戦争をしかけろなんて、どうかしている。局にはあたしが大切に思っている人たちもいるのに。どう考えても、まともな話じゃない。

マリアにまかせることになって、気持ちが軽くなった。二十キロもの重りを両肩《りょうかた》からのぞいてもらった気分だ。マリアの言うとおり、あたしはすでに超常界《ちょうじょうかい》を一回救った。この先ずっと救世主をつづけることはない。

よし、冠《かんむり》を受けとる気はないことを、コズモに知らせよう。コズモがどう反応するかわからないけど、心配してもしかたない。この件はマリアにまかせよう。

携帯電話《けいたいでんわ》をとりだし、コズモに手早くメッセージを送った――〈送信者：アマリ　冠《かんむり》は受けとれません。まだ準備ができていないので〉

すぐにもう一件送った――〈送信者：アマリ　今後はマリアと話をしてください。ご期待にそえず、すみません〉

すると、そくざに返事がとどいた――〈送信者：コズモ　無念です〉

無念ですって、どういう意味？

ジュニア捜査官《そうさかん》たちが教室にもどってきたので、携帯電話《けいたいでんわ》をポケットにしまった。フィオーナ捜査官《そうさかん》が明日のスケジュールについて書くために、教室の前のホワイトボードに近づく。

超常力《ちょうじょうりょく》の訓練にあたしが参加しなかったことについて、なにか言う人はいなかった。ほとんどの子は、今夜の歓迎《かんげい》パーティーの話で盛《も》りあがっている。

最後にララが入ってきて、あたしのとなりにすわった。一刻《いっこく》も早くこの場から逃《に》げたくて、カウントダウンでもしているみたいに、うつむいて机《つくえ》を見つめている。体育館でも、ほかのジュニア捜査官《そうさかん》たちにいやがらせをされたとか？

声をかけてあげたほうがいいのだろう。あたしのパートナーなんだし、さっきは廊下《ろうか》でそっけない態度をとっちゃったし。マリアのためにも、妹のララに少しは親切にしてあげても罰《ばち》はあたらない。

「あのさ、ララ……」

そのとき、教室の隅《すみ》の電球がいっせいに赤く光り、壁《かべ》ぞいの各スクリーンに『非常警《けい》報《ほう》』と表示された。ララがギクッとし、机《つくえ》の上のノートパソコンをさっとあけて、あたしに言った。

「すぐになにか表示されるわよ」

フィオーナ捜査官《そうさかん》が、席を立たないように、とあたしたちに合図する。

「みんな、落ちついて。なにがあったか、連絡《れんらく》を待って」

すると、超常捜査部《ちょうじょうそうさぶ》のヴァン・ヘルシング部長の声がスピーカーから流れてきた。

「シニア捜査官《そうさかん》以上のランクの者は、至急《しきゅう》オペレーション室に集まるように。くりかえす。シニア捜査官《そうさかん》以上のランクの者は、オペレーション室に集まるように。いますぐだ」

ララがささやく。

「シニア捜査官《そうさかん》以上の全員？　かなり深刻《しんこく》な非常事態よ」

その直後、ノートパソコンの画面に文章が表示された――『**非常警報**《けいほう》 収監中《しゅうかんちゅう》のディラン・ヴァン・ヘルシングが暗黒の魔窟《まくつ》から脱獄《だつごく》。きわめて危険《きけん》な凶悪犯《きょうあくはん》。現時点の所在は不明』

めまいがし、吐《は》きそうになった。脱獄《だつごく》なんてありえない。なにかのまちがいだ。きっと、なにかの――。フィオーナ捜査官《そうさかん》があたしの名前を連呼《れんこ》しながら机《つくえ》の前にしゃがんでいることに、すぐには気づかなかった。

「ピーターズ！　ピーターズ！　だいじょうぶ？」

フィオーナ捜査官《そうさかん》に肩《かた》をつかまれ、ゆさぶられて、ようやく我《われ》にかえり、正直に答えた。

「あ、あの……わかりません」

「ヴァン・ヘルシング、あなたは？　ディランとは双子《ふたご》でしょ」

「いいえ、いまは他人です」

ララがそっけなく言うと、フィオーナ捜査官《そうさかん》はうなずき、あたしたちにつげた。

「ふたりとも落ちついて。できるかぎり早く、情報をつかんでくるから」

そして、教室を出ていった。

教室がざわめき、壁《かべ》の各スクリーンがそれぞれ、真っ暗な地下要塞《ようさい》の映像《えいぞう》を流しはじめた。その地下要塞《ようさい》こそ、特別な凶悪犯《きょうあくはん》が収容《しゅうよう》される暗黒の魔窟《まくつ》。数キロにもおよぶゴブリン王の帝国《ていこく》の最下層《さいかそう》に位置し、超常現象局《ちょうじょうげんしょうきょく》の最下階よりも深く、ありとあらゆる恐怖《きょうふ》に囲まれた魔窟《まくつ》だ。監房《かんぼう》の中より外のほうが危険《きけん》なので、ブラックストーン刑務所《けいむしょ》以上に警備《けいび》は厳重《げんじゅう》とされている。

あたしの頭の中では、ある疑問《ぎもん》がうずまいていた。自分を魔窟《まくつ》に追いやったあたしの前に、ディランはいつ、あとどのくらいであらわれる？　想像して身ぶるいした。

そのとき、トリスタンがベアとふたりの取り巻《ま》きを連れて、あたしの前に来た。

「アマリ、どうやら、昔のパートナーがもどってくるみたいだな」

「再試合が楽しみで、たまんねえよ」と、ベアも言う。

あたしはおろおろするばかりで答えられず、トリスタンたちをつけあがらせてしまった。

ベアが前に出て、あたしの机《つくえ》を蹴《け》ってどなる。

「おい、アマリ、聞いてんのかよ？」

すると、あたしの横でララがさっと立ちあがった。

「やめて。じゃないと、パパに言うわよ」

ベアがバカにしたようにあざ笑い、ララにせまろうとしたが、トリスタンにとめられた。

「ベア、やめとけ。ララに得意技があるとしたら、なにかあるたびに、パパ助けて、って泣きつくことだ。ララとアマリは、そろいもそろって、局の恥《はじ》さらしだな」

トリスタンが取り巻《ま》きを連れて教室の奥《おく》へ行き、ベアが肩《かた》ごしにふりかえって冷笑する。

あたしの頭の中を無数の思いがかけめぐった。ララがこっちを見て、声をかけてくる。

「アマリ、だいじょうぶ？」

けれど答える前に、スピーカーから声が流れてきた。

「アマリ・ピーターズ、いますぐ超常医療部《ちょうじょういりょうぶ》に来るように」

ドキッとした。お兄ちゃんになにかあったんだ！


超常医療部《ちょうじょういりょうぶ》にかけつけると、ひとりのジュニア解呪師《かいじゅし》が待ちかまえていた。その表情を見るかぎり、あたしの不安は的中したらしい。

「なにがあったんですか？」

「ぼくに言えるのは、クイントンの容態が悪化したってことだけです。くわしくは、シニア解呪師《かいじゅし》と話をしてください」

ジュニア解呪師《かいじゅし》のあとについてお兄ちゃんの病室に向かったら、お兄ちゃんはベッドの中でガタガタとふるえていた。あたしはかけよって、お兄ちゃんの手をつかんだ。

「お兄ちゃん、だいじょうぶ？」ジュニア解呪師《かいじゅし》のほうをふりかえり、すがるようにしてたずねた。「お兄ちゃん、だいじょうぶなの？　お願いだから教えて」

ジュニア解呪師《かいじゅし》は青ざめていた。

「あ、あの……シニア解呪師《かいじゅし》が、すぐに来ますので」

なんで知らないのよ、とどなりたくなったけど、ジュニア解呪師《かいじゅし》が悪くないのはわかってる。目に涙《なみだ》をうかべ、お兄ちゃんのほうへ向きなおった。いよいよだめだとしたら？　お別れの時が近づいているとしたら、どうすればいい？

お兄ちゃんの手をにぎりしめたら、お兄ちゃんの体のふるえがおさまってきた。これって、あたしの力？　あたしの魔力《まりょく》？　シニア解呪師《かいじゅし》があたしの横を通りすぎ、お兄ちゃんの腕《うで》をなにかの装置《そうち》につなぐまで、シニア解呪師《かいじゅし》が病室に来たことにも気づかなかった。

シニア解呪師《かいじゅし》があたしに向かって言った。

「このような呪《のろ》いの場合、家族の存在《そんざい》はかならず役に立つ。とはいえ、妹のあなたの助けは、あくまで一時的なもの。容態が悪化していることに変わりはない。しかしなぜこんなにも急に悪化したのか理解しがたい。きのうまでは、はるかに良い状態だったのに」

あたしは身の毛がよだった。シニア解呪師《かいじゅし》には理解不能でも、あたしには直感でわかる。

「ディラン・ヴァン・ヘルシングが脱獄《だつごく》したんです」

ディランの脱獄《だつごく》とお兄ちゃんの容態悪化が、偶然《ぐうぜん》の一致《いっち》のはずがない。ディランが関わっているに決まってる。ひょっとして、あたしへの復讐《ふくしゅう》？　怒《いか》りのあまり、拳《こぶし》をにぎりしめた。あたしのせいでお兄ちゃんがこんな目にあうなんて、あんまりだ。

シニア解呪師《かいじゅし》はうなずいた。

「なるほど。ディランがモローの魔力《まりょく》をうばった時点で、クイントンへの呪《のろ》いをひきついだのかどうかで、当初、僕《ぼく》と同僚《どうりょう》の間で意見がわれていたんだが、どうやらディランは実際に呪《のろ》いをひきついだようだ。魔力《まりょく》を持つ犯罪者は魔力《まりょく》を遮断《しゃだん》する監房《かんぼう》に入れられるので、呪《のろ》いの効力が落ちていたのかもしれない。しかし、脱獄《だつごく》したとなると……」

あたしは、絶望のどん底につき落とされた。

「呪《のろ》いの効力が元にもどったってことですよね。最悪の場合、どうなりますか？」

「現状では、マリアのようなテレパシーを使える魔術師《まじゅつし》ならクイントンと話ができる。しかし、もし呪《のろ》いがもっと強くなるようだと……」

シニア解呪師《かいじゅし》の言葉に、あたしは腹《はら》をえぐられたようなショックを受けた。衝撃《しょうげき》のあまり、体がばらばらになってしまった気分だ。

「もうマリアを通しても話をできなくなるってことですか？」

シニア解呪師《かいじゅし》が、気の毒そうな表情をうかべてうなずく。

うわっと泣きそうになるのを必死にこらえ、病室を飛びだし、エレベーターホールまで全速力でかけぬけた。やってきたエレベーターはルチアーノだったが、ルチアーノが歌うおだやかなバラードでも、あたしの心は癒《いや》されなかった。

超常捜査部《ちょうじょうそうさぶ》でエレベーターをおりてからも、特別捜査官専用《そうさかんせんよう》ホールまで走りつづけた。ホールに飛びこんだら、ちょうどマリアがオフィスから出てくるところだった。マリアを呼《よ》びとめたら、先に言われた。

「アマリ、ディランのことは知ってるわ」

「お兄ちゃんが――」

「ええ、それも知ってる」

「なにかできることが、あるはずです」

けれどマリアは首を横にふり、声をひそめて言った。

「アマリ、私《わたし》から魔術師連盟《まじゅつしれんめい》に連絡《れんらく》をとって、呪《のろ》いについてなにかできないか聞いてみる。あまり期待はできないけど――」

「とにかく、なにかしないと！　お願いです」

マリアがうなずいたそのとき、またしても頭上のスピーカーから大音量の声がひびいた。

「マリア・ヴァン・ヘルシング、オペレーション室に来るように」

「アマリ、行かないと。近いうちにかならず話をする機会をもうけるから。ふたりで解決《かいけつ》策《さく》を考えましょう。いまは寮《りょう》の部屋にもどって、くよくよしないようにして」

「そんなの、無理です」

「いいから、やってみて。なるべく早く連絡《れんらく》するから」

14 魔術師連盟《まじゅつしれんめい》の総会

これまでも注目されたことはあるけれど、寮《りょう》にもどったときは、これまでとは比較《ひかく》にならないくらい、ぶしつけな視線《しせん》をあびた。ディラン脱獄《だつごく》という知らせをあたしがどう受けとめているか、だれもが興味しんしんで、ようすをうかがっている。寮監《りょうかん》のバーサがあたしのために道をあけてくれたが、ぶしつけな視線《しせん》が飛んでくるので、目をふせたまま進み、部屋にすべりこんだ。

エルシーはどこ？　いっぺんにいろいろ起きたので、エルシーは部屋で待っていてくれると思いこんでいた。いまさらだけど、エルシーにたよりっぱなしだったことを痛感《つうかん》する。いま、あたしの世界は、音を立てて崩壊《ほうかい》しつつある。だれか話し相手がほしい。

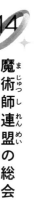

そのとき、部屋のドアをノックする音がした。あたしによけいな手出しをするな、とバーサが周囲にあれだけはっきり言っていたのに、だれだろう？　どうせだれかが冷やかしに来たに決まってる。こっちは相手になっていられないのに。

むっとしながら大きくドアをあけたら、なんと、ジェイデンが入ってきた。今日のジェイデンは白黒の水玉模様《もよう》のスーツ姿《すがた》で、水玉がジャケットからズボンへ、またジャケットへとジャンプし、すてきな模様《もよう》を描《えが》きながらうずまいている。

「うわぁ、ジェイデンだ！」

あたしはいきおいよく抱《だ》きついてから、ハッとして、パッとはなれた。

ジェイデンは少しの間、しゃちこばっていたけれど、すぐに声を上げて笑いだした。

「おれにそんなに会いたかった？」

「うん、すっごーく会いたかった。入って」

ジェイデンはスーツを見せびらかすようにポーズをとりながら、部屋の中に入ってきた。

「アマリ、どう、これ？」

あたしはいまだけでも目の前の問題を忘《わす》れられることに感謝しながら、そうねえ、という感じでながめて言った。

「歓迎《かんげい》パーティー用だよね？　そんなに似《に》あうスーツ、どうやって手に入れたの？」

ジェイデンがニッと笑い、肩《かた》をすくめて言った。

「クローゼットをあけたら、いつのまにか入ってたんだ。パーティーのあと、これ、もらえるのかな？　このスーツでうちの近所を歩いたら、だれもなんにも言わなくなるよ」

今度はあたしがニッと笑う番だった。

「そのスーツを着て近所を歩くときは、見物させて」

「もちろんさ。それにしてもアマリは、マジで、ここのスーパースターなんだな」

あたしは、ベッドにどっかりとすわりながら言った。

「やめてよ、もう。あたしのことなんか、だれも気にしてないって。それより、あのあと儀式《ぎしき》のつづきをやった？　どんな超常力《ちょうじょうりょく》を授かったの？」

ジェイデンはうなずき、ドアによりかかった。

「おれ、もともと、動物のあつかいがうまかっただろ。だから、動物と話せるようになったんだ」

「話せるって、会話ができるみたいな？」

ジェイデンがうなずく。

「ふつうの人にとっては鳥のさえずりやドラゴンのうなり声でも、おれには言葉として聞こえるんだ。動物もおれの言葉がわかるらしい。超常体管理部《ちょうじょうたいかんりぶ》の管理隊員の人たちにさそわれて少しやってみただけだから、まだそんなに訓練してないけど」

「へーえ、じゃあ、超常体管理部《ちょうじょうたいかんりぶ》の適性検査を受けるの？」

「うん。おれ、アパートの屋上でひとりきりのとき、よくハトたちといっしょにいたからさ。こんな力をもらえてサイコーだよ。動物園かどこかで働けたらいいなあって前から思ってたんだけど、それには大学を出なきゃダメだろ。うちにそんな金はないし……」

ジェイデンは満面の笑みをうかべ、顔全体がパッと明るくなった。

「だからさ、アマリ、こうなって、おれ、マジでうれしいよ。どんだけ感謝してもしきれない。自分でも気づいてなかったおれの可能性に気づいてくれて、アマリ、本当にありがとうな」

あたしは、目ににじんだ涙《なみだ》をぬぐった。

「んもう、ジェイデンったら……。正しいことをしてると言ってもらえて、こっちこそ、涙《なみだ》が出るくらいうれしいよ」

「アマリはヒーローだよ」

「ヒーローなんて、そんな気分になれないほうが多いけど」あたしは、あらためてジェイデンを見てたずねた。「歓迎《かんげい》パーティーにいっしょに行く友だちは、だれかいる？」

ジェイデンは真っ赤になった。

「じつは、それなんだけど……いっしょに行けないかと思って」

「えっ、そうなんだ」

今度は、あたしが真っ赤になった。ジェイデンがさらに言う。

「そう思ってたら、ディランが脱獄《だつごく》したって聞いて、アマリがどうしているか、メッチャ気になって。でも、訓練生はジュニア局員の寮《りょう》に行っちゃいけないことになってるだろ。ところが、アマリには話し相手がいるだろうって、寮監《りょうかん》のバーサが言ってくれて――」

そのとき、あたしの携帯電話《けいたいでんわ》がバイブした。見れば、メッセージがとどいている――

〈送信者：コズモ　魔術師連盟《まじゅつしれんめい》の総会へ、いますぐ出席されたし〉

数秒間、画面を見つめていた。コズモがあたしに連盟《れんめい》の総会に来いと？　いますぐ？

「アマリ、だいじょうぶ？」と、ジェイデンが声をかけてくる。

「えっとね、あの、あたし、行かないと」

早くマリアを見つけなければ。連盟《れんめい》の総会がひらかれる場所さえわからない。ジェイデンが不満そうな顔をする。

「えーっ、やっとアマリと話せると思ったのに」

「うん、だよね。ジェイデン、本当にごめんね。でも、すっごく大事な用事なんだ。このうめあわせは、ぜったいするから」

ジェイデンを部屋の外の廊下《ろうか》に残し、歓迎《かんげい》パーティーのためにスーツやドレスで着飾《きかざ》った子だらけの廊下《ろうか》をかけぬけ、エレベーターに向かって突進《とっしん》した。みんな、ほかの子の服装《ふくそう》に見とれていて、だれもこっちを見ていない。そのとき、背後《はいご》からエルシーの声がした。

「アマリ！　どこに行くの？」

廊下《ろうか》でエルシーとすれちがったことさえ気づかなかった。でも、説明している時間はない。後ろめたく思いながらエルシーに言った。

「あのさ、もどったら、全部話すから」

「もどったらって、どこから？　いっしょに行くわ」

「ううん。エルシーは行けない場所なんだ」

「アマリ、でも――」

「今夜、全部話すから」

エルシーにそれ以上言うひまをあたえず、ドアがあいたエレベーターに乗りこみ、超常《ちょうじょう》捜査部《そうさぶ》の階でおりると、マリアのオフィスへ早足で向かった。マリアのオフィスは照明がついていたので、ドアをドンドンとたたく。

数秒後、ドアの窓《まど》ガラスにマリアが顔を見せたので、あたしはコズモからのメッセージの画面を見せた。マリアはうれしそうじゃなかったけれどドアをあけてくれ、あたしが入るとドアをしめて、鍵《かぎ》をかけた。

「アマリ、私《わたし》にも同じメッセージが来たわ」

「じゃあ、なぜあたしに連絡《れんらく》してくれなかったんですか？　待ちあわせる場所の連絡《れんらく》とか？　ここに来たのは、ただのあてずっぽうだったのに」

そのとき、マリアがジャケットの左のそでをまくっていることに気づいた。すでに腕《うで》に瞬間移動装置《しゅんかんいどうそうち》をとりつけている。それを見て、稲妻《いなずま》のようにひらめいた。

「あたしをおいていくつもりだったんですね……」

マリアは目をつぶり、こめかみをもんだ。

「アマリ、コズモが魔術師連盟《まじゅつしれんめい》の総会で全員に召集《しょうしゅう》をかけるのは数年ぶりなの。議題はぜったいディランの脱獄《だつごく》ね。ディランの脱獄《だつごく》は、新首相のベインにとって、ひとりでも多くの魔術師《まじゅつし》をとらえる口実になる。だから、あなたは残ったほうがいいんじゃないかしら」

「あたし、行かなきゃならないんです。冠《かんむり》の件をぬきにしても行かないと。魔術師《まじゅつし》が勢ぞろいするんですよね。もしかしたらだれかが、お兄ちゃんを助ける方法を知っているかもしれないし」

マリアは考えるふりをしていたけれど、明らかにあたしをおいていく気でいる。そこで、さらに一押《ひとお》しした。

「あたしにも、あなたに負けないくらい、行く理由がありますよね。お兄ちゃんにしてあげられることがあったかもしれないのに、それをしないでお兄ちゃんが助からなかったら、あたし、一生自分をゆるせない。あたしをおいていったあなたのことも、一生うらみます」

マリアがつかれきった顔で深呼吸《しんこきゅう》した。

「わかったわ。でも、ぜったい私《わたし》のそばからはなれないで。トラブルが起きそうになったら、すぐに瞬間移動《しゅんかんいどう》して逃《に》げるから。いい、わかった?」

「はい、もちろん」

マリアの腕《うで》に自分の腕《うで》をからめた。マリアが瞬間移動装置《しゅんかんいどうそうち》のボタンをおすと、とつぜん周囲がぐにゃりとゆがみ、気がついたらマリアのオフィスではなく、広くてうす暗い場所に移動していた。古城の廃墟《はいきょ》みたいな場所だ。高い石壁《いしかべ》に囲まれていて、天井にぽっかりとあいた穴々《あなあな》から星明かりがさしこんでいる。

数メートル先のほこりっぽい机《つくえ》の上にろうそくが一本立っていて、炎《ほのお》がゆらめきながらともった。長くてだぼっとしたみすぼらしい服装《ふくそう》の老女がひとり、こっちを見つめながら机《つくえ》の横にうずくまっている。

不気味で、全身の毛がぞわっと逆立った。マリアが一歩ふみだし、老女に声をかける。

「私《わたし》たちがここに来た理由は、おわかりですよね」

老女の声は、かすれていた。

「おや、そうかい？　マリア・ヴァン・ヘルシング、いったいだれを連れてきたんだい？」

「魔術師《まじゅつし》に生まれついた者です。それだけ言えば、十分のはず」

「フフッ、ごもっとも」

老女は黄色いぼろぼろの歯をむきだしてニッと笑うと、こっちに向かって片手《かたて》をふりながら、ある呪文《じゅもん》を唱えた。「ディスペル」という、他者の幻想《げんそう》を打ち消す呪文《じゅもん》だ。けれど、なにも起こらない。

「あんたが言ったとおりの者だとわかって、良かったよ」

老女はそう言って、ろうそくの炎《ほのお》をつまんで消し、さがってつづけた。

「魔術《まじゅつ》をやって見せとくれ」

マリアが指をパチンと鳴らすと、ろうそくにまた火がともった。老女はうなずき、指をふってそよ風を起こしてその火を消すと、あたしのほうを見た。

「次はアマリ・ピーターズ。魔術《まじゅつ》をやって見せとくれ」

なにか言いかけたマリアを、老女が片手《かたて》をあげてとめる。

あたしにもろうそくに火をともせと言っているにちがいない。でもあたしには火をおこす魔術《まじゅつ》はできないし、たとえできるとしても、やり方がわからない。けれど幻想術《げんそうじゅつ》ならできる。そこで手のひらにふーっと息をふきかけ、一羽の炎《ほのお》の鳥をいきおいよく飛びたたせると、ろうそくの上に急降下《きゅうこうか》させて爆発《ばくはつ》させ、ろうそくを大きく燃えあがらせた。

あたしの炎《ほのお》はマリアがつけた火とはちがい、ただの幻想《げんそう》だけど、老女は拍手《はくしゅ》してくれた。

「演出の才能があるようだ。アーティスト気質だねえ。ならば、あたしのパフォーマンスも楽しんでくれそうだ」

老女が優雅《ゆうが》なしぐさで手首をふると、大きなたいまつに次々《つぎつぎ》と炎《ほのお》がともり、暗闇《くらやみ》を追いはらった。炎《ほのお》は周囲を明るくしただけではなく、ところどころ欠けていた壁《かべ》がきれいになり、床《ゆか》のひびわれも完全に消えた。廃墟《はいきょ》のようだったその場所は、一瞬《いっしゅん》にして、壮麗《そうれい》な王《おう》座《ざ》の間に変わっていた。

最後にパチンと指を鳴らした老女は、もはや腰《こし》をかがめた老女ではなく、美しい女性に変わっていた。あたしは一目で、知っている女優《じょゆう》だとわかった。名前はたしか、プリヤ・カプール。数か月前、配信サービスでこの女優《じょゆう》が出演しているインドのボリウッド映画《えいが》をママといっしょに見て熱狂《ねっきょう》したっけ。

プリヤは麗々《れいれい》しく腰《こし》を曲げておじぎをすると、頭上のバルコニーにずらりとならぶ、真っ赤なマントをつけた大勢の人たちのほうへ腕《うで》をふって言った。

「あなたを正式に魔術師連盟《まじゅつしれんめい》に紹介《しょうかい》できて、光栄です」

バルコニーからあたしを見下ろす大勢の顔をながめるうちに、あたしはあることに気づいて、つぶやいていた。

「見たことのある人ばかりだ……」

たとえば、どこかの会社の最高経営責任者の男性。毎年、記者会見で、あたしが使っている携帯電話《けいたいでんわ》の新機種を発表している人だ。エルシーが大ファンで夢中になっている男性歌手もいる。この歌手が魔術師《まじゅつし》だと知ったら、エルシーは悲鳴をあげてたおれそう。あそこの女性は、ヨーロッパのどこかの国の首相のはず。ホイットマン・アカデミーの政治学の先生が壁《かべ》にならべた世界の指導者たちの写真で、あの顔を見た覚えがある。

あたしのつぶやきを聞きつけて、プリヤが言った。

「当然よ。かくれるには、ありふれた光景の中にまぎれるのが得策《とくさく》だもの」

そう言われても、まだ信じられない。魔術師同盟《まじゅつしどうめい》の魔術師《まじゅつし》たちは全員、コズモのように、ぜったい見つからない湖底みたいな場所でひっそりと暮《く》らしているとばかり思っていた。まさか、世界中に知られた権力者《けんりょくしゃ》たちがまじっているなんて、もう、びっくりだ。

「アマリ、どうぞこちらへ」

　プリヤはそう言って、あたしたちを部屋の奥《おく》へ連れていった。そこにはつやのある黒い木でできた、背《せ》もたれの高い、三メートルくらいある巨大《きょだい》な王座《おうざ》がすえてあった。王座《おうざ》の表面には繊細《せんさい》な模様《もよう》が彫刻《ちょうこく》してあり、金色の飾《かざ》りがたいまつの火を反射《はんしゃ》してきらめいている。見た目は豪華《ごうか》そのものだけど、座席《ざせき》においてあるぶあついビロードのクッションがなければ、すわり心地はかなり悪いはず。コズモは湖底の屋敷《やしき》で、この椅子《いす》をなんと呼《よ》んでいたっけ？

　そうだ、真夜中の王座《おうざ》だ。盟主《めいしゅ》として真夜中の王座《おうざ》につけ、とコズモは言っていた。王座《おうざ》の横には、はるかに小さい石造りの椅子《いす》が一脚《きゃく》ある。まとめ役の椅子《いす》らしく、コズモがちょこんと腰《こし》かけ、あたしを見つめながら笑みをうかべた。

「さあさあ、どうぞ。あなたの到着《とうちゃく》を、全員でお待ちしていました」

「アマリ、あたしと手をつないで」と、マリアが声をかけてくる。

　よちよち歩きの子どもじゃない、と言いかえしたくなったけど、マリアのそばからはなれないとたしかに約束したし、マリアの声に不安がにじんでいて怖《こわ》い。あたしはマリアと手をつなぎ、だれもいない王座《おうざ》のほうへ近づいた。頭上で席についている魔術師《まじゅつし》たちが、あちこちでいっせいにざわめく。これって、いったい、どういう反応？

　ここに来たのは、お兄ちゃんを助けるためにできることはないか、確かめるため。けれどコズモの湖底の屋敷《やしき》をおとずれたときのように、場ちがいな場所に来たようで、いやな予感がした。胸《むね》の中で心臓《しんぞう》がドクン、ドクンと音を立てている。具体的には言えないけれど、すべてがおかしい気がしてならない。マリアが立ちどまって、声を張りあげた。

「みなさんにアマリ・ピーターズを紹介《しょうかい》します。兄のクイントン・ピーターズのために――」

お兄ちゃんの名前が出たとたん、小声で毒づく声がうねりのように聞こえてくる。ぎょっとしたけど、お兄ちゃんは魔術師《まじゅつし》たちを追う側だったから、当然といえば当然だ。お兄ちゃんは、魔術師《まじゅつし》は恐《おそ》れるべき存在《そんざい》で幽閉《ゆうへい》すべし、という考えを信じて行動した。けれどそれは、お兄ちゃんが魔術師《まじゅつし》連盟《れんめい》の存在《そんざい》を知らず、相棒《あいぼう》のマリアが魔術師《まじゅつし》ということも知らなかったからだ。そもそも妹のあたしが魔術師《まじゅつし》ということすら知らなかった。

連盟《れんめい》のまとめ役のコズモが、お静かに、と片手《かたて》を上げつづけ、ようやく静かになった。

「まあまあ、みなさん。せっかくの賓客《ひんきゃく》に対し、あまりに無礼ではありませんか」

あたしはのどをごくりと鳴らしてから、切りだした。

「モローの呪《のろ》いのせいで、兄はまだ目が覚めません。ディランが脱獄《だつごく》してから、容態は悪化する一方です。兄をどうしたら助けられるのか、どなたかごぞんじありませんか？」

コズモも立ちあがり、魔術師《まじゅつし》たちに声をかけた。

「みなさん、お聞きになったとおりです。どなたか、知りませんか？」

あたりは、静まりかえったままだった。頭上にならぶ大勢の中に、気の毒がってくれる顔はひとつもない。あたしは、マリアから手をはなして呼《よ》びかけた。

「みなさんは良い魔術師《まじゅつし》なんですよね。兄を助けてもらえませんか？」

するとコズモが、しかたない、とばかりに肩《かた》をすくめて言った。

「正しき道を選ぶことと、おろか者になることとはちがいます。明日には我《われ》らを追いつめかねない者を、今日助けろと言われましても、うなずきかねますな」

「兄が追っていたのは悪い魔術師《まじゅつし》たちです。モローとモローの弟子たちは、超常界《ちょうじょうかい》を数百年にわたって恐怖《きょうふ》におとしいれてきた。兄が追っていたのは、みなさんがとめようとしなかった、モローや悪い魔術師《まじゅつし》たちです」

魔術師《まじゅつし》たちから不満の声が上がった。あたしを非難《ひなん》する者までいる。あたしは拳《こぶし》をにぎりしめた。なぜ、こんなところに来たんだろう？　だれもあたしを助けてくれないのに。

そのとき、マリアが前に出て声を上げた。

「私《わたし》にも、質問させてください」

コズモが不快そうに言う。

「マリア、質問とは？」

「弟のディランが脱獄《だつごく》不能とされる監獄《かんごく》から脱獄《だつごく》しました。それが可能だったのは……脱《だつ》獄《ごく》を成しとげられたのは……」マリアは頭上のバルコニーを見てつづけた。「だれかが手

助けしたせいとしか考えられません。ディランの脱獄《だつごく》を手伝った人は、名乗りでてくださ
い」
怒声《どせい》がひびき、バルコニーは大さわぎになった。マリアの質問は大失敗だったようだ。
そのとき、マリアが息をのむ音がした。あたしは視線《しせん》を下げて初めて、理由がわかった。
なんとコズモが、うす笑いをうかべながら手を上げていたのだ。
「はい、私《わたし》が手助けしました」
「妨害《ぼうがい》だ！」と、バルコニーからだれかが叫《さけ》んだ。多くの魔術師《まじゅつし》が立ちあがり、拳《こぶし》をふり
かざしている者もいる。マリアは怒《いか》りのあまり真っ赤になりながら声を張りあげた。
「ディランとアマリの間に起こることにいっさい干渉《かんしょう》してはならないと、ウラジーミルは
はっきり述べていたはずです！」
魔術師連盟《まじゅつしれんめい》は魔術師《まじゅつし》に生まれついたディランとあたしを特別な存在《そんざい》と認定《にんてい》し、ディラン
とあたしの将来《しょうらい》について、すでにいろいろと計画している。だからこそ、あたしは連盟《れんめい》へ
の加入をためらっていた。しかもなにかのルールにしばられていて、マリアですら、あた
しにすべてを伝えられないでいる。プリヤがあたしの横に進みでて、声を荒《あら》らげた。
「コズモ、よくもそんなまねを！」
「ルールについて、我々《われわれ》に何度も説教したくせに！」
バルコニーからもどなり声がして、そうだそうだ、というつぶやきで広間がざわつく。

コズモが声を張りあげた。

「最終手段《しゅだん》だったのです！　ウラジーミルにお仕えしたこの私《わたし》が、ウラジーミルの意思を理解していなかったとお思いか？　ウラジーミルは魔術《まじゅつ》で将来《しょうらい》をのぞき、ナイトブラザーズの敗北を知った。だからこそ、魔術師《まじゅつし》に生まれついた次世代のペアがあらわれるまで、私《わたし》にまとめ役を託《たく》されたのです。これまで私《わたし》は、その役目を果たしてきましたよね？」

魔術師《まじゅつし》たちは、だまってコズモを見つめていた。いまの言葉は、コズモが湖底の屋敷《やしき》で言ったことと同じだった。コズモがまとめ役として連盟《れんめい》の魔術師《まじゅつし》たちを導くのは、次世代の生まれつきの魔術師《まじゅつし》のどちらかに、冠《かんむり》をさしだせるようになるまでだ。

そしていま、コズモがディランを脱獄《だつごく》させたということは――。ええっ、まさか！

コズモは話をつづけた。

「しかしウラジーミルには見えず、予見できなかった未来があります。それは、己《おのれ》の残忍《ざんにん》な呪文《じゅもん》のせいで、このうえない復讐心《ふくしゅうしん》にとりつかれた者が生まれる、という未来です。ベインとその手下たちは、魔術師《まじゅつし》を全滅《ぜんめつ》させる機会をつねにうかがってきました。新たに首相となったいま、ベインはついにそのチャンスを手に入れたのです。ここぞと活動する魔術師《まじゅつし》たちを根絶すると明言したではありませんか」

あたしはコズモに話しかけた。

「冠《かんむり》をディランにさしだすつもりなんですね。だから、ディランを脱獄《だつごく》させた……」

バルコニーから、まただれかが叫《さけ》んだ。

「どちらが冠《かんむり》を選ぶか、きさまに選ぶ権利《けんり》はない！」

コズモが平然と答える。

「私《わたし》は、このうえなく、公平にふるまいましたよ。アマリは一度ディランに勝利している。ゆえに、まずはアマリに冠《かんむり》をさしだしたのです」

プリヤが目を見張る。

「えっ、アマリ、そうなの？」

広間の全員の目があたしに集中する。あまりに重い視線《しせん》に、あたしは気まずくなった。

「あの……はい」

プリヤの顔には、驚愕《きょうがく》の表情がはっきりと刻《きざ》まれていた。

「あなた、まさか……冠《かんむり》を拒否《きょひ》したの？」

あたしは意気消沈《いきしょうちん》した。

「あ、あたしには……無理です。まだ、あたしには……」

とちゅうでコズモが叫《さけ》んだ。

「アマリはもっと時間をくれと要求した。しかし我《われ》らには、その時間がないのです」

あたしは、必死にうったえた。

「時間停止現象を解除《かいじょ》する方法を見つけるまで、時間がほしかっただけなんです。ベインが首相でいられるのは、時間が停止している間だけだから」

魔術師《まじゅつし》たちはあたしの発言について考えながら、顔を見あわせている。もし手遅《ておく》れだとしたら、どうしよう？　あたしが冠《かんむり》を拒《こば》んだせいで、ディランが望みどおりのものをすべて――絶対的な権力《けんりょく》、強大な魔力《まりょく》と、超常現象局《ちょうじょうげんしょうきょく》に対抗《たいこう》する強力な軍隊――を手に入れてしまったら？　あたしのせいで、すべてが台無しになったら、どうすればいい？

　マリアが、一歩前に出て声をあげた。

「アマリは、まだ十三歳《さい》です。連盟《れんめい》を率いれば、超常現象局《ちょうじょうげんしょうきょく》に戦いを挑《いど》み、場合によっては超常界《ちょうじょうかい》全体と戦うことにもなりかねないのに、盟主《めいしゅ》となるかどうか選択《せんたく》しろというのは、あまりに酷《こく》です」

　マリアがかばってくれるのはありがたいけど、あたしはすでに選択《せんたく》してしまった――。

　不安のあまり青ざめて、あたしたちから少しはなれていたプリヤが発言した。

「魔術師連盟《まじゅつしれんめい》ははるか昔、ナイトブラザーズことモローとウラジーミルの非道なふるまいをなぞらないと決めました。だからこそ、ウラジーミルの死後はモローと決別し、善良《ぜんりょう》で良識のある者となり、我《われ》らにあたえられた魔力《まりょく》を悪用しないと決めたのです。しかしナイトブラザーズと考え方はちがっても、連盟《れんめい》の創設者《そうせつしゃ》ウラジーミルが定めた『魔術師《まじゅつし》に生まれついた次世代のペアを守るべし』というルールは厳守《げんしゅ》すると誓《ちか》いを立てています。そもそも連盟《れんめい》が設立されたのは、魔術師《まじゅつし》に生まれついた次世代のペアを守るためのはず。我《われ》らは、次世代のペアに起こることにいっさい干渉《かんしょう》してはなりません。ディランとアマリのどちらかが冠《かんむり》にたどりつくのを見まもるのが、我《われ》らの役目です。しかし冠《かんむり》を拒否《きょひ》したとなると……」

そういう事情があったと、なぜ最初に説明してくれなかったの？　冠《かんむり》の存在《そんざい》を知ったのだって、つい最近なのに。マリアがプリヤに声をかけた。

「プリヤ、まだ十三歳《さい》の子どもにそんな重責を負わせていいなんて、本気で考えているわけじゃないですよね？　あなたのお嬢《じょう》さんにおきかえて、想像してみて。もしあなたのお嬢《じょう》さんが――」

あたしは、がまんできずに叫《さけ》んでいた。

「勝手に話を進めないで！」

マリアとプリヤがそろってこっちを見た。マリアは傷《きず》ついた顔をし、プリヤはイラッとした表情をうかべている。

けれど一番ぞっとしたのは、平然と笑みをうかべているコズモの顔だった。冠《かんむり》を拒《こば》めばゆゆしき事態をまねくという、コズモの警告《けいこく》どおりの展開《てんかい》になっている。それでも、あたしはコズモにたずねずにはいられなかった。

「冠《かんむり》をディランにわたさないために、あたしにできることはなんですか？」

コズモは、すわったまま身を乗りだした。

「解決策《かいけつさく》は単純《たんじゅん》明快。我々《われわれ》がゲームの開催《かいさい》を要請《ようせい》するのです。それしか手はありません」

あたしはわけがわからず、混乱《こんらん》した。

「えっ、ゲーム？　どんなゲームです？」

けれどあたしの声は、頭上のバルコニーからいっせいにあがった怒声《どせい》にかき消された。

となりにいたマリアが身ぶるいし、ひびわれた声でさけぶ。

「それは最終手段《しゅだん》！　緊急《きんきゅう》事態のみの手段《しゅだん》よ！」

コズモも負けずにどなりかえした。

「ベインが首相の座《ざ》についたのは、まさに緊急《きんきゅう》事態。ベインの挑戦《ちょうせん》を見過ごすことは、ぜったいにできない。我《われ》らには、いまこそ盟主《めいしゅ》が不可欠。冠《かんむり》を心から望み、連盟《れんめい》の力を十二分にふるえる盟主《めいしゅ》が、必要不可欠なのです」

そのとき背後《はいご》からしゃがれた声がし、あたしはぞっとして、うなじの毛が逆立った。

「ぼくは、ぜひ、冠《かんむり》を受けとりたい。アマリ、きみは？」

15 再会とゲーム

マリアとあたしがふりかえると、そこにはディランがいた。

ディランの顔は死人のように真っ青で、目の下に濃《こ》いくまができ、もはや以前の面影《おもかげ》はなかった。去年の夏、あたしが何度もほほえみかけたあの瞳《ひとみ》は、もう青くない。いまの瞳《ひとみ》は、人間ばなれした怪物《かいぶつ》のように赤黒い。

あたしは金しばりにでもあったように動けなくなった。声も出せない。まさか、こんなに早く再会するなんて。再会するとしても、数十年後のはずだったのに。あたしをうらぎり、あたしの魔力《まりょく》と命をうばおうとしたディランが、いま、目の前にいる。

あたしと同じく驚愕《きょうがく》の表情をうかべ、動けずにいるマリアに、ディランが声をかけた。

「やあ、姉さん。弟がもどってきて、残念だったね」

あたしは、この状況《じょうきょう》で思いつく、たったひとつのことを言った。

「ディラン、お願いだから、お兄ちゃんの呪《のろ》いを解いて」

ディランはしゃべるというよりどなるようにして、答えた。

「よう、相棒《あいぼう》。きみにはなんの負い目もないのに、お願いだと？　きみのせいで、ぼくはこの一年、暗黒の魔窟《まくつ》で過ごすことになったんだ。毎日毎日、恐《おそ》ろしいほどの暗闇《くらやみ》に閉《と》じこめられ、まさに地獄《じごく》だった」

あたしは首を横にふった。

「それは自業自得よ」

ディランがフンとあざ笑う。

「そうかな？　じゃあ、ぼくが自分自身を稲妻《いなずま》の檻《おり》に閉《と》じこめたとでも？」

あたしは拳《こぶし》をにぎって、ディランに近づいた。

「お兄ちゃんを助けて。さもないと――」

「さもないと、なに？」

ディランも一歩こっちに近づいたが、あたしとディランの間にプリヤがわって入った。

「ふたりとも落ちついて。この王座《おうざ》の間で戦わせてもいいのは言論《げんろん》だけよ」

お兄ちゃんを助けられる張本人がすぐ目の前にいるのに、だまってなんかいられない！

ディランはバルコニーの魔術師《まじゅつし》たちを見上げ、両腕《りょううで》を大きく広げて語りかけた。

「もしぼくにチャンスをくださるなら、ウラジーミルの冠《かんむり》をつつしんでお受けします。自分魔術師《まじゅつし》を粗末《そまつ》にする時代が終わったことを、超常界《ちょうじょうかい》に知らしめるときが来たのです。自分自身の影《かげ》におびえ、小さな城にとじこもっているみなさんを見たら、ウラジーミルはどう思うでしょう？　ナイトブラザーズは行く手をはばむ無礼者どもに恐怖《きょうふ》を植えつけたではありませんか。ぼくなら、ベインが初めて魔術師《まじゅつし》を襲撃《しゅうげき》したときに学んでおくべきだった教訓をたたきこんでやります。そして我《われ》ら魔術師《まじゅつし》に、超常界《ちょうじょうかい》でしかるべき地位をとりもどします」

緊張《きんちょう》をはらんだ数秒が流れ、ふいにだれかが歓声《かんせい》をあげた。「ディランに冠《かんむり》を！」とさけぶ者も数人いる。

あたしは胃《い》がひっくりかえりそうになった。こんなにあっさり決まっちゃうの？　ベインの恐怖《きょうふ》から逃《のが》れるために、すべての権力《けんりょく》をあっさりディランにあたえる気？

コズモが片手《かたて》をあげ、声を張りあげた。

「冠《かんむり》をここへ！」

赤い服を着たひとりの人物がきらめく黒い冠《かんむり》がおさめられたガラスケースを持ってきて、真夜中の王座《おうざ》の上においた。

「ウラジーミルはこの日のために、メッセージを残してくれました」

コズモはそう言うと、ガラスケースに近づき、いきなり手を打ちつけてガラスをわり、破片《はへん》を床《ゆか》にまきちらした。次の瞬間《しゅんかん》、広間全体にすさまじい強風がふき荒《あ》れ、あたしはたまらず手で顔をおおった。

その風がおさまってようやく、王座《おうざ》にひとりの男性がすわっているのが見えた。やせていて、あごひげがねじれた、幽霊《ゆうれい》のような男性の幻影《げんえい》が、王座《おうざ》の上でゆらめいている。この人こそ、超常界《ちょうじょうかい》に悪名をとどろかせた、魔術師《まじゅつし》のウラジーミル伯爵《はくしゃく》だった。ただの幻想《げんそう》とわかっていても、恐《おそ》ろしいことに変わりはない。

ウラジーミルの幻影《げんえい》を見たとたん、連盟《れんめい》の魔術師《まじゅつし》たちはいっせいに片《かた》ひざをついた。立っているのは、あたしとディランだけだ。あたしは手のふるえを必死におさえているが、ナイトブラザーズの片《かた》われに敬意《けいい》を表する気など毛頭ない。ディランも腕《うで》を組んでいるから同じ気持ちらしい。

ウラジーミルの幻影《げんえい》の朗々《ろうろう》とした声が、広間全体にひびきわたった。

「わしは存命中《ぞんめいちゅう》、魔術《まじゅつ》を使って最後に将来《しょうらい》をのぞいたとき、我《われ》らの正当なる戦いが敗北に終わり、わしはほどなく落命し、モローもいずれそうなることを知った。そこでわしは魔《ま》術師連盟《じゅつしれんめい》を創設《そうせつ》することで、わが魔術《まじゅつ》をわかちあい、魔術《まじゅつ》師の延命《えんめい》をはかることとした。そして残された時間を使って、わしの魔力《まりょく》をすべて冠《かんむり》に注ぎいれた。いずれ魔術《まじゅつ》師に生まれついた次世代のペアがあらわれたら、その者にモローとわしが敗北した戦いをつづけてほしいと願って、そうしたのだ……」

ちらっとディランのほうを見たら、うす笑いをうかべていた。ウラジーミルがつづける。

「しかし、わが魔力《まりょく》をひきつぐのはひとりのみ。わしとモローは魔力《まりょく》をわかちあう道を選んだが、それこそが最大のあやまちであった。ふたりの魔力《まりょく》をあわせれば同じ量になるとしても、ひとりで独占《どくせん》したほうが絶大な威力《いりょく》を発揮《はっき》する。ゆえに、わしは問いたい。わしの冠《かんむり》をひとりでかぶる勇気のある者はだれかと。わしの魔力《まりょく》に値《あたい》する者はだれかと」

ウラジーミルの幻影《げんえい》が消えていき、ディランが前に進みでた。

「それは、ぼくです」

コズモが声をあげる。

「アマリ・ピーターズ、あなたは？　この冠《かんむり》を賭《か》けて、戦う意思はありますかな？」

「あ、あたしは……」深く息を吸《す》って、答えた。「ディランには、わたせません」

コズモは追及《ついきゅう》の手をゆるめなかった。

「では、ディランに冠《かんむり》をわたさないために、なにをするおつもりで？」

まさか、こんなことになるなんて。でも、ほかにどうすればいい？　もしディランが冠《かんむり》を手に入れたら、まちがいなく戦争を始め、大勢の犠牲者《ぎせいしゃ》が出る。それを阻止《そし》できるのは、あたしだけ。ディランを止められるのは、またしてもあたしだけだ。

「アマリ……」

マリアが、警告《けいこく》するようにあたしの名を呼《よ》ぶ。それでもあたしは、小さな声をふるわせながら答えていた。

「あたしも、冠《かんむり》を望みます」

コズモは、にやりとして言った。

「ふたりとも冠《かんむり》を望むのであれば、解決策《かいけつさく》はひとつのみ。グレイトゲームしかありませんな。勝者は冠《かんむり》をかぶり、魔術師《まじゅつし》の命運を決めることとなりましょう」

ディランがコズモにたずねる。

「参加するには、なにを賭《か》ければいいんです？」

「持てる魔力《まりょく》すべてですよ。己《おのれ》の魔力《まりょく》を賭《か》けて、勝負すると誓《ちか》うのです。グレイトゲームの勝者は、自分とウラジーミルと敗者の魔力《まりょく》、すなわち魔術師《まじゅつし》に生まれついた三人の魔力《まりょく》を独占《どくせん》することになる。まさに当代無敵《むてき》となりましょう」

胸《むね》のなかで、心臓《しんぞう》がドクンドクンと激《はげ》しく脈打っていた。もしあたしが勝って冠《かんむり》を手に入れたら、ウラジーミルの魔力《まりょく》だけでなく、ディランの魔力《まりょく》も得ることになる。そうすれば、お兄ちゃんの呪《のろ》いを解くことができる。

でも、もし負けたら――。

ディランがコズモに質問した。

「グレイトゲームとは、どんなものですか？　なにをすればいいんです？」

「ひとつ言えるのは、臆病者《おくびょうもの》や気弱な者には向かないゲームということです。参加するか、あるいは冠《かんむり》を放棄《ほうき》するか。道はふたつにひとつですな」

コズモはディランの質問に答えつつ、視線《しせん》をあたしに注いでいる。あたしではなく、ディランを勝たせたいと思っているのはまちがいない。けれどあたしがなにか言う前に、王《おう》座《ざ》の下の部分が引きだしのように飛びだした。

コズモはそこに歩みより、ふたつの金の指輪がしまってあるケースをとりだすと、それをディランの元へ運んで説明した。

「自然はバランスの上になりたっています。それは魔術《まじゅつ》も同じ。すなわち、白魔術《しろまじゅつ》と黒魔術《くろまじゅつ》のバランス。慈悲《じひ》の力と残忍《ざんにん》な力、あたえる力とうばう力のバランス。おふたりは、このバランスを体現しているわけです。そのおふたりがゲームを始めるにあたって、ひとつ、承知《しょうち》していただきたいことがあります。この指輪をはめれば、それはグレイトゲームへの参加の確約を意味します。指輪を指にはめたら最後、後もどりはできません。よろしいですかな？」

ディランが指輪をひとつとると、指輪は燃えあがり、黒い煙《けむり》をあげた。やけどをしたとしても、ディランは顔色ひとつ変えず、不敵《ふてき》ににやりとし、すばやく指輪を指にはめた。

あたしは残った指輪をつかんだ。ふれた瞬間《しゅんかん》、指の上を火花のような電気が流れた。ミセス・ウォルターズたちのアパートにいたときのように、火花はあたしの指を飛びこしている。

「アマリ、待って。お願いだから。だめよ、やめて」

マリアが必死の形相で近づいてきたが、プリヤに引きとめられた。

あたしはマリアをちらっと見てから、指輪に目をもどした。あたし、これからどうなるんだろう？　もう、後もどりはできない。目をとじて、ゲームの指輪をはめた。お兄ちゃんを助けるにはこれしかない。世界を救うためにもやるしかない。

「グレイトゲームの開催《かいさい》が決まりました！」

コズモが堂々《どうどう》と宣言《せんげん》し、連盟《れんめい》の魔術師《まじゅつし》たちが拍手喝采《はくしゅかっさい》する。

ひざをガクガクさせながら目をあけたら、マリアと目があった。マリアは、あたしに負けないくらい、おびえきった顔をしている。でも、マリアのことは後回しだ。いまはグレイトゲームの内容をつきとめないと。

ディランの顔に笑みが広がった。

「アマリ、きみの魔力《まりょく》をうばうことになりそうだ」

「ディラン、そうはさせないから」

すぐ後ろにいるディランがうっとうしくて、あたしは一歩大きくはなれた。指輪をじっくりながめようと手をあげてみたが、指輪は消えていた。指に冷たい指輪の存在《そんざい》を感じるから、はめているはずなのに見えない。コズモがゲームについて説明しはじめた。

「グレイトゲームとは、一言でいうと決闘《けっとう》です。おふたりがはめているのは、ゲームの指輪。この指輪には特殊《とくしゅ》な魔術《まじゅつ》がこめられていて、ゲームの続行中は、指輪をはめている者を別の場所へ瞬時《しゅんじ》に移動させる力があります。指輪をきつくにぎるだけで決闘《けっとう》の場へ移動できますし、決闘《けっとう》の場から元の現実にも移動できますし、元の現実でも移動に使えます。

そして決闘《けっとう》に勝利すれば、その場にある勝者の指輪を獲得《かくとく》できます」

あたしは、ごくりとつばを飲みこんだ。この指輪は瞬間《しゅんかん》移動《いどう》装置《そうち》ってこと？　眠《ねむ》っている間にうっかり指輪をにぎっちゃったら、どうなるの？

コズモがあたしとディランのほうを見ながら説明をつづけた。

「指輪は最大で五回、熱を持つことで、決闘《けっとう》の開始を知らせます。決闘《けっとう》は回数をかさねるごとに、勝者の指輪の獲得《かくとく》がむずかしくなります。そして勝者の指輪を三つ、先に獲得《かくとく》したほうが勝者となり、冠《かんむり》を手に入れることになります。ただし、もし片方《かたほう》の魔術師《まじゅつし》が対戦相手の魔術師《まじゅつし》の魔力《まりょく》をうばうことに成功したら、その時点でゲームは終了《しゅうりょう》。その場合、魔力《まりょく》をうばった側の魔術師《まじゅつし》が冠《かんむり》にふさわしい勝者となります」

去年、ディランがモローの魔力《まりょく》をうばったときのことを思いだし、全身にふるえが走った。あのとき、モローはくずれて粉となった。

「でも……魔力《まりょく》をうばわれた魔術師《まじゅつし》は、命までうばわれかねないんじゃないんですか？」

あたしの質問に、コズモはうなずいた。

「はい。だからこそ、先ほども言ったように、これは臆病者《おくびょうもの》や気弱な者には向かないゲームなのです」

あたしは、またマリアのほうをちらっと見た。いま、マリアがなにを考えているのか、想像がつかない。マリアはあたしを守ると、お兄ちゃんに約束した。けれどマリアにとってディランは、やはりかわいい弟――。どれだけむごい状況《じょうきょう》になろうと、あたしはディランの魔力《まりょく》をうばわない、と心に誓《ちか》った。勝つために怪物《かいぶつ》となる道は、ぜったい選ばない。

けれどこっちに向けられたディランの目を見るかぎり、同じ考えとは思えなかった。なにせディランは前に戦ったとき、あたしの魔力《まりょく》をうばおうとした。おまえのせいで暗黒の魔窟《まくつ》に追いやられた、とあたしをうらむ前のことだ。コズモがさらに言う。

「ゲーム開始の前に、あとひとつ、守っていただくことがあります。それは秘密厳守《ひみつげんしゅ》の誓《ちか》いです。おふたりとも、今夜ここにいない人物に、ゲームの存在《そんざい》を明かさないと誓《ちか》っていただきたい。よろしいですかな?」

「ええ、誓《ちか》いますよ」と、ディランが言い、

「はい、誓《ちか》います」と、あたしもくりかえした。もちろん、守る気はない。エルシーにはすべて伝えるつもりだ。

「では、どうか気をつけて。この広間をはなれた瞬間《しゅんかん》から、ゲームは正式に開始となります。細心の注意をはらって勇敢《ゆうかん》に戦い、冠《かんむり》にふさわしい実力を見せていただきたい」

ディランがあたしに近づいてきた。

「アマリ、せいぜい気をつけるんだな。復讐《ふくしゅう》させてもらうよ」

ディランは本気だ。背筋《せすじ》に寒気が走る。ディランは一歩さがり、そのまま消えた。

マリアのオフィスに瞬間移動《しゅんかんいどう》したあと、長い間、あたしもマリアも無言だった。おたがい、さっきのできごとに圧倒《あっとう》されていた。

あたしは、くちびるをきつくかんで考えた。さっきのマリアの形相を見るかぎり、あたしにグレイトゲームに参加してほしくなかったのはまちがいない。

「マリア、怒《おこ》っているのはわかるけど――」

「アマリ、待って。少し時間をちょうだい」

マリアは椅子《いす》にぐったりとすわり、手で顔をおおった。あたしは、かまわずつづけた。

「あたし、勝ってみせます。ディランの魔力《まりょく》をうばわずに勝ちますから、心配しないで」

「心配するに決まってるわよ。アマリ、わかってる？　これは局の適性検査じゃない。適性検査なら最悪でも落ちて家に帰されるだけだけど、今回はちがう。ナイトブラザーズが先《さき》の大戦に負けたのは、ウラジーミルとモローがたがいの魔力《まりょく》をうばうことなく、魔力《まりょく》をあわせる道を選んだからだと、ウラジーミルは信じている。だからこのゲームは、ふたりの魔術師《まじゅつし》が生き残ることを前提としてない。決闘《けっとう》の場は、現実ではありえないような場所のはず。いつ死んでもおかしくないのよ。なのに私《わたし》には、もう、どうしようもない」

マリアの言葉はあまりに重く、あたしは少し間をおいてからたずねた。

「じゃあ、ディランが冠《かんむり》を受けとって、また戦争を始めたほうがいいって言うんですか？　もしそうなったら、あたしだけでなく、大勢の人が犠牲《ぎせい》になる。あたしの面倒《めんどう》を見るってお兄ちゃんに約束したんですよね。それでも、あたしはやらなきゃいけないんです。勝者の指輪を三つ獲得《かくとく》できれば、お兄ちゃんを助けられるし、戦争だって防げるし」

マリアは、力なく顔をあげた。

「アマリ、あなた、まだ十三歳《さい》なのよ」

「それでも、やるしかないんです」

「アマリ、私《わたし》にどうしてほしい？　ゲームへの参加に賛成するだけでいいの？」

「あたしが勝てるようにしてください。魔術《まじゅつ》を教え始めてくれましたよね。なら、魔術《まじゅつ》で自分の身を守る方法を教えてください」

マリアは目に涙《なみだ》をうかべ、首を横にふった。

「できるかぎりのことはするけど……。アマリ、あなたのことを思うと、こわくてたまらない。あなたがこんな目にあわないよう、どんなことでもすれば良かった……」

あたしは最高の笑顔になるよう、にっこりと笑ってみせた。

「あたしなら、だいじょうぶ。見くびらないでください」

マリアのオフィスを出て、超常捜査部《ちょうじょうそうさぶ》のホールを通りぬけ、エレベーターまでもどった。乗ったエレベーターがルーシーで良かった。

「ピーターズ・ジュニア捜査官《そうさかん》、どうかしましたか？」

「今夜はいろいろあって、大変だったんだ」

「だれか呼《よ》びましょうか？　マグナス捜査官《そうさかん》とか、フィオーナ捜査官《そうさかん》とか、話をできる相手を呼《よ》びましょうか？」

「ううん、いい。ひとりで乗りきるしかないから。全部、あたしひとりにかかってるの」

16 ララの事情

部屋にもどると、エルシーが「さあ、すべて話して」という顔で、あたしのベッドにすわっていた。もちろん、あたしも洗《あら》いざらいしゃべるつもりだ。秘密厳守《ひみつげんしゅ》の誓《ちか》いがあろうとなかろうと、去年の夏とはちがい、今年はエルシーにかくしごとはしない。とくにこれだけ重大なことを、しゃべらずにはいられない。そこで、エルシーのとなりに腰《こし》かけて切りだした。

「どこに行ってたか、知りたいよね？」

エルシーがうなずく。

「アマリのオーラは、いま、真っ黄色よ。なにをそんなにおびえてるの？」

あたしは深呼吸《しんこきゅう》して、話しはじめた。

「話せば長くなるんだけど、要するに……」

そのとき透明《とうめい》で見えない指輪が指に食いこみ、あたしは声が出なくなった。すわったまま口をぱくぱくさせるだけで、言葉がぜんぜん出てこない。

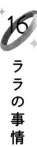

「こ……声が出ない」

正直にそう言うと、エルシーは不満そうに片方《かたほう》のまゆをつりあげた。

「声が出ないって……いま、しゃべったじゃない」

もう一度、グレイトゲームのことを伝えようとしても結果は同じで、指輪が指にきつく食いこみ、声が出なくなる。むりやり声を出そうとしても、のどがいたくなるだけ。しかも声を出そうとするたびに、指輪のしめつけも少しずつきつくなっていく。

エルシーはわけがわからないようすで、ひたすらあたしを見つめていた。

「アマリ、だいじょうぶ？」

いっそ、絶叫《ぜっきょう》したい。あたしは、ようやく思い知った。大親友のエルシーにグレイトゲームについて打ちあけるという選択肢《せんたくし》は、ウラジーミルに封《ふう》じられた。指輪の反応は偶然《ぐうぜん》じゃない。グレイトゲームのことは秘密《ひみつ》にする、という秘密厳守《ひみつげんしゅ》の誓《ちか》いをあたしがやぶらないよう、指輪が阻止《そし》したのだ。ゲームの指輪を引きぬこうとしても、びくともしない。

「んもう、とれない！」

「ちょっとアマリ、なにがとれないの？　どうしちゃったのよ？」

「エルシーに話そうとしてるのに、話せないんだってば！」

あたしはいらついてうめき、パニック状態でペンと紙をさがした。話せなくても、書くことならできるかも。

「アマリ、笑えないんだけど。本当にどうしちゃったの？　行き先も言わずに飛びだして、ようやく帰ってきたら、今度はぜんぜんしゃべれないふりをして」

「ふりじゃなくて、本当にしゃべれないの！」

エルシーの白衣にさしてあるペンに気づき、手をのばしてとった。エルシーにわかってもらえるのなら、自分の手に書けばいい。けれどその前に、エルシーは立ちあがった。

「おたがい、かくしごとはしないって決めたと思ってた。去年はアマリがかくしごとをしたせいで、ディランにまんまと黒本をぬすまれたのに」

エルシーの言っていることの意味がわかるまで、少しかかった。

「待ってよ、エルシー。ディランが黒本をぬすんだのはあたしのせいだって言ってる？」

エルシーはむくれた声で静かに言った。

「ううん。そこまでは言ってない」

「ディランが魔術師《まじゅつし》なのは知ってたけど、その秘密《ひみつ》を守ったせいで、あたしが黒本をぬすむ手助けをしたってこと？　だとしても、ディランの暴走をとめたのもあたしだよ」

エルシーは首を横にふった。

「けんかをふっかけてるわけじゃない。ただ、アマリをそばで支えたいだけ。アマリがおびえているのがオーラで見えるから。ひょっとして、前に話していた魔術師《まじゅつし》たちのせい？」

うなずこうとしたけれど、今度は首が動かない。秘密厳守《ひみつげんしゅ》の誓《ちか》いのせいで、うなずくことすらできないなんて。んもう、ホントに、なんなのよ！

あたしのいらだちがエルシーに伝わっていないのは、顔を見ればわかる。エルシーは、あたしが自分の意思で話さないと決めたと思ってる。あるいは、いたずらだと思ってる？

ぜったいちがう。大親友のエルシーにかくしごとをするはずがない、と信じてほしい。

グレイトゲームについて、エルシー以上に打ちあけたい人は、本当にひとりもいない。

けれどエルシーは、自分のベッドにもどっていった。

「あっそ。アマリにとってわたしは、そのていどの相手なのね」

その一言で、あたしの中のいらいらが爆発《ばくはつ》した。

「そっちだって、オックスフォード大学のことを秘密《ひみつ》にしてたくせに！」

エルシーがいきおいよくふりかえる。

「それは、アマリとはなればなれになるのがつらかったから！　一度でもそんなふうに考えたことある？　世の中はアマリを中心に動いているわけじゃないのよ」

あぜんとした。そこまで頭がまわらなかった。そう気づいて、いっそう落ちこんだ。

「エルシー……いまは、そっとしといてくれる？」

すると、今度はエルシーがどなった。

「わかったわよ！　アマリがそうしたいなら、いいわよ、それで」

部屋の電気が消され、あたしのほおを涙《なみだ》がつたった。どうしたらいい？　どう感じたらいい？　わかるのは、ひとりぼっちでお手上げ、ということだけ。

あやまったほうがいい？　ごめんね、という言葉がのどまで出かかった。でも考えてみれば、エルシーがあたしに腹《はら》を立てている状態は理想的かも。でなければ、エルシーはしつこく秘密《ひみつ》を探《さぐ》ろうとするし、もし探《さぐ》りあてたら、勝者の指輪をいっしょに見つけに行くと言いだすに決まってる。どんなに危険《きけん》でも、あたしを助けようとする。それだけは、ぜったいにさけたい。グレイトゲームは、あたしひとりの試練。エルシーまで巻《ま》きこむわけにはいかない。大切な友だちだからこそ、守らないと。エルシーは、大切な大親友だから。

翌朝《よくあさ》、起きたとき、エルシーはすでにいなかった。食堂に行ったらみんな来ていて、あたしが最後だとわかった。エルシーのため、身の安全をはかるために、エルシーを遠ざけておく。あたしは食堂にむかいながら、そう心を決めていた。

だからトレイをとってこっちへ来ようとするエルシーに気づいたとき、わざと反対方向へ移動した。エルシーはけんかが大の苦手だから、とことん話しあおうとするだろう。でも、グレイトゲームのことは話したくても話せない。結局、またけんかになるだけだ。

頭ではわかっていても、エルシーの傷《きず》ついた顔を見ると、心がおれた。とにかくエルシーのためにはこれでいいんだ、こうするのが一番なんだと、自分に何度も言いきかせた。

でも食堂でエルシーといっしょにすわれないなら、だれと食べればいい？　ジュニア捜《そう》査官《さかん》のテーブルは、すでにトリスタンとベアが席についているから、ありえない。

あーあ、今年のサマーキャンプも、あっという間に去年と同じ状況《じょうきょう》になっちゃった。

そのとき、携帯電話《けいたいでんわ》がメッセージを受信してバイブした――〈送信者：ヴァンクイッシュ・マリア　今朝、プリヤと話をした。もし私《わたし》たちが時間停止現象を解除《かいじょ》して、ベインを首相の座《ざ》から引きずりおろせば、プリヤはグレイトゲームをキャンセルする緊急《きんきゅう》動議を出して、投票に持ちこんでくれるって。多くの人は、戦争を望んでいないから〉

あたしは、すぐに返信した。

〈送信者：アマリ　朗報《ろうほう》ですね。私《わたし》たち、ということは、あたしを助けてくれるんですよね？　ハーロウとベインを出しぬく方法を思いついたとか？〉

それほどたたずに、マリアから返信がとどいた。

〈送信者：ヴァンクイッシュ・マリア　いま、やっているところ。くわしくは個別指導のときに〉

食堂のはるか向こうに、空席をひとつ見つけた。イエティが局に来たときにいつも使うせいで、つねに故障中《こしょうちゅう》のトイレのそばの席だ。その席にはメリットもある。あたしが気になるくせに見ないふりをしたり、ディランの脱獄《だつごく》について聞きに来たりする子がいない、というメリットだ。おかげで、ひとりでじっくりと考えられる。

マリアのメッセージによると、ディランに冠《かんむり》をわたさないためには、やはり時間停止現象を解除《かいじょ》するのが一番の近道だ。マリアが助けてくれるなら、本当に解除《かいじょ》できるかも。

うん、うまくいけば、完璧《かんぺき》な解決策《かいけつさく》。

でも、お兄ちゃんは救えない。連盟《れんめい》の多くの魔術師《まじゅつし》と同じように、あたしも戦争を望んでいないとわかってもらえたら、魔術師《まじゅつし》たちも気を変えて、お兄ちゃんを助けてくれるかも。いまは信用されなくても、行動で信用を勝ちとればいい。

でもグレイトゲームで命を落としたら、それどころじゃなくなる。決闘《けっとう》って、どんなもの？　マリアは危険《きけん》だと言っていたけど、対策《たいさく》を立ててくれるだろう。とにかくディランに魔力《まりょく》と命をうばわれ、ゲーム終了《しゅうりょう》前にディランの勝利が決まるのだけはさけないと。

きのう「勝ってみせる」と言ったときは、本心というよりマリアを安心させるためだった。けれど今日は、勝てると本気で信じられるようになるまで、何度も自分に言いきかせた。ディランには、すでに一度勝っている。第一のゲームが終われば、勝っても負けても、とりあえず決闘《けっとう》の中身はわかる——。

そのとき、むかいの席にララがすわったので顔をあげたら、いきなり言われた。

「なぜわたしをパートナーに選んだのか知らないけど、フィオーナ捜査官《そうさかん》に変更《へんこう》をもうしでたら、断られた」

「はあ？　パートナーにしてあげたのに、裏《うら》であたしを見すてようとしたわけ？」

「同情でパートナーに選ばれるなんて、本気でいやだから。他人の情けにすがる気はないから。べつに助けてもらわなくても、わたしにはジュニア捜査官《そうさかん》の実力があるし」

「べつに、同情なんかしてないけど」と言ったら、ララはきょとんとした。

「えっ、ちがうの？」

あたしは、ワッフルにシロップをたっぷりかけながら答えた。

「ぜーんぜん。ララは甘《あま》やかされて、思いあがった、ただの意地悪な――」

ララはとちゅうでさえぎった。

「はいはい、わかってる。たしかに去年は意地悪だったとみとめるわ。因果応報ってほんとにあるのね」

あたしは思わずクスッと笑った。おどろいたことに、ララも赤くなってにやりとする。

「じゃあ聞くけど、アマリはなんでわたしを選んだの？」

「トリスタンをぎゃふんと言わせたかっただけ。あいつ、ララのこともきらってるよね」

「なるほどね。でも……」ララの顔がかげったので、あたしは聞いてみた。

「なによ？」

「わたし、今年の夏は、なにがなんでも良い成績をとらないといけなくて。じゃないと、パパが激怒《げきど》する。ディランとお姉ちゃんが魔術師《まじゅつし》だと知って以来、パパは事実上あのふたりと縁《えん》を切った。つまりヴァン・ヘルシング家の伝統をひきつぐのは、わたしひとりってわけ。で、認《みと》めたくないけど、わたしにはパートナーがぜったいに必要。だからアマリとペアになることが決定した以上、助けあえるんじゃないかと思って」

「助けあえるって、どんなふうに？」

「わたしは、ジュニア捜《そう》査《さ》官《かん》としての実力を見せつけるチャンスがほしい。くだらない難《なん》癖《くせ》をつけられて、去年の適性検査で失格となったことは知れわたってるし。でもパートナーがいなければ、実力を見せつけるなんてほぼ不可能。アマリだって、授業でジュニア捜《そう》査《さ》官《かん》の先輩《せんぱい》たちについていくには助けがいるんじゃない？　これまでずーっと訓練を積んできたわたしなら、助けてあげられるわよ」

あたしは椅子《いす》の背《せ》にもたれかかった。悪い取引じゃない。でもララを見るとどうしても、去年の強烈《きょうれつ》ないじめっ子の面影《おもかげ》がよぎる。

「つまりそれって、ララを信用しろってことよね。それはどうかな」

ララがたじろぐ。

「じゃあ、アマリ、なんでも聞いて。正直に答えるから」

あたしは身を乗りだし、テーブルに両ひじをついて、確認《かくにん》した。

「本当に、なんでもいいの？」

ララが、ごくりとのどを鳴らしてうなずく。

「じゃあ聞くけど、去年のサマーキャンプで適性検査に落ちたのに、どうしてジュニア捜《そう》査《さ》官《かん》になれたの？」

ずばりと切りこんだら、ララはうめいてから答えた。

「去年の十二月、パパにオーストラリアの局のサマーキャンプに強制的に参加させられ、再挑戦《さいちょうせん》したの。オーストラリアの十二月は夏だからね。で、合格したとたん、パパがまたアメリカの局に移転手つづきをした。先に言っとくけど、ジュニア捜査官《そうさかん》の適性検査に正式に合格したことは、だれにも知られたくない。パパがやっきになってそこまでしたことのほうが、去年落ちたことより、はるかに恥《は》ずかしいから」

「オーストラリアで合格したのに、アメリカでジュニア捜査官《そうさかん》になるって、問題ないの？」

ララはため息まじりに答えた。

「問題ありに決まってるじゃない。今年はサマーキャンプの初日にクロウ局長に失格を言いわたされるって覚悟《かくご》してた。というか、そうしてほしかった。けれどパパがクロウ局長を飛びこして、首相府に特別な許可を申請《しんせい》しちゃったの。まあ、何か月もなしのつぶてだったけど。なのにベインが首相になったとたん、急に許可がおりて参加できた。いかさまよね」

なるほど。だからララは、ずっと居心地が悪そうだったのか。あたしはテーブルをコツコツとたたきながら、さらに言った。

「ふーん、そうなんだ……。なんでも聞いてって、さっき言ったよね？」

ララは、いまにも吐《は》きそうな顔をしていた。

「いいわよ。聞いて」

「じゃあ、去年のサマーキャンプで、あたしの部屋に、心臓《しんぞう》に杭《くい》が刺《さ》さった黒人の少女の絵を描《か》いたのはだれ？」

「あれは、本当に、わたしじゃない」

ララは早口で答えたけれど、納得《なっとく》できるわけがない。あたしの表情を読んだのか、ララはつけくわえた。

「まあ、その……言いだしたのは、わたしだけど。あんたをおどして、やめさせたかったから。でも、まさかキルステンが本当に描《えが》くとは思ってなかった」

キルステンというのは、ララの去年のパートナーだ。

「キルステンは、いま、どうしてるの？」

「今年のサマーキャンプでスパイ機密部《きみつぶ》の適性検査を受けてる。魔術師《まじゅつし》がふたりもいる部《ぶ》署《しょ》にはいたくないって。お姉ちゃんとディランが魔術師《まじゅつし》だとわかってからは一言もしゃべってない。っていうか、友だちだと思ってた子は、ひとり残らず、はなれていったわ」

去年、あたしがララにさんざん見せられた地獄《じごく》を、今度はララが味わっているわけだ。ざまあみろ、と思う気持ちがないと言ったらうそになる。でもジュニア捜査官《そうさかん》として腕《うで》を上げられたら、グレイトゲームの役に立つかもしれない。とくにララが、あたしのスカイスプリントとスタンスティックの技をみがいてくれるなら。ララの姉のマリアに面倒《めんどう》を見てもらっているから、恩《おん》がえしの意味でも、ララと仲良くするように努力したほうがいい。深呼吸《しんこきゅう》してから、ララの目を見つめた。ララは、パートナーとして協力したいという自分の提案を、あたしがはねつけると覚悟《かくご》しているようだ。

「ララ、友だちになる約束はできない。でも最高のパートナーになる約束ならできるよ」

ララはびっくりし、顔がパッと明るくなった。あたしは、さらにつけくわえた。

「ララ、あんたを信じるために、最大限の努力をする。だから、たのむから、あたしの期待をうらぎらないで」

ララはフンとでも言いそうな顔でうすく笑い、あごをツンとそらした。ここに来て初めて見た、ララらしい態度だった。

「じゃあ、アマリ、決まりね」

17 初任務

ララといっしょに朝食を食べ終えると、エレベーターのウィスパーに乗って超常捜査部《ちょうじょうそうさぶ》に向かった。ララによると、ウィスパーはこの一年のどこかでコメディアンになると決めたらしい。もともと〝ささやき〟という意味の名前のくせに、いつも絶叫《ぜっきょう》モードでまともじゃないけど、まだ物足りないらしく、エレベーターの中でしょうもないジョークをわめきちらした。

ようやく超常捜査部《ちょうじょうそうさぶ》に到着《とうちゃく》すると、ロビーを通過して、U《ユー》字型のメインホールに進んだ。今日は初の実地訓練。いよいよ現場に出て、捜査官《そうさかん》らしい仕事をする。スケジュールによると、オペレーション室に行って指導員の捜査官《そうさかん》と合流し、初仕事にとりかかることになっていた。

超常捜査部《ちょうじょうそうさぶ》のジュニア捜査官《そうさかん》にとって、オペレーション室が最重要の部屋なのは常識だ。オペレーション室は全世界で遂行中《すいこうちゅう》のあらゆる任務を部長と副部長が監督《かんとく》する、いわば部の拠点《きょてん》にあたる。オペレーション室にはコンピューターだらけの長いテーブルがいくつもあり、今日も大勢の局員たちがすわっていた。ガラス張りではない三つの壁《かべ》はそれぞれ巨《きょ》大《だい》なスクリーンにおおわれていて、航空宇宙局《うちゅうきょく》のコントロール室みたいだといつも思う。ふだんなら三つのスクリーンは同時進行中の別任務を映《うつ》しているのだけど、今日は三つとも同じ巨大《きょだい》生物を映《うつ》していた。

この巨大《きょだい》生物の正式名称《めいしょう》は「カルコル」だけど、大多数の局員は「終末兵器ヌルヌルン」というあだ名で呼《よ》んでいる。ふざけた名前だと笑われそうだが、実際は笑い話どころじゃない。七大ビーストのなかでカルコルは二番目に危険《きけん》な生き物だ。カルコルより危険《きけん》なのは、忌《い》まわしきイエティしかいない。動きまわるカルコルをスクリーンごしにながめると、その危険《きけん》さがよくわかった。カルコルは巨体《きょたい》かつ史上最強のドラゴンで、全身がぬるぬるとしたスライムにおおわれ、背中《せなか》にカタツムリのような巨大《きょだい》な殻《から》を背負《せお》っていて、口から原子爆弾《ばくだん》級の放射線《ほうしゃせん》ビームを吐《は》ける、超《ちょう》ド級のバケモノだ。

不安そうな顔でオペレーション室の壁《かべ》ぎわにならぶジュニア捜査官《そうさかん》の列に、ララとあたしは強引にわりこんだ。オペレーション室の中央から、マグナス捜査官《そうさかん》が声を張りあげる。

「おいおい、そろいもそろって、おびえるな」

マグナス捜査官《そうさかん》のジャケットには、お兄ちゃんの病室で再会したときにはなかった、新しい銀色の名札がついていた。銀色の名札をつけられるのは副部長だけのはず。いつ、昇《しょう》格《かく》したんだろう？　マグナス捜査官《そうさかん》がつづけた。

「きみたちジュニア捜査官《そうさかん》には、捜査官《そうさかん》としての心構えを少しずつ身につけられるよう、初日には楽な任務をわりあてる予定だったんだが、やむなく計画変更だ。世界中の捜査官《そうさかん》が脱獄《だつごく》したディラン・ヴァン・ヘルシングの捜索《そうさく》にかりだされ、冬眠《とうみん》から覚めたカルコルに対応できる捜査官《そうさかん》が不足している。そこできみたちには、カルコルが地上に出る前に洞窟《どうくつ》におしもどそうと奮闘《ふんとう》している、ヨーロッパの捜査官《そうさかん》チームと超常体管理部《ちょうじょうたいかんりぶ》の支援《しえん》に入ってもらう」

あたしは脱獄中《だつごくちゅう》のディラン本人と会ってるけど、秘密厳守《ひみつげんしゅ》の誓《ちか》いのせいで話せない。そもそもいまは世界のどこにいるかわからないので、役に立たない。

ベアが泣きそうな声で言った。

「カルコルって、無敵《むてき》なんじゃないんですか？　本にそう書いてありましたけど」

マグナス捜査官《そうさかん》がうなずく。

「ああ、カルコルは全身を厚さ約三メートルのスライムの層《そう》におおわれている。今回の任務の目的は、カルコルに傷《きず》を負わせることじゃない。それは不可能だ。カルコルのゆいいつの弱点は、カタツムリと同じくらい超《ちょう》スローペースでしか動けないこと。だからカルコルにいやがらせをし、いらつかせることで、我々《われわれ》と戦うのにいや気がさし、自ら地下の洞窟《どうくつ》にもどるようにしむける。できれば、なにも破壊《はかい》せずにやってもらいたい」

ベアが身ぶるいした。ほかのジュニア捜査官《そうさかん》も多くが不安そうな顔をし、ララでさえぞっとしている。満面の笑みをうかべているのは、マグナス捜査官《そうさかん》だけだ。

「おいおい、みんな、どうした？　スーパーヒーローになりたいんじゃないのか？　絶好のチャンス到来《とうらい》だぞ。名前を呼《よ》ばれた者は、指導員となる捜査官《そうさかん》と引きあわせるので、ここに来るように。あとは指導員の指示どおりに動くこと。いいな？」

マグナス捜査官《そうさかん》が名前を読みあげ、ジュニア捜査官《そうさかん》のペアにひとりずつ、シニア捜査官《そうさかん》をわりあてていく。あたしは、胸《むね》をドキドキさせながら呼《よ》ばれるのを待った。ララはどうか知らないけど、あたしは今朝起きたとき、七大ビーストのひとつと戦うなんて夢にも思っていなかった。カルコルのかん高い声がスピーカーからひびくたびに、全員ビクッとしている。

ジュニア捜査官《そうさかん》とシニア捜査官《そうさかん》の呼《よ》びだしが進み、とうとうあたしとララだけが残った。マグナス捜査官《そうさかん》が名簿《めいぼ》をたたみ、ジャケットのポケットにしまって、声をかけてきた。

「きみたち三人は、今日はおれと組んでもらう」

「えっ、三人？」

あたしは、きょろきょろしながら質問した。もうひとりのジュニア捜査官《そうさかん》はどこ？　ララもきょとんとしている。マグナス捜査官《そうさかん》が説明した。

「今年の夏は、例年とは少しちがうやり方になる」

そのとき初めて、机《つくえ》に腰《こし》かけていたトリスタンが自信満々《じしんまんまん》の顔つきで立ちあがった。あたしはいやな予感がし、警戒《けいかい》して目を細めながら言った。

「まさか――」

けれどマグナス捜査官《そうさかん》は、抗議《こうぎ》しかけたあたしの言葉をさえぎった。

「これはヴァン・ヘルシング部長じきじきの命令だ。おれをうらむな。それにだ、今年は例外的にジュニア捜査官《そうさかん》の人数が奇数《きすう》なので、一組はどうしても三人のチームになるしかない」

あたしもララもトリスタンをにらみつけた。よりによってヴァン・ヘルシング部長が、なぜあたしのチームを決めるわけ？

トリスタンはあたしたちを無視《むし》し、さっそく超常力《ちょうじょうりょく》を発揮《はっき》して床《ゆか》から数センチうきあがり、マグナス捜査官《そうさかん》に話しかけた。

「教官、ぼくなら上空に飛んで、カルコルの状態を報告できますよ」

「へーえ、わたしなら、あんたが宙《ちゅう》を飛ぶ前に、カルコルの周囲を一周できるわ」

ララが小バカにしたように言う。ララの超常力《ちょうじょうりょく》は、超人的《ちょうじんてき》な運動能力だ。

「よく言うよ」と、トリスタンも見下したように言いかえす。

あたしは無言で、ふたりを交互《こうご》にながめていた。トリスタンとララは、ひと夏、自分のほうが上だと自慢《じまん》しあうに決まってる。今年は小競りあいの夏となりそうだ。

マグナス捜査官《そうさかん》が、ため息をついて切りだした。

「三人とも、よーく聞いてくれ。じつは悪い知らせがある。ディランが脱獄《だつごく》したせいで、新首相のベインは、きみたち三人の任務を局の近くに限定することで、アマリをできるかぎり守るべきだと判断した」

穴《あな》があいた風船のように、トリスタンがみるみるしぼんでいく。

「ええっ、アマリのせいで、カルコルと戦えないっていうんですか？　カルコルは十年に一度しか目を覚まさないのに！」

「ま、そういうことだ」

マグナス捜査官《そうさかん》がうなずくと、ララが腕《うで》を組んで質問した。

「じゃあ、わたしたちには、なにをしろと？」

マグナス捜査官《そうさかん》は、急にきまり悪そうな表情をうかべた。

「まあ、その……地元のビルに無用者《むようもの》が一体ひそんでいるという通報があってな。無用者《むようもの》はこの都市から追放するとベイン首相が決めたので、そのアパートの無用者《むようもの》を立ち退《の》かせるのが、今回のおれたちの任務だ」

「それって、強制的に退去《たいきょ》させるってことですか？」

あたしがそうたずねると、トリスタンが言った。

「法律《ほうりつ》どおりの措置《そち》だ。この都市に、無用者《むようもの》の居場所はないんだよ」

「じゃあ、ベイン首相があたしにも居場所はないって決めたら、どうなるんです？　あたしも追放するんですか？」

あたしのこの質問には、だれも答えようとしなかった。トリスタンですら、顔をそむけている。しばらくして、ようやくマグナス捜査官《そうさかん》が口をひらいた。

「とにかくだな、現地に行ってみて、それからどうするか、決めるとしよう」

トリスタンとララがうなずくのを見て、あたしもうなずいた。あたしのせいでトリスタンとララががっかりしているのを見ると、やはり後ろめたい。こんな任務はだれも望んでいない。

マグナス捜査官《そうさかん》がドアのほうへ歩きはじめた。

「まずは立ちよる場所がある。ついてこい」

言われたとおりについていき、メインホールに出た。ふだんはじゃまにならないよう、行き交う捜査官《そうさかん》たちを必死によけるけど、マグナス捜査官《そうさかん》がメインホールの中央を歩くと、捜査官《そうさかん》たちのほうが道をあけている。うわあ、上官ってサイコー、と本気で思いながら、あたしはマグナス捜査官《そうさかん》に質問した。

「これからは副部長って呼《よ》んだほうがいいですか？」

「いや、これまでどおり、マグナス捜査官《そうさかん》か教官でいい。今後もおれは、副部長より捜査《そうさ》官《かん》という立場のほうを優先《ゆうせん》する」

そのとき、フィオーナ捜査官《そうさかん》がある部屋から出てきて、あたしたちに気がついた。というか、あたしたちではなく、マグナス捜査官《そうさかん》ひとりに目をとめ、マグナス捜査官《そうさかん》と目があったとたん、ぽっと赤くなり、そそくさと立ちさった。

あたしは思わずララと顔を見あわせた。燃えるように赤い髪《かみ》のせいでレッド・レディーとの異名《いみょう》を持つ、つねに気迫《きはく》に満ちているあのフィオーナ捜査官《そうさかん》が赤くなるなんて、なにごと？　あたしは、がぜん興味がわいてきた。

「あのう、マグナス捜査官《そうさかん》？」

マグナス捜査官《そうさかん》がふりかえらずに返事をする。

「おう、なんだ？」

「副部長に昇進《しょうしん》しても、フィオーナ捜査官《そうさかん》とはまだパートナーを組んだままですか？」

すると、マグナス捜査官《そうさかん》の首がいきなり真っ赤になった。

「いや、いまはちがう。じつはだな、信じがたいかもしれないが、おれとフィオーナ捜査《そうさ》官《かん》は人生のパートナーになると決めた。つまり、結婚《けっこん》するってことだ」

「えーっ、プロポーズしたんですか？」と、ララが息をのみ、

「えーっ、受けてもらえたんですか？」と、あたしもつけくわえる。

マグナス捜査官《そうさかん》はむっとしていた。

「そんなに目をむかなくても良かろうが。フィオーナが才色兼備《さいしょくけんび》で唯一無二《ゆいいつむに》の女性なのは、よーくわかってる。おれは、まあ、こんなもんだ。だがな、フィオーナにふさわしい男だ

と、これから証明してみせる。その点はいっさい心配するな」

「ワーオ！」

あたしとララは同じタイミングで声をあげた。

「プロポーズの言葉は？」と、またララが質問し、

「ロマンチックなプロポーズ？」と、すかさずあたしも質問し、

「そんなことより、婚約《こんやく》指輪の大きさは？」と、ララがさらに切りこんだ。

マグナス捜査官《そうさかん》はすっかりまごつき、片手《かたて》で髪《かみ》をすいていた。

「どうしても知りたいなら教えてやるが、初デートの場所に連れていって、フィオーナの父親に祝福されながら、フィオーナの家に代々《だいだい》ひきつがれてきた指輪を――」

そのとき、トリスタンが話をさえぎった。

「お話の最中にすみませんが、任務に集中したほうがいいんじゃないですか？」

マグナス捜査官《そうさかん》は咳《せき》ばらいをし、背筋《せすじ》をのばして言った。

「ああ、そうだな。目の前の任務に集中しよう。めざす場所はこの先だ」

ほんの一時でも、あわれな無用者《むようもの》を追放するという任務から気をそらせて楽しかった。

めざす場所とは、魔術科学部《まじゅつかがくぶ》だった。ドアをあけると、らせん階段《かいだん》が二階までのびている。あたしは考える前に質問していた。

「開発室に行くんですか？」

マグナス捜査官《そうさかん》がうなずく。

「ああ、そうだ。きみとララには、実地訓練の準備が必要だからな」

興奮《こうふん》し、期待で胸《むね》がふくらんだ。魔術科学部《まじゅつかがくぶ》の開発室の正式名称《めいしょう》は捜査官支援課《そうさかんしえんか》といって、超常捜査部《ちょうじょうそうさぶ》の捜査官《そうさかん》用にユニークな道具を開発している。あたしはまだ一度も行ったことがないけれど、これまでエルシーから話はたっぷり聞いてきた。エルシーはここで、天才レベルの発明力という超常力《ちょうじょうりょく》をフル活用している。

そうだ、エルシー！　興奮《こうふん》が急速に冷めた。いま、エルシーが開発室にいたりする？

三人のあとから、らせん階段《かいだん》をのぼっていった。開発室は想像とはぜんぜんちがっていた。宝石店《ほうせきてん》のように壁《かべ》にそって細長いガラスのショーケースがならび、あらゆる道具が展《てん》示《じ》してあって、道具ごとに使用法の解説ビデオが流れている。

「こっちだ」

マグナス捜査官《そうさかん》はメインカウンターのほうへあたしたちを呼《よ》びよせ、呼《よ》び鈴《りん》をおした。

「はーい、いま行きまーす！」という声がかえってくる。

ギクッとした。あの声はエルシーだ。

数秒後、エルシーが奥《おく》の部屋からふらふらと出てきて、カウンターの奥《おく》に立った。焦《こ》げ茶色の巻《ま》き毛がいまはツンツンに立っていて、メガネは横にかたむいている。エルシーはにこにこしながら、メガネをかけなおした。

「すみません！　さっきの爆発《ばくはつ》はわざとなんです。雷雨《らいう》は完全に予想外でしたけど」

「くわしい説明を聞きたいところだが、おれにはちんぷんかんぷんだろうな」

マグナス捜査官《そうさかん》がそう言うと、エルシーはさらにニコッとした
「ええ、たぶん。ところで、今日はどんな道具をお探《さが》しですか？」

「たいした道具じゃない。変装《へんそう》道具のリステッチャーを二個。新人のヴァン・ヘルシングとピーターズは、今日が実地訓練の初日なんだ」

あたしの名前を聞いたとたん、エルシーはそわそわとあたりを見まわし、一番奥《おく》にかくれたあたしに気がついた。エルシーは他人の感情をオーラで読めるけど、エルシーの顔を見れば、あたしも一発で感情を読みとれる。いま、エルシーの顔には怒《いか》りがうかんでいるけれど、それより傷《きず》ついた表情のほうが強い。あたしは後ろめたくてうつむきながら、エルシーのためにはこれでいい、と自分に言いきかせた。

エルシーはマグナス捜査官《そうさかん》に視線《しせん》をもどすと、むりやりという感じで、またにこやかにほほえんだ。

「リステッチャーを二個、すぐに用意しますね」

マグナス捜査官《そうさかん》はなにか感じたのか、けげんそうにあたしのほうをふりかえり、あごひげをポリポリとかきながら声をかけてきた。

「エルシーとは、うまくやってるか？」

あたしは無言で肩《かた》をすくめた。エルシーがふたつの小さい箱を持ってきたので、マグナス捜査官《そうさかん》はまたカウンターのほうを向いた。

「はい、リステッチャーを二個、どうぞ」

エルシーはマグナス捜査官《そうさかん》のほうへ、ふたつの箱をカウンターにすべらせた。

マグナス捜査官《そうさかん》は箱を受けとり、ありがとう、とエルシーに向かって帽子《ぼうし》を軽く持ちあげてから、あたしとララにそれぞれ箱を投げてよこした。

「ほら。あけてみろ」

小さな箱の中には、黒いボタンがひとつ入っていた。これが特殊《とくしゅ》な装置《そうち》？

エルシーが、カウンターの奥《おく》から出てきて説明した。

「このボタンを、ほかのボタンのつづきに見えるように、そでの端《はし》のほうにおいてみて」

あたしもララも言われたとおりにしたところ、ボタンがそでにふれた瞬間《しゅんかん》、ボタンから黒い糸が飛びだし、ひとりでにボタンをジャケットに縫《ぬ》いつけたので、びっくりした。

「えっ、なにこれ……」

エルシーがさらに説明する。

「リステッチャーの使い方は簡単《かんたん》よ。ボタンをおして、どんな服に変装《へんそう》したいか言うだけでいい。一万とおりの服装《ふくそう》がプログラムされてるから」

マグナス捜査官《そうさかん》がエルシーに礼を言った。

「ロドリゲス、ありがとう。あとは現場で教えるとしよう」

エルシーがうなずき、元の部屋へもどっていく。マグナス捜査官《そうさかん》が指示を飛ばした。

「よーし、全員、腕《うで》を組みあえ」

言われたとおりにすると、マグナス捜査官《そうさかん》はそでをめくり、瞬間移動装置《しゅんかんいどうそうち》のボタンをおした。まわりの世界がぐにゃりとゆがみ――。


行き先は知らなかったけど、まさかうす汚《ぎたな》い路地とは思わなかった。トリスタンとララの表情からすると、同じ感想らしい。さっそくトリスタンがマグナス捜査官《そうさかん》にたずねた。

「教官、どんな変装《へんそう》をするんですか？」

マグナス捜査官《そうさかん》はあごひげをなでつつ、そでのリステッチャーのボタンをおして答えた。

「害虫駆除《くじょ》業者だ」

またボタンから糸が飛びだしてきて、ジャケットのそでからちがう素材に変えていく。ダークグレーのジャケットははでなオレンジ色に変わり、あれよあれよという間にまったくちがう制服になっていた。オレンジ色のつなぎの作業服で、胸《むね》に小さな布が二枚縫《まいぬ》いつけてあり、片方《かたほう》には〈ＡＣＭＥ害虫駆除《くじょ》〉、もう片方《かたほう》には〈ボーレガード〉という名前が印刷してある。

ララとトリスタンが変装《へんそう》し、そのあとあたしも変装《へんそう》して質問した。

「あのう、本当に害虫駆除《くじょ》をするわけじゃないですよね？」

ゴキブリが飛んできたら、あたしはただの役立たずだ。答えたのはトリスタンだった。

「あたりまえ。決まってんだろ」

トリスタンはあきれかえった顔をしていたが、ララは必死に笑い声をこらえていた。去年のララなら遠慮《えんりょ》なく大笑いしただろう。それでもあたしは恥《は》ずかしくて、ほおが真っ赤になった。ゴールドスターに選ばれても、捜査官《そうさかん》の任務の知識はララとトリスタンにおよばない。

トリスタンにつづき、マグナス捜査官《そうさかん》が答えた。

「まあ、害虫駆除《くじょ》はしないな。だがおれは前に一度、空手ができる巨大《きょだい》ゴキブリをつかまえようとしたことがあるぞ。あのゴキブリは、おれをぬいぐるみのようにふりまわしやがった」

マグナス捜査官《そうさかん》はそのときのことを思いだしたのか、腰《こし》をさすってから、ついてこい、とあたしたちに合図した。

「目的地はすぐそこだ」

目的地は、全面が反射《はんしゃ》ガラスの近代的な高層《こうそう》ビルだった。入り口のガラス扉《とびら》をのぞきこむと、ドアマンが血相を変えて飛んできた。

「たのむから、目立たないように。ミレニアルビルは害虫だらけとうわさが広まったら……」

「そっと入って出ていきますよ。ベテランなんで、ご安心を。この仕事、長いんで」

マグナス捜査官《そうさかん》がうけあうと、ドアマンはマグナス捜査官《そうさかん》と握手《あくしゅ》した。

「いやあ、助かりますよ」

けれどあたしとトリスタンとララを順番に見て、不審《ふしん》そうに目を細めた。

「こちらは、ティーンエイジャーでは？」

「夏の特別インターンシップでして。刺激的《しげきてき》なキャリアは一刻《いっこく》も早く始めたほうがいいって、いつも言ってるんですよ」

あたしたちも調子をあわせ、うなずいた。ドアマンはめんくらった顔をしていた。

「まあ、害虫駆除《くじょ》が刺激的《しげきてき》と思うなら。他人がとやかく言うことじゃないですけど」

あたしたち四人はきらめくシャンデリアの下を通過し、広いロビーを足早に通りぬけた。どこもかしこも豪華《ごうか》なビルだ。こういうビルは評判を守るのに必死だろう。ドアマンが気の毒になるほど緊張《きんちょう》しているのもうなずける。

角を曲がり、〈関係者以外立入禁止〉と書かれた小部屋に入った。ケーブルとスイッチだらけのうす暗い部屋で、かなり暑い。なにをするのか知らないけれど、早めに終わらせたい。

マグナス捜査官《そうさかん》は奥《おく》の壁《かべ》に耳をつけ、三回ノックした。と、壁《かべ》の向こう側からも三回ノックがかえってきたので、腰《こし》をぬかしそうになった。マグナス捜査官《そうさかん》はまた三回ノックして言った。

「無用者《むようもの》の件で来た、超常捜査部《ちょうじょうそうさぶ》のボーレガード・マグナス副部長です」

うだるように暑い部屋で永遠に感じられるくらい待たされたあと、ようやく壁《かべ》が少しだけスライドし、壁《かべ》の向こうにも暗い部屋があることがわかった。

そのうす暗い部屋から、約十五センチのミニサイズの男性があらわれた。立派《りっぱ》なカイゼルひげをのばし、頭から足先まで鎧《よろい》につつまれている。でもこの鎧《よろい》って、ペプシコーラのボトル缶《かん》？　ヘルメットはボトルのキャップ？　にやけそうになったので、顔をおおってかくした。超常界《ちょうじょうかい》を一年近く見てきたけど、いまだにおどろくことばかりだ。

ミニサイズの男性は右腕《みぎうで》をあげて敬礼《けいれい》し、自己紹介《じこしょうかい》した。

「わしは、ペプシの騎士《きし》のパーシバル卿《きょう》じゃ」

「あのう、コカコーラの騎士《きし》もいるんですか？」

しまった！　また、思ったことをぽろっと言っちゃった！

マグナス捜査官《そうさかん》とトリスタンにぎろりとにらまれ、ララはそでを口にあてて笑い声をおさえている。それでも、パーシバル卿《きょう》はまじめに答えてくれた。

「つねに勇猛果敢《ゆうもうかかん》なコカコーラの騎士《きし》は、すでに忌《い》まわしきモンスター退治《たいじ》に出かけておる。わしは、超常現象局《ちょうじょうげんしょうきょく》からの援軍《えんぐん》を待つために残ったのじゃ」

「で、そのモンスターというのは？」と、マグナス捜査官《そうさかん》がうながす。

パーシバル卿《きょう》はすっと青ざめた。

「あんなにおぞましいモンスターは見たことがない。目がぎろりと光る、影《かげ》のような生き物じゃぞ。史上最強のモンスターじゃ！」

マグナス捜査官《そうさかん》は、あごひげをなでながら言った。

「ううむ、残念ながら、それだけではなんとも。最後に目撃《もくげき》された場所へ案内してください。我々《われわれ》が巡回《じゅんかい》しますので」

「おお、それはまことにありがたい。こっちじゃ」

パーシバル卿《きょう》がうす暗い部屋のほうへ引きかえし、マグナス捜査官《そうさかん》とトリスタンは天井の低い部屋によつんばいで入っていった。あとにララがつづき、壁《かべ》の向こうに消える前に、早く、とあたしのほうへ腕《うで》をふる。あたしもよつんばいになって、暗がりに入りこんだ。

「明かりをつけよ。仲間じゃ」というパーシバル卿《きょう》の声がする。

するとカチッというスイッチの音がし、大量のクリスマスの電球がついて、まぶしいくらいにあたりを照らした。天井の低いその部屋は配管がぐちゃぐちゃに広がっていた。電球がテープで貼《は》りつけられた配管は、それぞれ壁《かべ》の穴《あな》の中へのびている。一本の配管を追って暗い穴《あな》の中をのぞいたら、穴《あな》の先は他人のアパートだった。他人のアパートをのぞくなんて、みょうな気分だ。

そのとき、暗い穴《あな》からとつぜんなにかがあたしの目に向かってきたので、とっさによけたら、ドレス姿《すがた》のミニサイズのレディーがひとり、穴《あな》から飛びだしてきた。ドレスはどう見てもソックスの片方《かたほう》で、手に一本のクレヨンを持っている。そのレディーは楽しそうにクスクス笑いながら配管の上をすばやく走っていたが、あたしの視線《しせん》に気づくとスピードを落として立ちどまり、話しかけてきた。

「あなた、わたしをだれだと思ってる？」

「ミニサイズの人、とか？」

するとミニサイズのレディーの小さな顔が赤くなった。

「んまあ、人ですって？　わたしたちは妖精《ようせい》よ。おあいにくさま」

「えっ、妖精《ようせい》って、羽が生えてるんじゃないですか？」

そう質問したら、レディーの妖精《ようせい》は憤慨《ふんがい》し、クレヨンを落としそうになった。

「飛ばない妖精《ようせい》もいるの。わたしたちは労働者階級の妖精《ようせい》。森で羽音を立てて、きらめく肌《はだ》を見せびらかす、つまらないヒッピーの妖精《ようせい》といっしょにしないで」クレヨンをちらっと見て、つづける。「いろいろ無断で借りてくるって、言われたりもするけれど」

ララがふりむきざまにクスッと笑って言った。

「借りるというより、もらっちゃうんでしょ。だって、かえさないんだから」

ララがまたよつんばいで進みだしたので、あたしも追いかけた。レディーの妖精《ようせい》も、配管から配管へとジャンプしながらついてくる。

「かえさないなんて失礼ね！　自分で使ったり、マーケットで交換《こうかん》したりできないときは、ちゃんとかえすわよ。しかも自分たちのために使うだけじゃない。わたしたち妖精《ようせい》はそれぞれ家庭がわりあてられていて、その家の人たちの面倒《めんどう》を見てるの。たとえば家の人が風《か》邪《ぜ》をひいて、風邪薬《かぜぐすり》を切らしていたはずなのに、なぜか薬の瓶《びん》に一錠《じょう》だけ残っていたとしたら？　それは、わたしたちのおかげってこと」レディーの妖精《ようせい》はわずかに胸《むね》を張った。

「人間に尽《つ》くしてあげた回数は、わたしたちが物を借りた回数より、だんぜん多いわ」

そういえばあたしも、部屋で靴下《くつした》の片方《かたほう》とかお気にいりのペンとか、いろいろなくなったことがあったっけ。

あたしたちはペプシ卿《きょう》のあとについて、別の壁《かべ》にそって進んでいった。すると壁《かべ》のパネルがまたスライドし、赤と白の〝鎧《よろい》〟姿《すがた》でふるえるコカコーラの騎士《きし》があらわれた。さっそくペプシ卿《きょう》が問いかけた。

「忌《い》まわしきモンスターはおったか？」

コカコーラの騎士《きし》がうなずく。

「すぐ背後《はいご》に物音を立てずにあらわれおった。あやうく命を落とすところじゃった！」

マグナス捜査官《そうさかん》がコカコーラの騎士《きし》にたずねた。

「この壁《かべ》の向こうで、そいつを見たと？」

またコカコーラの騎士《きし》がうなずく。

マグナス捜査官《そうさかん》は制服の内側から透明《とうめい》なふせんのようなものを一枚《まい》引きはがし、壁《かべ》に貼《は》りながら説明した。

「こいつはポケットウィンドウといってな。重宝《ちょうほう》するんだ」

最初は意味不明だったけど、目を凝《こ》らしたら、ふせんを貼《は》った部分の壁《かべ》が消え、向こう側が見えることに気がついた。マグナス捜査官《そうさかん》が透明《とうめい》ふせんの両端《りょうたん》を持ってぐーっとひっぱると、あたしたちが通りぬけられるくらいの穴《あな》になったので、びっくりしてつぶやいた。

「へーえ、すごい」

「よし、みんな、ついてこい」

マグナス捜査官《そうさかん》が最初に通りぬけ、あたしたちもそのあとから、〈立入禁止〉と表示された部屋に入った。マグナス捜査官《そうさかん》が説明する。

「ここは機械室だ。機械はどれも危険《きけん》だから、ふれないように気をつけろ」

ここでトリスタンが提案した。

「手分けして探《さが》したほうがいいんじゃないですか」

マグナス捜査官《そうさかん》がうなずく。

「そうだな。おれはこっちを探《さが》すから、きみたち三人はあっちをたのむ。トリスタンが一番経験を積んでいるから、リーダーをまかせる。モンスターに出くわしたら、近づかず、大声を上げろ。おれができるだけ早くかけつける。くれぐれも、ひとりで無用者をたおそうとするな。いいな」

あたしたちはそろってうなずき、マグナス捜査官《そうさかん》は〈危険《きけん》：電気機器〉という標識のほうへ向かっていった。

マグナス捜査官《そうさかん》が見えなくなるのを待って、トリスタンが声を上げて笑った。

「成果をわかちあったらゴールドスターは勝ちとれない。せいぜいがんばれよ！」

ふてぶてしくウインクし、ひとりでさっさと走っていく。

「なによ、もう、信じられない！」

ララもそう言って、ちがう方向へ走っていく。

モンスターが徘徊《はいかい》してるのに、ばらばらになっちゃうの？　あせったけれど、トリスタンは単独行動に決まってるし、ララも実力を証明する気満々《まんまん》なので、どうしようもない。

スタンスティックを懐中《かいちゅう》電灯モードにして、巨大《きょだい》タンクと配管だらけの空間を歩きだした。ブーンという機械音が耳にひびく。ありがたいことに、なにごともなく部屋をつっきれた。そこで数か所を調べようとしたそのとき、黒い影《かげ》がひとつ、壁《かべ》を横断するのが見えた。機械音を上まわる低いうなり声がひびきわたり、全身が硬直《こうちょく》する。

黒い影《かげ》がこっちに向かってきたので、急いで巨大《きょだい》タンクの裏《うら》にかくれた。マグナス捜査《そうさ》官《かん》の指示どおり、助けを呼《よ》ぼうかと思ったけど、大声をあげたらここにいるのがばれて、みんながかけつけてくる前に、うなり声をあげるモンスターに襲《おそ》われる。

うなり声はどんどん大きくなり、がんがんひびきわたった。声からすると、影《かげ》はかなり近くにいるらしい。巨大《きょだい》タンクの反対側まで来てるかも。

だいじょうぶ、アマリ、きっと勝てる。あたしは自分に言いきかせ、スタンスティックを電流モードにしてかまえた。手がブルブルとふるえ、心臓《しんぞう》が早鐘《はやがね》を打つ。

気がつけば、黒い影《かげ》はすぐそこにいた。こうなったら、やるっきゃない。あたしは、覚《かく》悟《ご》を決めて飛びだした。

「動くな！」

B・B・オールストン

アメリカのサウスカロライナ州レキシントン在住。デビュー作の『アマリとナイトブラザーズ』につづき続編の本作品も、『ニューヨーク・タイムズ』紙のベストセラー入りを果たしている。本シリーズは三十カ国以上で出版され、米大手書店バーンズ・アンド・ノーブルの児童書YA部門で最優秀賞に選ばれるなど、さまざまな賞を獲得。現在、ユニバーサルで映画化の話が進んでいる。

橋本恵

東京都生まれ。翻訳家。主な訳書に『ダレン・シャン』シリーズ、『クレプスリー伝説』シリーズ、『分解系女子マリー』(小学館)、『カーシア国三部作』(ほるぷ出版)、『ベサニーと屋根裏の秘密』シリーズ(静山社)、『クルックヘイブン:義賊の学園』(理論社)、『信念は社会を変えた!』シリーズ(あすなろ書房)などがある。

アマリとグレイトゲーム〈上〉

2024年11月25日　初版第1刷発行

作　B. B. オールストン
訳　橋本恵

発行者　野村敦司
発行所　株式会社小学館
〒101-8001 東京都千代田区一ツ橋2-3-1
電話　編集03-3230-5416
販売03-5281-3555
DTP　株式会社昭和ブライト
印刷所　萩原印刷株式会社
製本所　株式会社若林製本工場

ISBN978-4-09-290673-0

装画／192　ブックデザイン／城所潤+大谷浩介(JUN KIDOKORO DESIGN)
制作／友原健太　資材／木戸礼　販売／飯田彩音　宣伝／鈴木里彩　編集／喜入今日子